近现代书信丛刊

010

浙江古籍出版社

本书承蒙浙江大学董氏文史哲研究奖励基金资助出版

近现代书信丛刊 010

缪荃孙致吴士鉴书札考释

陈东辉 程惠新 编著

图书在版编目（CIP）数据

缪荃孙致吴士鉴书札考释 / 陈东辉，程惠新编著
. -- 杭州 : 浙江古籍出版社，2023.12
（近现代书信丛刊）
ISBN 978-7-5540-2773-8

Ⅰ. ①缪… Ⅱ. ①陈… ②程… Ⅲ. ①书信集－中国
－近代 Ⅳ. ①I265

中国国家版本馆 CIP 数据核字（2023）第 207506 号

缪荃孙致吴士鉴书札考释
陈东辉　程惠新　编著

出版发行　浙江古籍出版社
（杭州市体育场路347号　邮编：310006）
网　　址　https://zjgj.zjcbcm.com
责任编辑　祖胤蛟
版式设计　刘　欣
封面设计　吴思璐
责任校对　吴颖胤
责任印务　楼浩凯
照　　排　杭州真凯文化艺术有限公司
印　　刷　浙江海虹彩色印务有限公司
开　　本　710mm × 1000mm　1/16
印　　张　14
字　　数　209 千
版　　次　2023 年 12 月第 1 版
印　　次　2023 年 12 月第 1 次印刷
书　　号　ISBN 978-7-5540-2773-8
定　　价　128.00 元

前　言

缪荃孙（1844—1919），字炎之，一字筱珊（又作小山），晚号艺风，自称艺风老人，江苏江阴人。缪荃孙乃近代著名学者和藏书家，在目录学、版本学、校勘学、金石学、方志学等领域成就卓著，并编刻了大量典籍，同时对中国近代的图书馆事业做出了重大贡献。

吴庆坻（1848—1924），字子修，又字敬彊（疆）、稼如，别号悔余生、蕉廊、补松老人，浙江钱塘（今杭州）人，曾参与《杭州府志》《浙江通志》的纂修。

吴士鉴（1868—1934），字絅斋（又作炯斋），号公詧，又号含嘉，别署式溪居士，浙江钱塘（今杭州）人。吴振棫（1790—1870）曾孙，吴庆坻之子。近代著名学者、书画家和藏书家，精于金石学、史学等。

缪荃孙与吴庆坻乃世交，故在吴士鉴致缪荃孙的书札中，吴士鉴自称世侄，而称缪荃孙为世伯。缪荃孙与吴士鉴之交游，在缪氏晚年交游中占有重要地位，《艺风堂友朋书札》所收录的吴士鉴致缪荃孙书札就有42通（另有吴庆坻致缪荃孙书札25通）。然而张碧惠的《晚清藏书家缪荃孙研究》[1]第二章《缪荃孙重要交游》中未列吴士鉴，

[1]　台湾汉美图书有限公司，1991年。

这可能是受了《艺风老人自订年谱》的影响，因为该年谱止于1911年，而缪、吴之交游则多在其后。

杭州图书馆收藏有缪荃孙致吴士鉴书札59通（其中一小部分为附页）。该藏品采用经折装，将书札按页贴裱其上（部分书札左右无文字的空白部分经过裁剪），分成上、下二册，书签题“艺风老人遗札”，下有小字“庚申二月装于杭州。士鉴”，并钤“絅斋”阳文方印。

这批书札的撰写时间大多为1912—1919年缪荃孙寓沪期间[1]，内容多与《清史稿》之编纂相关。1914年清史馆开馆后，缪荃孙被聘为总纂，同年九月[2]进京审定《儒林》《文苑》诸传，定三品以下诸臣目录，十月缪氏回沪，十一月开始修《清史》，并拟定了《清史稿凡例》。因年老体弱，不便长期在北京，缪荃孙被特许在上海撰稿。吴士鉴也被聘为纂修兼总纂[3]，长年住在北京，但因其父吴庆坻住在家乡杭州，故吴士鉴有时回杭州。吴士鉴也曾前往上海，多次与缪荃孙晤面、同席。

缪荃孙于光绪八年（1882）充任国史馆协修，次年任国史五传（即《儒林传》《文苑传》《循吏传》《孝友传》《隐逸传》）纂修。光绪十年（1884），缪荃孙出任国史馆总纂，负责《儒林》《文苑》等汇传。因该五传原来是缪荃孙纂修，故清史馆成立后仍归缪氏增订，后将《循吏传》转让他人，其余四传均在两年内完成，此外又新纂了《土司传》和《明遗臣传》。尽管他未能等到《清史稿》刊行即离世，但他已经完成了较为完整的《儒林》《文苑》等传，这些内容成为《清史稿》相关部分的底本。

[1] 辛亥革命爆发后，为避战乱，缪荃孙举家迁居上海虹口，其间曾因纂修《清史稿》之事数次到北京小住。

[2] 本书以汉字标注的月日为农历月日，下同。

[3] 李思清在《舫斋载笔：清史馆文人群体的形成》［《北京联合大学学报（人文社会科学版）》2012年第4期］一文中指出，夏孙桐、吴士鉴、吴昌绶等之所以受聘于清史馆，当与缪荃孙有关，他们都属于以缪荃孙为中心的一脉之人。

王锺翰曾经提到："民国三年，开清史馆，赵尔巽为馆长。聘总纂、纂修、协修，先后百数十人，而名誉总纂、纂修、顾问不计焉。馆中执事者，有提调、收掌、校勘等职。是时遗老，有主张修史者，有以为不当修者，卒之应聘者多。缪荃孙为国史馆总纂前辈，以史事自任，巍然为之魁率。体例未定，建议蜂起。梁启超所言尤繁夥，然多不中义例，卒从荃孙之议，而略加通变。"[1]由此可见，缪荃孙在《清史稿》的编纂过程中发挥了重要作用，地位甚高。

虽然缪荃孙编修的《清史稿·儒林传》等也存在一些欠缺，冯尔康就曾指出了《清史稿·儒林传》的不足之处[2]，但其总体价值仍然值得我们重视。戚学民就充分肯定了《清史稿·儒林传》的重要价值以及缪氏的重要贡献。[3]

当然，由于缪荃孙不在北京就馆，而在上海家中从事纂修，还是给他的工作带来了一些不便，其中重要的一点就是导致他所编纂的稿件与清史馆其他人员业已编纂的稿件重复甚多。当时担任清史馆总裁（相当于主编）的赵尔巽在致缪荃孙的函中说："两奉手示，如亲有道，旋即奉到纂稿七本，极佩极感！所惜为传四十，而重者乃至廿人之多，未免空费日力。若如鄙见，先将欲纂之人见示，则无此弊矣。以后仍望先行抄示，馆中已纂者即当另录副呈阅。择要可，全录亦难。其文字之纠正，篇幅之分合，听公择定，并祈转告絅斋，取一致之行动为要。"[4]"为传四十，而重者乃至廿人之多"，足见问题之严重，因此赵尔巽不得不为此专门致函了。

此外值得关注的是，这批书札中有一些内容与当时的上海书业相关，如第九通书札提到："弟新到松江看韩绿卿先生藏书，宋本

[1] 王锺翰：《张尔田谈〈清史稿〉纂修之经过》，载王锺翰：《王锺翰清史论集》第3册，中华书局，2004年，第1911页。

[2] 参见冯尔康：《清史史料学》，沈阳出版社，2004年，第49—50页。

[3] 参见戚学民：《汉学主流中的庄氏学术：试析〈清史稿·儒林传〉对常州学术的记载》，《中华文史论丛》2011年第4期。

[4] 钱伯城、郭群一整理，顾廷龙校阅：《艺风堂友朋书札》，上海人民出版社，2018年，第98页。

见十五部（均未考），黄荛圃跋钞到卅八篇，可谓富矣。收书在道光中叶，与上海郁、金山钱同时，没于咸丰庚申，保守两代。今贤孙倩曾撰一编书目，方知有此一大家。”又如第五通书札云：“此间佳本旧书极多，张菊生、沈乙庵所得者略一寓目，自夸眼福而已，可胜浩叹。”再如第十八通书札云：“书籍运京，到否？尚在续购。”

江南乃文化发达之地，虽然在太平天国战争时期受到严重破坏，但民间毕竟还有很多古书，而民国初年处于高速发展之中并逐步成为中国最大城市的上海，离古书资源丰富的苏州、南京、扬州、杭州等地比较近，并且当时的上海集聚了一大批来自全国各地的文人学者（包括大量清朝遗老遗少），因此整个城市对古书的需求十分旺盛。同时，上海新书出版业的迅猛发展，也会带动旧书的销售。凡此种种，都促进了上海古旧书业的繁荣。笔者认为，虽然总体上这一时期的上海古旧书业还不如北京，但从缪荃孙函札中的“此间佳本旧书极多”等语句可以看出，当时沪上古旧书业已经具备相当规模，有许多书是北京买不到或不容易买到的，否则吴士鉴也不会托缪荃孙在上海购置。另一方面，这也从一个侧面说明了当时杭州的旧书业不如上海，否则吴士鉴托人从自己的家乡杭州购买应该更为方便一些。缪荃孙曾经在北京居住二十载，对北京的书肆应该是相当了解的，因此他一般不会在上海替吴士鉴购买在北京容易购到的古旧书。

由此可见，一些论著关于当时上海古旧书业的论述不够全面，某些观点值得商榷。徐雁的《中国旧书业百年》乃迄今为止关于近现代中国古旧书业最为全面和最有价值的力作，但该书对民国初年上海古书业的关注不够。该书在引用吴永贵的《冷摊负手对残书——近代上海的旧书店》[1]一文之相关内容后，指出：“北京书贾对于线装古书追求的热情，同上海书商对于平装旧书搜集的重视，是近百年来中国旧书业发展史上两道文化风景线，其流风余韵，至今还影响着京、沪

[1]　《中国图书商报》2003年2月14日。

两地的藏书风气。”[1]就总体而言，这一表述基本符合事实，但它强调了民国时期北京、上海旧书业的差异，从一定程度上掩盖了民国初年上海古书业（此处指线装古籍）具备相当规模的事实。

徐雁的《中国旧书业百年》第296页还引用了1910年12月31日于右任在报纸上发表的谈及当时上海书业的文字：“上海木器店虽多，最少者是书架，最多者是梳妆台。其销路为百与一之比例，上海之内容可知矣。上海之另物摊虽多，最缺者是残书摊（与旧书铺不同），最多者是竹头木屑之洋货摊。以此之故，寒士多不便，而读书人之少亦可推。”[2]通过综合分析《于右任辛亥文集》中21篇《上海之百面观》以及其他涉及上海之文字，再考虑于右任的政治立场，可以看出他对当时上海的许多评论都是负面的。因此笔者认为，他对当时现实的不满，也会影响到他某些评论的客观性，如引文中的“上海之内容可知矣”。并且，于右任所云乃辛亥革命之前的1910年12月31日，跟民国初年之情形并不相同。

可以为民国初年上海古书业具备相当规模的事实提供佐证的，有俞子林的《上海古书业百年兴衰（上）》[3]一文。该文第一部分为《民国初年上海的古书业》，其中提到，辛亥革命之后，苏州的旧官吏纷纷返回原籍，一些富裕之家迁居上海，导致原先经营古书的来青阁业务骤然下降，于是来青阁便谋划到上海开设分店。1913年旧历正月，来青阁沪店于福州路正式开业。来青阁沪店销售情况良好，然而货源不足。因上海一般人家无书可售，而苏州多故旧之家，常有藏书出售，同时苏州作为省城，还有各地来苏求售的商贩船户，因此货源依靠苏店供应。这段文字说明了为什么当时的上海有不少北京难以买到的古书。此外，该文还提及六艺书局、古书流通处、食旧廛、蟫隐庐等当时经营古书的上海书肆，其中的古书流通处后来还收购了缪荃

[1] 徐雁：《中国旧书业百年》，科学出版社，2005年，第293页。

[2] 于右任：《上海之百面观》（十六）（1910年12月31日），载傅德华编：《于右任辛亥文集》，复旦大学出版社，1986年，第107—108页。

[3] 《出版史料》2012年第1期。

孙艺风堂之藏书。

缪荃孙之书札为我们重新审视民国初年沪上的古书业提供了珍贵史料。今后，这方面的史料还有待进一步挖掘，相关研究亦尚待进一步深入。

孙文阁曾经指出："缪荃孙的学术活动和著述众多，其学术观点又多散见于他的著述、题跋、信札之中，尚未得到全面的整理与总结。"[1]可喜的是，近年来关于缪荃孙的研究成果日益增多，缪荃孙著述的整理也受到学术界的重视，尤其是张廷银、朱玉麒主编的《缪荃孙全集》，已由凤凰出版社于2013—2014年陆续出版，其中的《艺风堂书札》[2]收录缪氏致六十余位友人之尺牍千余通，为相关研究的顺利开展提供了极大便利，贡献甚大。另有国家图书馆编的《缪荃孙诞辰170周年纪念会暨学术研讨会论文集》[3]，袁晓聪、曹辛华、缪剑农主编的《缪荃孙文献辑刊》[4]和《百年来缪荃孙研究论文选粹》[5]等相继问世，值得关注和庆贺。

朱万章指出："值得玩味的是，现在所见的吴、缪往还信札，呈现严重的不对等现象。吴庆坻致函至少有二十七通，而所见缪荃孙的复函则仅有一通，可知缪氏信函当有不少散佚。"[6]

其实，不仅目前所知的吴庆坻、缪荃孙往还书札之数量非常不平衡，而且此前缪荃孙、吴士鉴往还书札之数量也同样严重不对等。本书终于弥补了这一缺憾，现在可以说他们二位往还书札的数量大致对等了。当然，除此之外，他们二位估计尚有待寻访之往还书札。

杭州图书馆所藏缪荃孙致吴士鉴的59通书札，内容系统、完整，价值甚高，十分珍贵！并且此前未曾公布，知晓者甚少，因此《缪荃

[1] 孙文阁：《缪荃孙评传》，中国人口出版社，2010年，第5页。

[2] 缪荃孙著，张廷银、朱玉麒主编：《缪荃孙全集·诗文》第2册，凤凰出版社，2014年，第243—672页。

[3] 国家图书馆出版社，2015年。

[4] 北京燕山出版社，2019年。

[5] 上海大学出版社，2021年。

[6] 朱万章：《吴庆坻致缪荃孙信札辑佚》，《艺术市场》2022年第5期，第45页。

孙全集》中的《艺风堂书札》也未能收入。本书的出版，可以为其提供重要补充。另外，本书还可以为新编《缪荃孙年谱》，以及增订《缪荃孙晚年书事系年要录》[1]等提供助益。

这批书札有不少可以在《艺风堂友朋书札》中找到相对应的吴士鉴致缪荃孙的书札，从而使得原来仅仅依据《艺风堂友朋书札》以及《艺风老人日记》等不太明了的一些问题变得比较清楚了，并且可以与其他相关资料互证。另外，《艺风堂友朋书札》中的信件均无系年，因此本书的考察也对吴士鉴致缪荃孙诸札的系年有所帮助。

同时，这批书札还在很大程度上反映了缪氏的学术思想、藏书史实等，而且对于我们进一步考察《清史稿》的具体编纂过程等颇有助益。

再则，这批书札还兼及朝政时事、掌故逸闻等，内容丰富，史料珍贵，对于研究民国初年的政治、经济、文化等也具备独特之意义。此外，这批书札所使用的信笺颇有艺术性，具备较高的鉴赏价值，同时也为我们考察民国初年的信笺用纸提供了珍贵实物资料。此乃这批书札的重要意义之所在。

本书参考《艺风老人日记》[2]《艺风堂友朋书札》等相关资料，将这批缪荃孙致吴士鉴书札依时间顺序排列[3]，加以点校并考释。本书采用书札原文点校文字及考释与书札原件高清扫描图片逐一对照之方式，全彩印刷，以便给广大读者提供尽可能多的信息。

陈东辉

2023年11月

[1] 季秋华：《缪荃孙晚年书事系年要录》，《图书馆工作与研究》2000年第5期。

[2] 本书引用《艺风老人日记》，均用张廷银、朱玉麒主编《缪荃孙全集·日记》（凤凰出版社，2014年）。

[3] 因资料所限，部分书札仅考证出其大致时间段。

目录

《艺风老人遗札》封面

杭州图书馆所藏的《艺风老人遗札》采用经折装，将书札按页贴裱其上（部分书札左右无文字的空白部分经过裁剪），分成上、下二册，无装具。书签题“艺风老人遗札”，下有小字“庚申二月装于杭州。士鉴”，并钤“䌹斋”阳文方印。上、下二册之封面，除了书签上各书小字“上册”“下册”之外，其余部分一致。该藏品收录缪荃孙致吴士鉴书札59通（其中一小部分为附页）。

根据杭州图书馆馆藏文献来源登记及相关史料记载，该藏品很可能是20世纪五六十年代杭州专营古旧书的前进书店（后更名为翰墨林书店、出新书店）收购来的库存书，在出新书店于1970年5月奉命关闭之后，由当时的杭州市文化局（出新书店的主管部门）拨交给杭州图书馆收藏。[1]

[1] 参见王松泉、王巨安：《杭州百年书肆记》，载杭州市政协文史资料委员会编：《湖上拾遗》（《杭州文史资料》第27辑），杭州出版社，2007年，第206—208页；王巨安：《杭州旧书业三杰考述》，《图书馆研究与工作》2007年第3期，第63页。

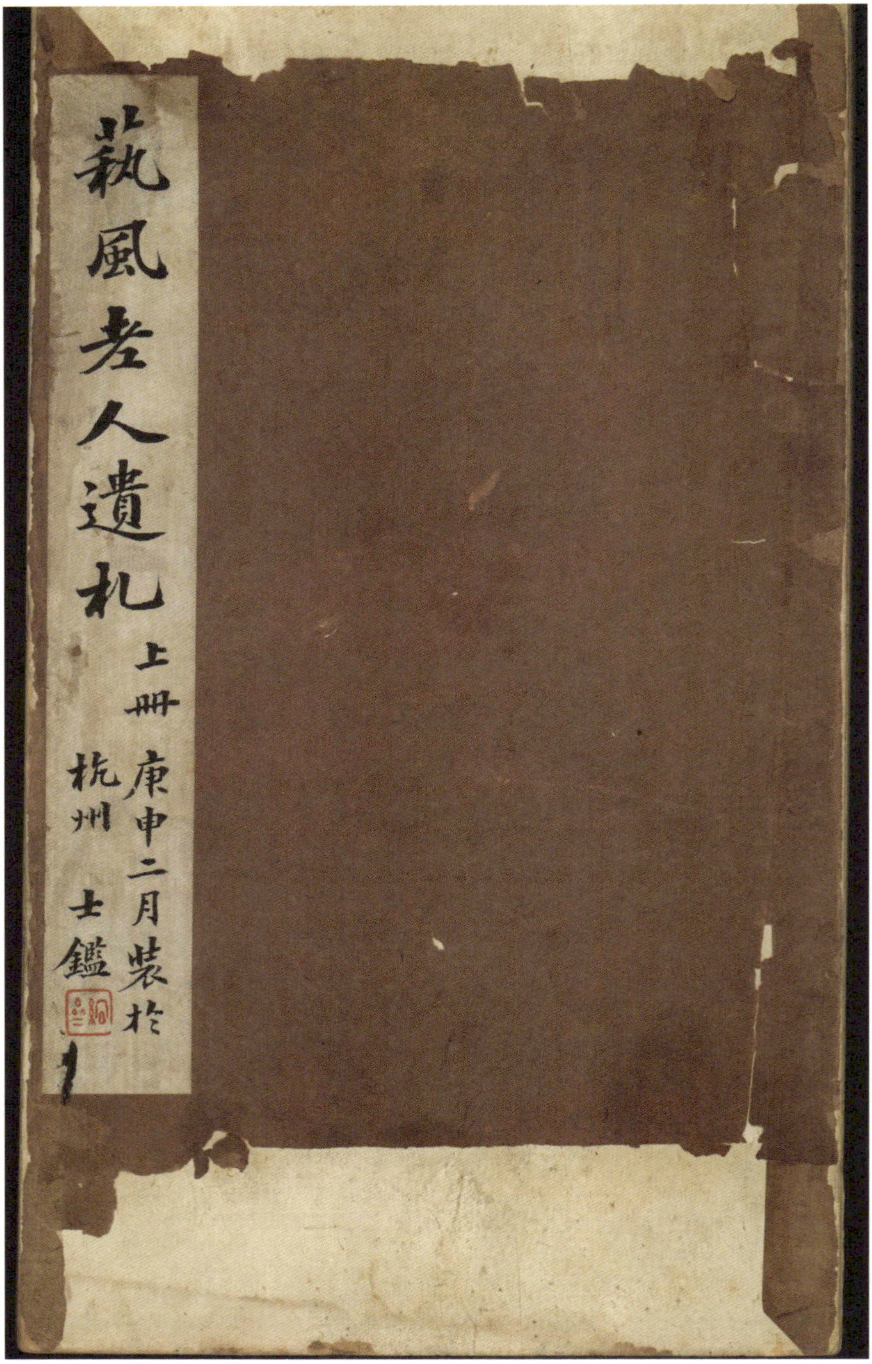

《艺风老人遗札》上册封面

第一通

炯斋仁兄大人阁下：

丛书一箱，因压在他书箱下，昨日始翻出，呈政。本拟付装，恐又需时日也。内《奉天录》未修好，因未印入，明年苏州寄到，补呈。此上，即请

著安！

愚弟缪荃孙顿首

陆存斋[1]新刻《杨秋室集》尊藏如有，乞假一阅为祷。

按，《奉天录》有光绪十七年（1891）缪荃孙刻本，而《杨秋室集》乃陆心源光绪年间所刻的《湖州丛书》之一种，缪札既称该书“新刻”，则当为光绪年间所书，或即在光绪十七年，因书札中称“《奉天录》未修好，因未印入”云云，则该书当系刻成不久。

---

[1] 陆心源（1838—1894），字刚甫、刚父，号存斋，晚号潜园老人，浙江归安（今湖州）人。《杨秋室集》乃陆心源所刊刻的《湖州丛书》之一种。

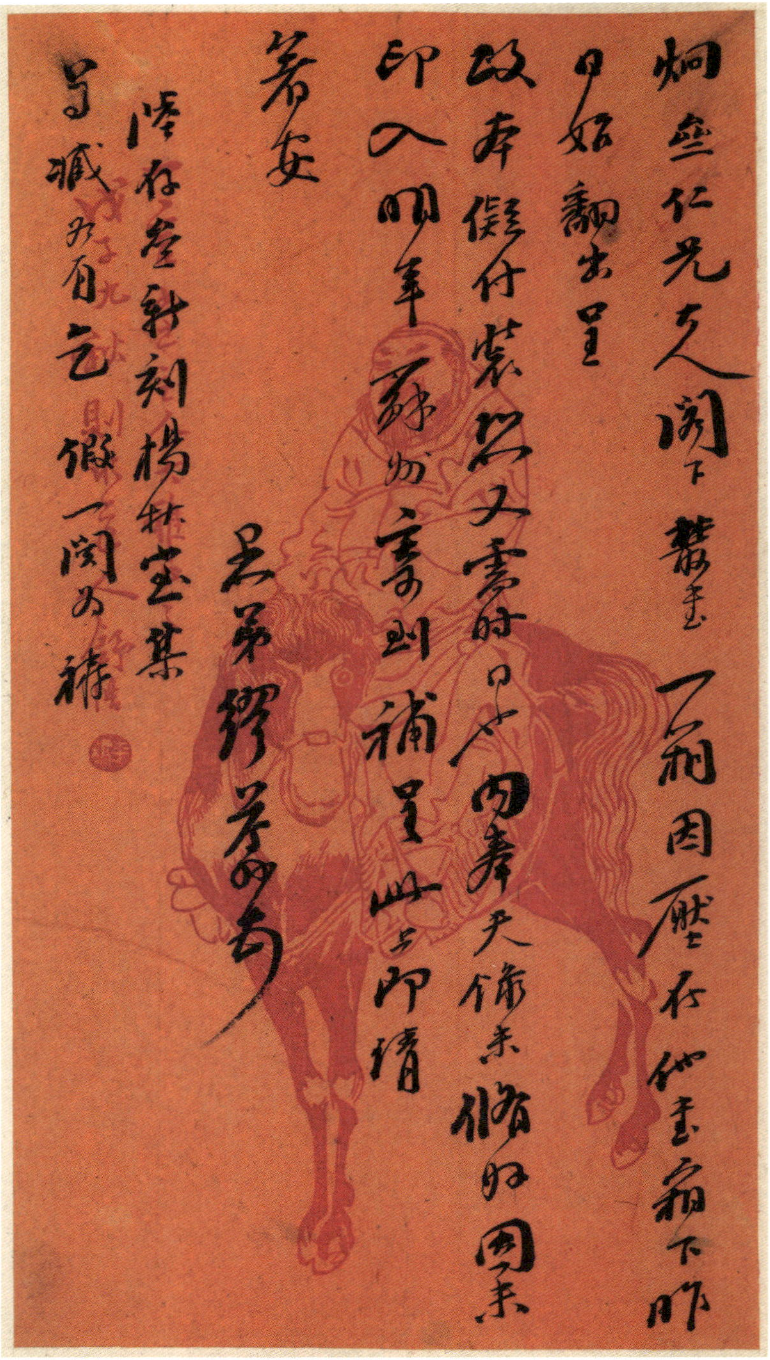

第一通

第二通

绚斋仁兄世大人阁下：

昨奉手书，并大著两种、刻书两种，敬谢敬谢！题跋淹雅闳通，心折靡已。自国初至同光，读书种子，均在翰林，今少衰矣，望阁下有以振之。近洋学翰林，不如明朝之别考较妥，省以不认字之人充数也。拙刻一种呈政。此上，敬请

著安！

弟（期）缪荃孙顿首

按，吴士鉴在致缪荃孙函中云："顷送上拙著《金石跋尾》《补晋志》二种，敬求钧正。《跋尾》先刊一册，以后赓续成之……又《竹崦庵金石目》为晋斋先生未刊之书，光绪《杭州府志》'艺文'一类为昔年分纂之作，此两种刊于长沙，一并上尘浏览，伏乞察存。"[1]缪札所称"大著两种、刻书两种"及"题跋"云云，当指上述几种。而《补晋书经籍志》刻于光绪二十九年（1903），《杭州艺文志》刻于光绪三十四年（1908），《竹崦庵金石目》刻于宣统元年（1909），《九钟精舍金石跋尾》刻于宣统二年（1910），则吴札、缪札都应作于此后[2]。

另外，吴士鉴在致晚清知名人士汪康年的函札中曰："奉上《竹崦庵金石目》一帙，此稿本昔为仲虞姻叔所藏，上年流转厂肆，亟购

[1] 钱伯城、郭群一整理，顾廷龙校阅：《艺风堂友朋书札》，上海人民出版社，2018年，第560页。

[2] 因《艺风堂友朋书札》中的信函并未系年，故本书的相关考释，对吴士鉴致缪荃孙书札之系年亦有助益。

归刊于长沙。又《杭州艺文志》四册，廿年前修《杭志》时搜采，极为用心，因全志尚未刊，故先刻之，以免散亡。此等事再阅数年，更无从料理，世变危迫，文学将中绝矣。”[1]我们可以从中获悉与《竹崦庵金石目》《杭州艺文志》相关的一些史实。

根据《艺风老人日记》的记载，缪荃孙四子缪恺保于宣统三年闰六月十二日（1911年8月6日）[2]“即逝”[3]，按旧制，缪荃孙应服期服，时间一年。综合上述线索，本书札当为1911年8月—1912年7月期间所书。

[1] 上海图书馆编：《汪康年师友书札》，上海书店出版社，2017年，第259页。

[2] 括号中的日期，表示农历日期所对应的公历年月日，下同。

[3] 参见张廷银、朱玉麒主编：《缪荃孙全集·日记》第3册，凤凰出版社，2014年，第155—156页。

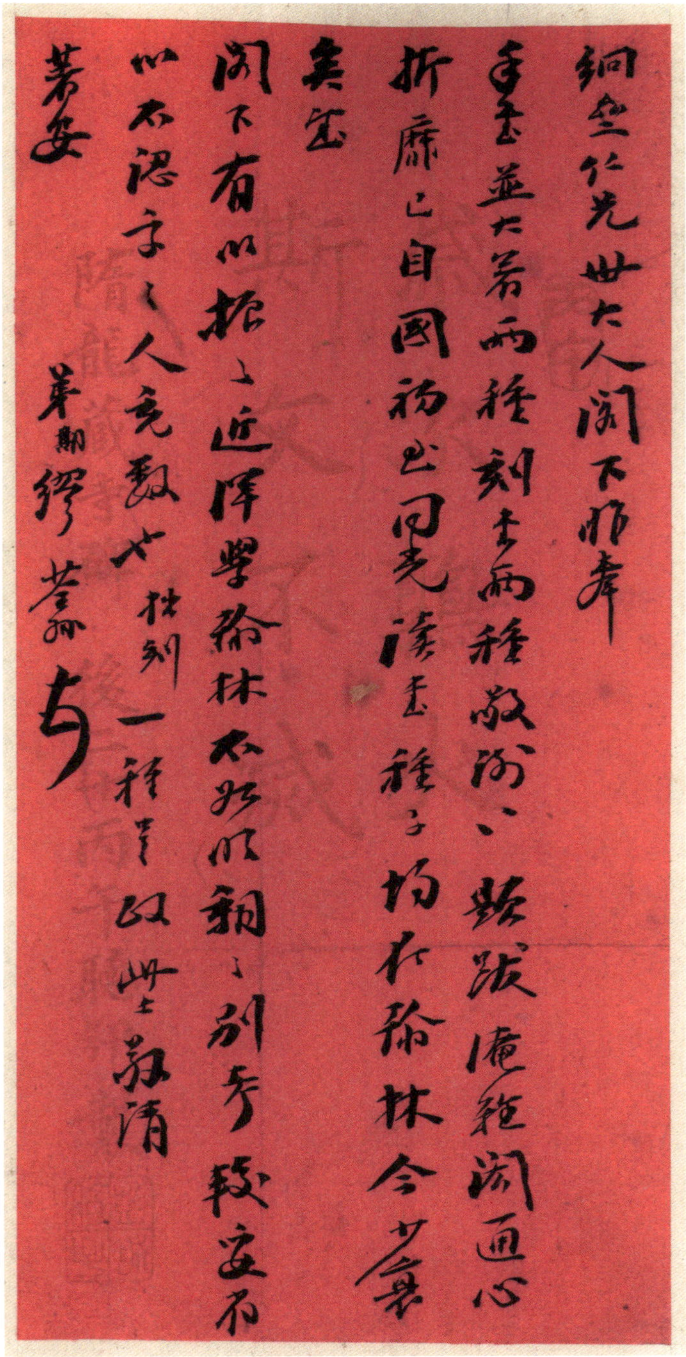

第二通

第三通

大作前在闰枝[1]处，业已拜读一过，今承惠赠，谢谢。洪刻《元和姓纂》四册附上，余容面达。此覆

九钟主人。

弟荃孙顿首

京师摆印极佳。潍县十钟出售，公能得之否？

诗注吴永妻系讹传，永前妻曾亡故，继室是年到鄂方续，迩时并无妾，然奁具必能供也。

按，根据《艺风老人日记》的记载，吴士鉴于癸丑年二月九日（1913年3月16日）向缪荃孙借《元和姓纂》，十二日还。[2]因此本书札当为癸丑年二月九日所书。《艺风堂友朋书札》所收录的吴士鉴致缪荃孙书札第八通即为商借《元和姓纂》[3]，可相互参看。

吴士鉴精于金石学，民国初年因得鲁编钟九件，遂以“九钟精舍”名其书室，并有《九钟精舍金石跋尾》《商周彝器例》等著述。而当时山东潍县（今潍坊）著名的陈氏（陈介祺）十钟正在求售[4]，故缪荃孙有“公能得之否”之问。

---

[1] 夏孙桐（1857—1942），字闰枝（又作润枝），又字悔生，晚号闰庵，江苏江阴人。

[2] 参见张廷银、朱玉麒主编：《缪荃孙全集·日记》第3册，凤凰出版社，2014年，第244—245页。

[3] 参见钱伯城、郭群一整理，顾廷龙校阅：《艺风堂友朋书札》，上海人民出版社，2018年，第560—561页。

[4] 晚清金石学家陈介祺（1813—1884）嗜好收藏文物，藏有商、周古钟十一件，取其整数，书斋名为“十钟山房”。“十钟”后归陈介祺后人陈十三爷、十五爷兄弟，民国初年出售（具体出售年月难以考证），为日本住友氏所得，目前收藏于日本泉屋博物馆。

大作尚在閒挍處業已拇讀了近今承

惠贈弟二期刻元和姓纂四冊附上作參再畫

此覆

九橋主人

弟詠霓

辱承擲即荘佳

雖物十橋出售弌能何～否

討注吳承裏亦批亦尚要會已攷歷空是年州

鄂方綠速附並無更籄具必詳備也

高三益製

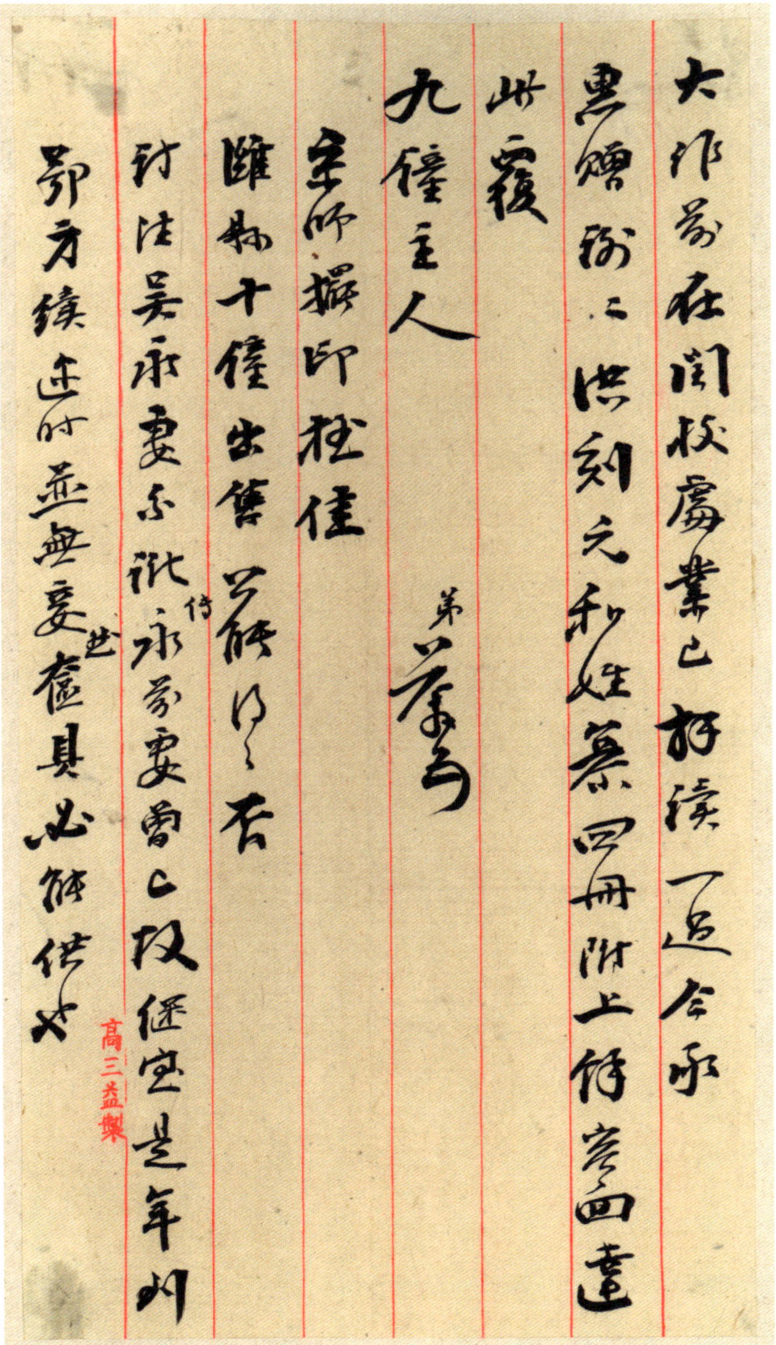

第四通

《广韵》吐虏，复姓，吐奚、吐万、吐伏卢。《魏·官氏志》有吐火、吐贺、吐罗、吐门、吐难、吐缶、吐突、吐卢（似即吐伏卢）、吐谷浑，则吐氏无单姓也。适有友人在坐，以明大字本《晋书》强辨为宋。未曾细读手书，歉仄之至。此上
炯斋仁兄大人。

弟缪荃孙顿首

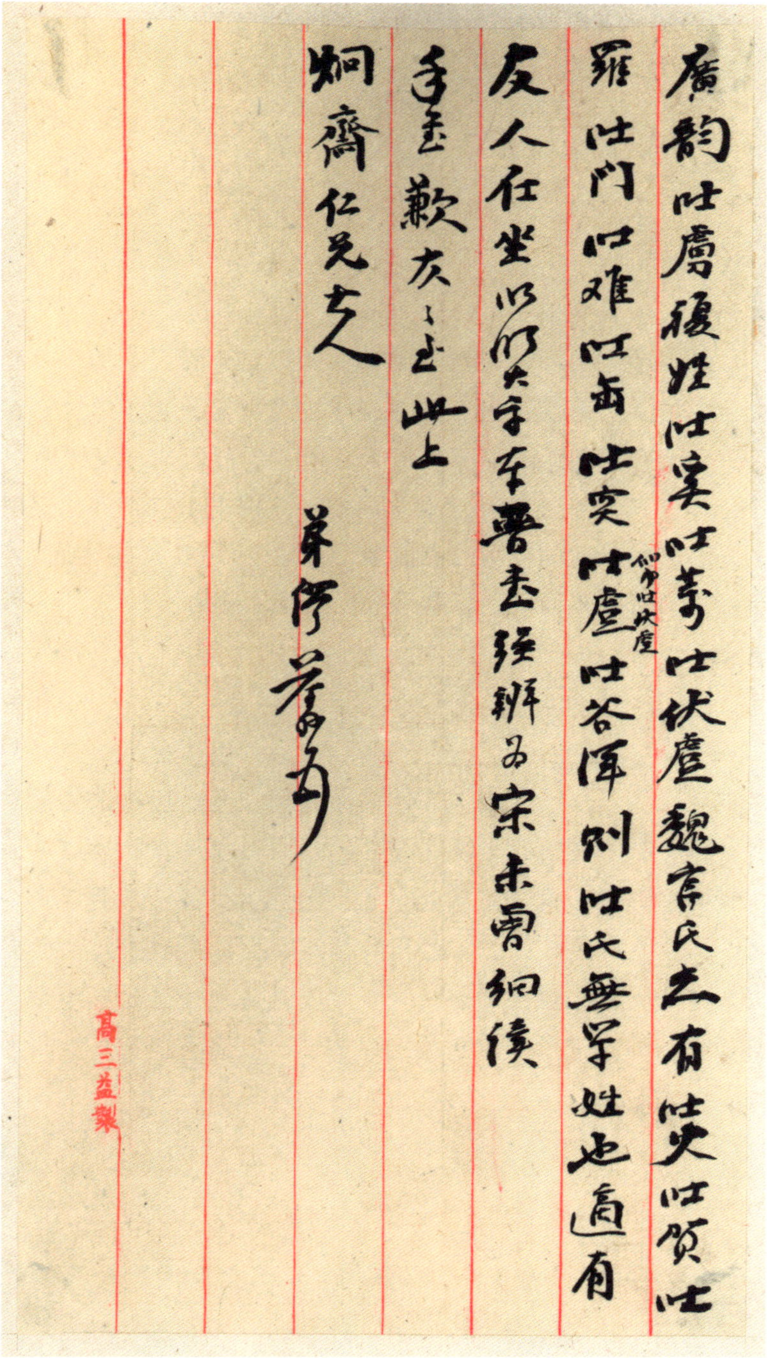
廣韻吐下複姓吐奚吐萬吐伏盧魏書官氏志有吐火吐賀吐羅吐門吐難吐缶吐突吐盧（似當吐伏盧）吐谷渾則吐氏無單姓也偶有友人在坐以明人手本晉書強辨為宋本未曾細讀

手書歎灰灰之此上

炯齋仁兄大人

弟傅岳棻

高三益製

第四通

第五通

炯斋仁兄大人阁下：

顷诵手书，不禁哑然。弟书亦四散，止姓氏一类在手头耳。吐字有吐火、吐突诸姓，误查土字，尤可笑，吐非单姓。“土”字，张介侯[1]《姓氏寻源》考为“土”“杜”通。又宋有屯田郎中土皋，明进士土良，既在北周朝，欲别出土口之外，仍以通杜为是。乞酌。此间佳本旧书极多，张菊生[2]、沈乙庵[3]所得者略一寓目，自夸眼福而已，可胜浩叹。此复，敬请

著安！

弟荃孙叩头

按，以上两通书札可以与《艺风堂友朋书札》所收录的吴士鉴致缪荃孙的若干通书札互证。吴士鉴在一函中曰：“尊处如有《元和姓纂》（以作一跋语，须查一稀姓。），乞赐借一阅，三两日奉赵，至感至佩。”[4]又一函曰：“《元和姓纂》缴上，感谢感谢。侄近日题一北周人经卷，其人姓吐知，检查《姓纂》及渔仲《氏族略》，有吐万诸姓而无吐知，欲求长者代检《广韵》，吐字下如有此姓，足为确

[1] 张澍（1776—1847），字百瀹（又作伯瀹），又字寿谷、时霖，号介侯、鸠民、介白，甘肃武威人，清代学者。张澍关于《广武将军碑》之题跋，见张澍《养素堂文集》卷十九，清道光十七年（1837）刻本。

[2] 张元济（1867—1959），字筱斋，号菊生，浙江海盐人。

[3] 沈曾植（1850—1922），字子培，号巽斋，别号乙庵，晚号寐叟，浙江嘉兴人。

[4] 钱伯城、郭群一整理，顾廷龙校阅：《艺风堂友朋书札》，上海人民出版社，2018年，第561页。

证；如无吐知而有他吐字复姓，亦乞示下，佩纫无似。”[1]吴士鉴在另一函中又曰：“两奉惠复，至感至感。吐知复姓，《魏·官氏志》《广韵》《元和姓纂》皆无之，惟《通志·氏族略》有吐和氏，和与知字形相近，或因之致误，只能据此作一存疑之说矣。”[2]特别是上引吴氏第二通书札中还有“承纠正怀来县一诗注中之误，即当改正。犹忆庚子九月召见于终南仙馆，孝钦备述出京情形，临行未带梳篦，至怀来始由吴永预备，故诗中据为实录，惟吴永妻室却为失检，拟改为县署内室也。前在京师与吴仲老谈，颇有意于汉四杨碑孤本，自经此变，九钟之外不复能再得十钟矣”云云，都可与缪氏第三通书札所言呼应。据此可以推断，缪氏以上两通书札为癸丑年二月十二日（1913年3月19日）吴士鉴归还《元和姓纂》之后不久所书，而上引吴士鉴诸札也大致有了系年[3]。

笔者认为吴士鉴关于“和与知字形相近，或因之致误”的推断有一定道理。同时，笔者疑惑的是，《广韵》乃常见书，吴士鉴为何需要缪荃孙代查？同时值得一提的是，笔者在《艺风藏书记》《艺风藏书续记》和《艺风藏书再续记》中均未找到《广韵》一书。

---

[1] 钱伯城、郭群一整理，顾廷龙校阅：《艺风堂友朋书札》，上海人民出版社，2018年，第561页。

[2] 钱伯城、郭群一整理，顾廷龙校阅：《艺风堂友朋书札》，上海人民出版社，2018年，第561页。

[3] 《中华文史论丛》增刊《艺风堂友朋书札（上）》（上海古籍出版社，1980年）之“出版说明”曰：“原件都无纪年，缪氏装裱时未能按时编排，致前后时序颇多错乱，今难考正。”（第2页）上海人民出版社2018年出版的《艺风堂友朋书札》是《中华文史论丛》增刊本的修订增补版。

炯齋仁兄大閤下陝誦

手書不禁唾壺　茅盫亦四散止隹氏一數在手頤弓土子

張介侯攷为土牡通又宗有毛田郡中土奉以赿土士良阬
<small>隹氏尋任</small>

於此閒用相砭別出土。外仍以通牡又是元

同此閒俥存卽去極多張菊生代乙庵師日各明一府目

自跨耶鴉尺子勝陔欵昔敫詩

<small>吐今有吐大吐笑語牡誤查土子元五吳以此宇牲</small>

荃頓　茅菴叩敉

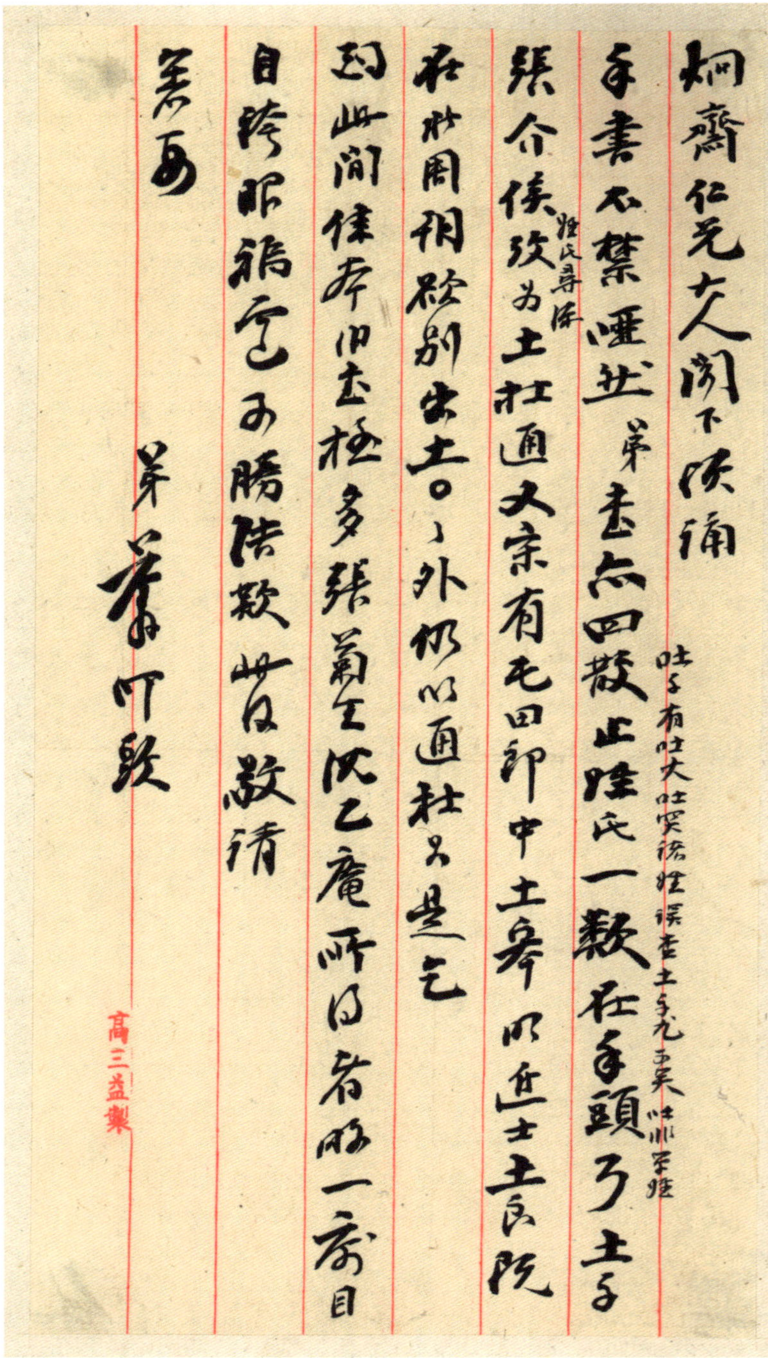

第五通

第六通

䌹斋仁兄大人阁下：

顷奉手书，并书值八元六角，聆悉一切。叔言[1]后有信，言此四种除《阴阳书》外前已在京师印过，虽有价，未付印云云，容再询之。只寄五部，全售，拟报告令再寄五部，谅可售也。弟拟留一部。又《殷虚文字》一种，需廿八元，只售出一部。兄留意古文者，欲观之否？此复，敬请

侍安！

弟缪荃孙顿首

按，书札中所谓《殷墟文字》当指罗振玉《殷墟书契》，该书最早于民国元年在日本印行。《艺风老人日记》癸丑年二月四日（1913年3月11日）至十月八日（1913年11月5日），多次提及《殷虚文字》（或称《殷虚书契》、龟书等）。[2]从日记中可知罗振玉一共寄了5部《殷虚文字》给缪荃孙，缪荃孙于癸丑年二月十日（1913年3月17日）"售去《殷墟文字》"[3]，据此推测本书札当为此后所书。

此外，罗振玉致缪荃孙之函中大量涉及书价[4]，从中可以获悉缪

---

[1] 罗振玉（1866—1940），初名宝钰，后更名振玉，字式如，又字叔蕴、叔言，号雪堂，晚号贞松老人、松翁，祖籍浙江上虞，生于江苏淮安。

[2] 参见张廷银、朱玉麒主编：《缪荃孙全集·日记》第3册，凤凰出版社，2014年，第243、244、250、251、264、281、282页。

[3] 参见张廷银、朱玉麒主编：《缪荃孙全集·日记》第3册，凤凰出版社，2014年，第244页。

[4] 参见钱伯城、郭群一整理，顾廷龙校阅：《艺风堂友朋书札》，上海人民出版社，2018年，第1240—1260页。

荃孙也曾托罗振玉销售所刻之书以及旧拓各碑。这些函札为研究近代学术图书的发行提供了十分珍贵的第一手资料。

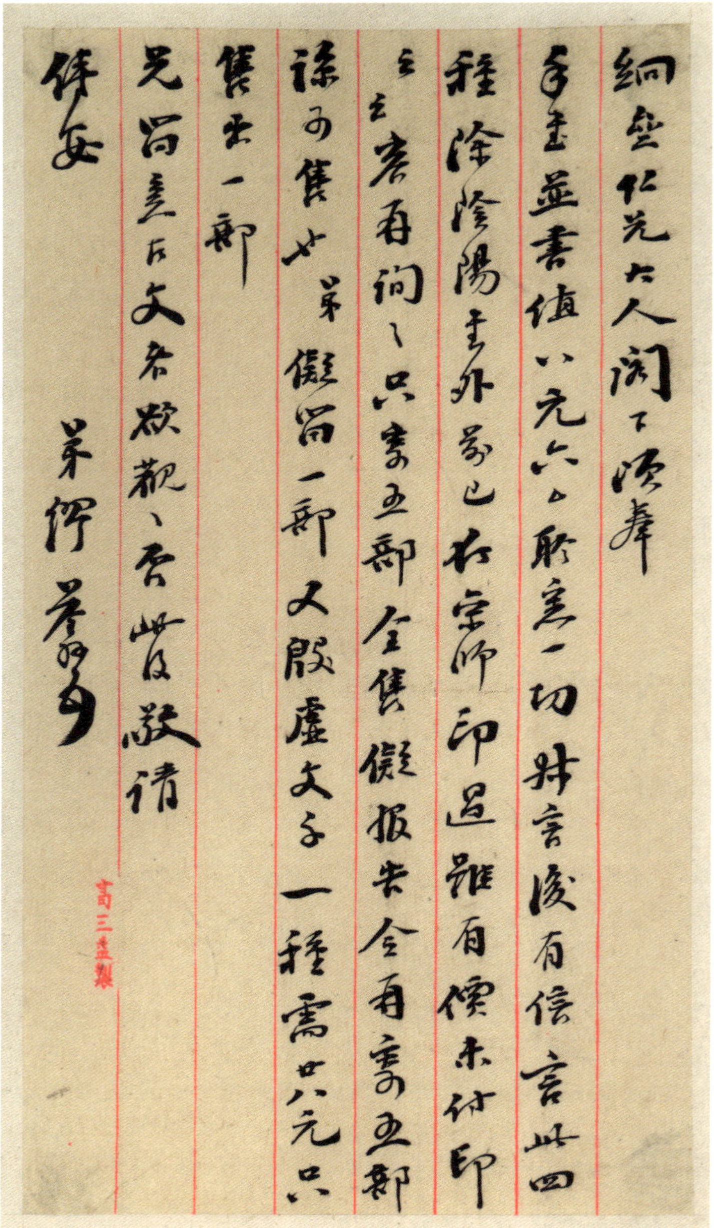

第六通

第七通

绸斋仁兄大人阁下：

《御览》一册补呈，另全分十五册，均乞察收。前日桃源隐不得到，菜何如？此上，敬请

侍安！

弟荃孙顿首

瞿中堂[1]之约，早托子培达意，是晚忽又催请。意子培未达到，抑亦未到耶？

按，当时超社（详见本书第十五通书札后之分析）的成员定期聚会，根据朱兴和编制的《超社社集活动情况简表》，超社一共举行了26次雅集，其中注明雅集地点在桃源隐酒楼的，仅有癸丑年十一月二十日（1913年12月17日）一次。[2]因此，本书札之撰写时间当在此后不久。

[1] 瞿鸿禨（1850—1918），字子玖，号止盦，晚号西岩老人，湖南善化（今长沙）人。曾任清廷军机大臣、协办大学士，而军机大臣、协办大学士又名中堂，故书札中称其为瞿中堂。

[2] 参见朱兴和：《现代中国的斯文骨肉：超社逸社诗人群体研究》，上海三联书店，2014年，第65—68页。

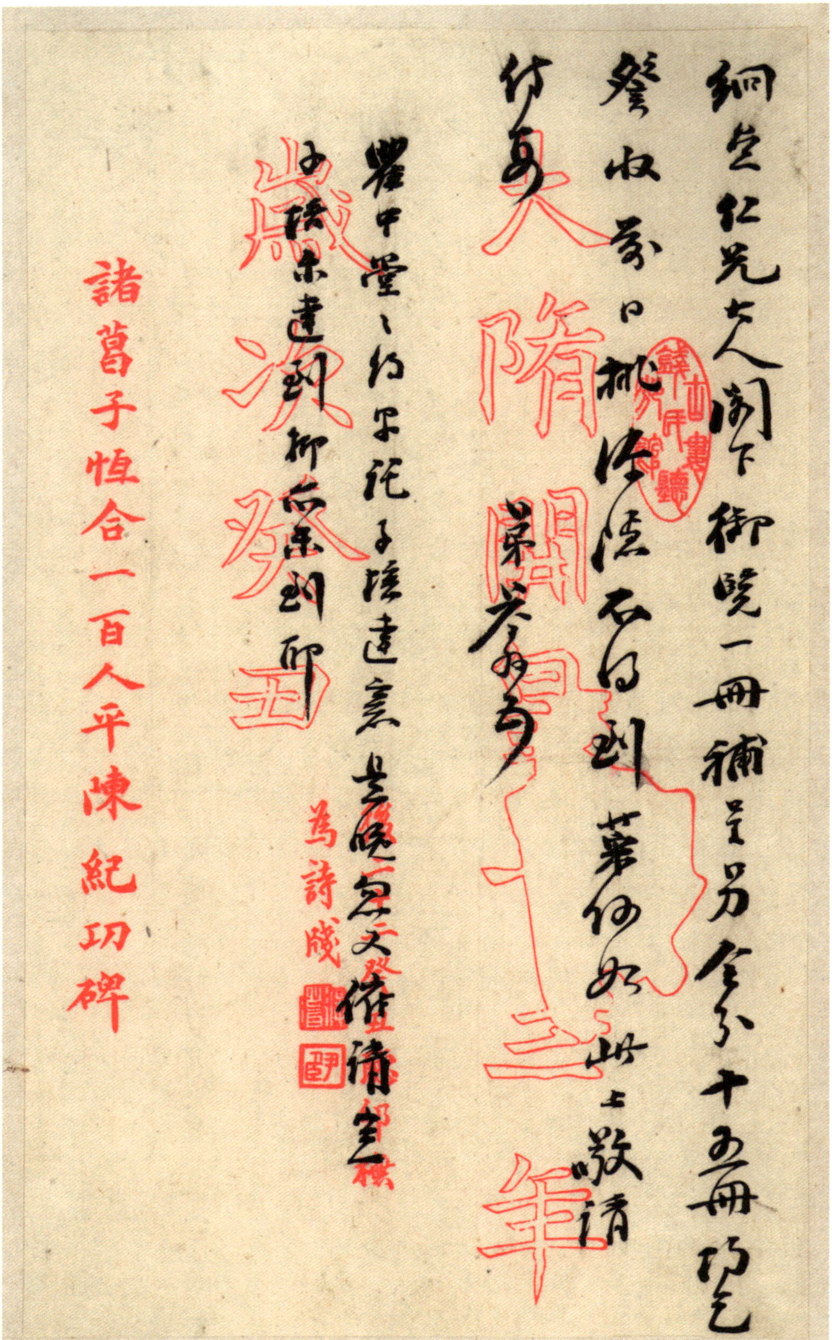

第七通

第八通

顷将旧日乱稿翻阅，《补乾嘉碑传》四册，外《纪事本末》廿册（未清）、笔记廿册，皆录掌故。《陈史详校》《北齐书详校》《五代史方镇表》各种，经理亦殊费事。

书目、金石两种，曾仿《经义考》为之，将来送呈，供《艺文志》之采择。（翁、谢、潘均欲撰史籍考而不成。）

办法寄去，例言用兄稿，弟附名，亦与秦[1]、陶[2]二名。观之新例，须三人合意，方作议案也。各位文书何以不到，亦往询史馆。

按，《陈史详校》中的《陈史》当为《陈书》。《艺风老人日记》第3册第316页作《陈书》《北齐书》两校记，第4册第172页作《陈书校勘记》。《五代史方镇表》又名《补五代史方镇表》，其在《艺风老人日记》中的称谓也不尽相同，该日记第3册第392页、406页作《五代方镇表》，第407页两处作《十国方镇表》。根据《艺风老人日记》的记载，缪氏于壬子年八月十四日（1912年9月24日）购《陈书》一部，九月中下旬均有校阅《陈书》的工作，甲寅年四月九日（1914年5月3日），"张石青索《陈书》《北齐书》两校记去"。[3]

[1] 秦树声（1861—1926），字宥横（又作幼蘅、幼衡、佑衡、又衡），又字晦鸣，号乖庵，河南固始人，被聘为清史馆总修兼总纂。

[2] 陶葆廉（1862—1938），字拙存，别署淡庵居士，浙江秀水（今嘉兴）人，被聘为清史馆总修兼总纂。

[3] 参见张廷银、朱玉麒主编：《缪荃孙全集·日记》第3册，凤凰出版社，2014年，第212页，第216—219页，第316页。

《五代史方镇表》又名《补五代史方镇表》[1]，缪氏稿本目前藏于北京大学图书馆。《艺风老人日记》记其乙卯年六月二十七日（1915年8月7日）“交《五代方镇表》与熙之”。[2]而本书札称“《陈史详校》《北齐书详校》《五代史方镇表》各种，经理亦殊费事”，则显然均未完成，故暂系本书札于甲寅年四月九日（1914年5月3日）之前。

《续碑传集》乃缪荃孙仿照清代钱仪吉《碑传集》之体例编纂而成。该书从359家清人著述和16种方志中采辑资料，收录清代道光至光绪年间人物1111名，分为宰辅、部院大臣、内阁九卿、翰詹、科道、曹属、督抚、河臣、监司、守令、校官、佐贰杂职、武臣、忠节、藩臣、客将、儒学、文学、孝友、义行、艺术、列女等22类。该书始编于光绪七年（1881），至光绪二十三年（1897）完稿，宣统二年（1910）由江楚编译书局刊刻（共计86卷）。而缪氏书稿中原有的补乾嘉诸名人传部分（共计14卷），则由于江楚编译书局裁去而未刊行。目前保存于北京大学图书馆的缪氏稿本《续碑传集补》（即《补乾嘉碑传》）[3]，即为江楚编译书局裁去的补乾嘉诸名人传部分，收录康熙至嘉庆年间人物90名。

国家图书馆藏有缪氏手稿本《拟清史艺文志稿》不分卷（书名系后人代拟）。该手稿本前后凡111条，当属草创。[4]同时，北京大学图书馆藏有缪氏稿本《金石分地编目》三十二卷。该书分省分县收录金石，依照时代顺序编排，并加考证。不知缪荃孙在书札中所提到的“书目、金石两种”是否指这两种？

---

[1] 《补五代史方镇表》已收入北京大学图书馆古籍特藏部编辑的《稿本丛书》第9册（天津古籍出版社，1996年）。

[2] 参见张廷银、朱玉麒主编：《缪荃孙全集·日记》第3册，凤凰出版社，2014年，第392页。

[3] 《续碑传集补》已收入北京大学图书馆馆藏稿本丛书编委会编辑的《北京大学图书馆馆藏稿本丛书》第22册（天津古籍出版社，1991年）。

[4] 参见杨洪升：《缪荃孙研究》，上海古籍出版社，2008年，第89页。

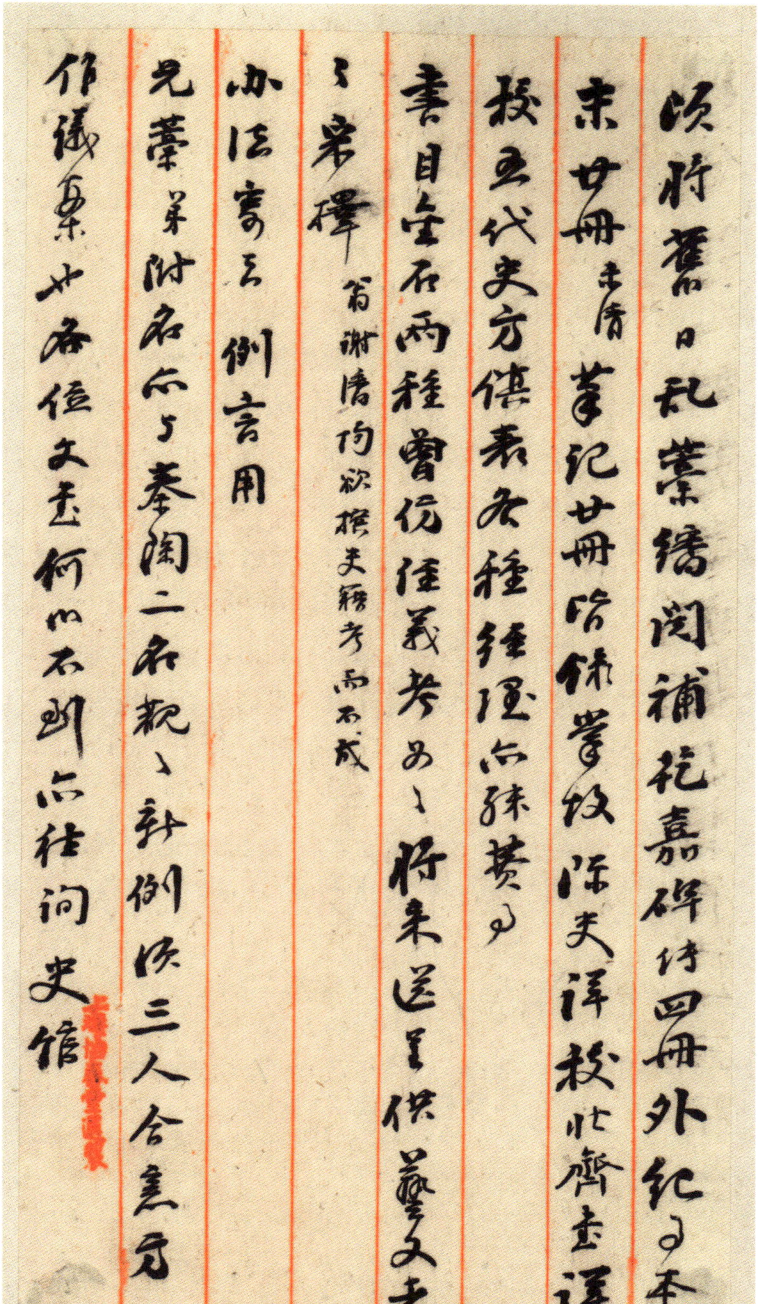
頃將舊日亂叢繙閱補花嘉碑傳四冊外紀五本
宋廿冊未清 蕃記廿冊皆係草稿陳史詳校北齋盡詳
校五代史方鎮表名種經理亦殊費力
書目金石兩種曾倣任義考為之將來送呈供藝文志
之弟譯 翁謝請均欲擬史稿考而不成
亦法寄之 例言用
兄藁弟附名亦可奉閱二名觀之新例後三人合意可
作議集中各位文志何以不刊亦往詢史館

第八通

第九通

绚斋仁兄世大人阁下：

别将匝月，弥切怀思。昨尊大人来柬，述到京及两次开会情形，与报上迥殊。次老[1]不去奉天，体例审查可定。我门拟例送阅否？抑各位业已见到，无须再徵，亦无不可。鄙意要立明遗臣传，一台湾郑氏[2]（亦弟任之），一黄、顾、王[3]、钱（田间）、金（道隐）、查（职方），作两卷，似合体例。子姓[4]力劝其到馆，似乎可以，在廷[5]辞，或请瑞臣[6]再劝之，聘珊[7]辞则听之。本意下班“新丰”附行，内人又病，往金陵就医，须俟其回沪再定。叶揆初[8]传次老命致我门五人，支借二百元作盘费，子姓及

---

[1] 次老即赵尔巽（1844—1927），字公镶，号次珊，又名次山，又号无补，清末汉军正蓝旗人，祖籍奉天铁岭（今属辽宁省）。1914年任清史馆总裁（馆长），主编《清史稿》。

[2] 郑氏指郑成功（1624—1662）。

[3] 黄、顾、王分别指黄宗羲（1610—1695）、顾炎武（1613—1682）、王夫之（1619—1692）。

[4] 杨锺羲（1865—1940），原名锺广，字子晴（又作芷晴、止晴、子姓、子琴），号雪桥、梓励等，奉天辽阳（今属辽宁省）人，隶属汉军正黄旗，近代著名学者和藏书家。

[5] 震钧（1857—1920），字在廷（又作在庭、在亭、再亭、再廷、载廷、戴廷），又字曼殊，号涉江，汉名唐晏，隶属满洲镶红旗，近代学者。

[6] 爱新觉罗·宝熙（1871—1942），字瑞臣，号沉盦，河北宛平（今北京）人，隶属满洲正蓝旗，近代学者和官员。

[7] 王乃徵（1860—1936），字屏三（又作屏山、屏珊、聘珊、品珊、听珊、聘三、病山），号潜道人，四川德阳人，近代学者。

[8] 叶景葵（1874—1949），小名阿麟，字揆初，号卷盦，别称存晦居士，浙江杭州人，近现代著名实业家和藏书家。

弟收用，晦若[1]、屏珊、在廷不收，而揆初赴京，无处交代，请转告次老，到京带还何如？长编一层，须见书即钞，钞起，再挨年月裁贴，亦须两道手。李仁甫《长编》的是专书，不能学；钱牧斋《国初群雄事略》即《长编》例也。史馆现有之稿亦须派得力纂修查归类，开单注完缺，亦非易事。新书新志，或调或购，亦须明降命令，重托友人，方能取到。大约合馆眼光均注于撰著，弟独注于史料。他人条陈有及此否？弟新到松江看韩绿卿[2]先生藏书，宋本见十五部（均未考），黄荛圃跋钞到卅八篇，可谓富矣。收书在道光中叶，与上海郁、金山钱同时，没于咸丰庚申，保守两代。今贤孙倩曹揆一[3]编书目，方知有此一大家。张文远[4]、钱复初[5]、雷君曜[6]均来谈，十四日回鄂，客中最称心之事也。手笺，敬请

著安百益！

弟荃孙顿首

大潮日

式之[7]在京否？委拟碑文已交卷，未知合用否？

按，根据书札内容、书札末尾的“大潮日”及《艺风老人日记》

[1] 于式枚（1853—1916），字晦若，广西贺县（今贺州）人，近代学者和官员，晚年参与纂修《清史稿》，任总阅。

[2] 韩应陛（1813—1860），字对虞，号绿卿，江苏松江（今上海市松江区）人，清代著名藏书家和学者。

[3] 曹元忠（1865—1923），字夔一（又作揆一），号君直，晚号凌波居士，江苏吴县（今苏州）人，清末民初著名学者和藏书家。

[4] 张锡恭（1857—1924），字师伏，号文远（又作文源、文原、文园、闻远），又号殷南，江苏松江（今上海市松江区）人，清末民初著名学者。

[5] 钱同寿（1867—1945），字复初，江苏松江（今上海市松江区）人。

[6] 雷瑨（1871—1941），字君曜，别号娱萱室主，笔名云间颠公、缩庵老人等，江苏松江（今上海市松江区）人。

[7] 章钰（1864—1934），字式之，号茗簃，江苏长洲（今苏州）人，近代著名藏书家和校勘学家。

中的相关记载，本书札应该是甲寅年八月十八日（1914年10月7日）所书。[1]书札中的“昨尊大人来柬，述到京及两次开会情形，与报上迥殊”一句，颇值得玩味。

另据《艺风老人日记》记载，缪荃孙于甲寅年八月十一日（1914年9月30日）“未刻登程，申刻到松江。曹君直来迎，住绣野桥韩三房。张文远来，同检书。住韩氏宅”。两天之后的十三日（10月2日），缪氏“钞题跋毕。辞行”。到了二十三日（10月12日），缪荃孙应保藏先世遗书的韩应陛后人韩德均之请，撰《华亭韩氏藏书记》。[2]从亲自前往观书到藏书记完稿，前后不足半月，堪称动作迅速，效率极高。日记中的有关内容可以与本书札相互印证。《华亭韩氏藏书记》篇幅不长，然而言简意赅，颇具价值。该文已被收入民国年间艺风堂刊刻的《艺风堂文漫存》之《癸甲稿》卷三。[3]遗憾的是，新近出版的邹百耐纂、石菲整理的《云间韩氏藏书题识汇录》[4]之“整理说明”，较为详细地介绍了韩应陛藏书及其相关情况，却只字未提缪荃孙的《华亭韩氏藏书记》这一非常重要的文献。

本书札和下一通书札的“新丰”，乃轮船之名称。“新丰”轮是天津至上海之客轮，属于轮船招商天津分局，吨位达1385吨，在当时堪称大海轮了。[5]

本书札所言诸种，都可于《艺风堂友朋书札》所收录的吴士鉴致缪荃孙书札第十二通[6]中找到对应，可参看。

---

[1] 根据《艺风老人日记》的记载，该日缪荃孙“发吴䌹斋信”（张廷银、朱玉麒主编：《缪荃孙全集·日记》第3册，凤凰出版社，2014年，第339页）。

[2] 参见张廷银、朱玉麒主编：《缪荃孙全集·日记》第3册，凤凰出版社，2014年，第338—340页。

[3] 该文已被收入民国年间艺风堂刊刻的《艺风堂文漫存》之《癸甲稿》卷三，如今又被收入张廷银、朱玉麒主编《缪荃孙全集·诗文》第1册（凤凰出版社，2014年）第573—574页。

[4] 上海古籍出版社，2013年。

[5] 参见王伟凯：《海河干流史研究》，天津人民出版社，2003年，第72页。

[6] 参见钱伯城、郭群一整理，顾廷龙校阅：《艺风堂友朋书札》，上海人民出版社，2018年，第562—563页。

纲鱼仁兄世大人阁下别将下月缘日惦思那

弓大人来东述此系及两次开会情形S报上回球

次老不言奉天体例审查为定我门拟例送阅否那

希但业已见此无须再做六无不可即亦要立此遠员

伊一名凭郡六一黄碵王钱罔间空 递泙查 戌方作两卷似

合体例子姓刀勒其此馆似乎可以在廷張戌请瑞启再

勒～聘两徐刻弦～本吏下班新重附行四人又病往

金陵就繁须镇真四虎再定 举探约伊次老爷奴～我

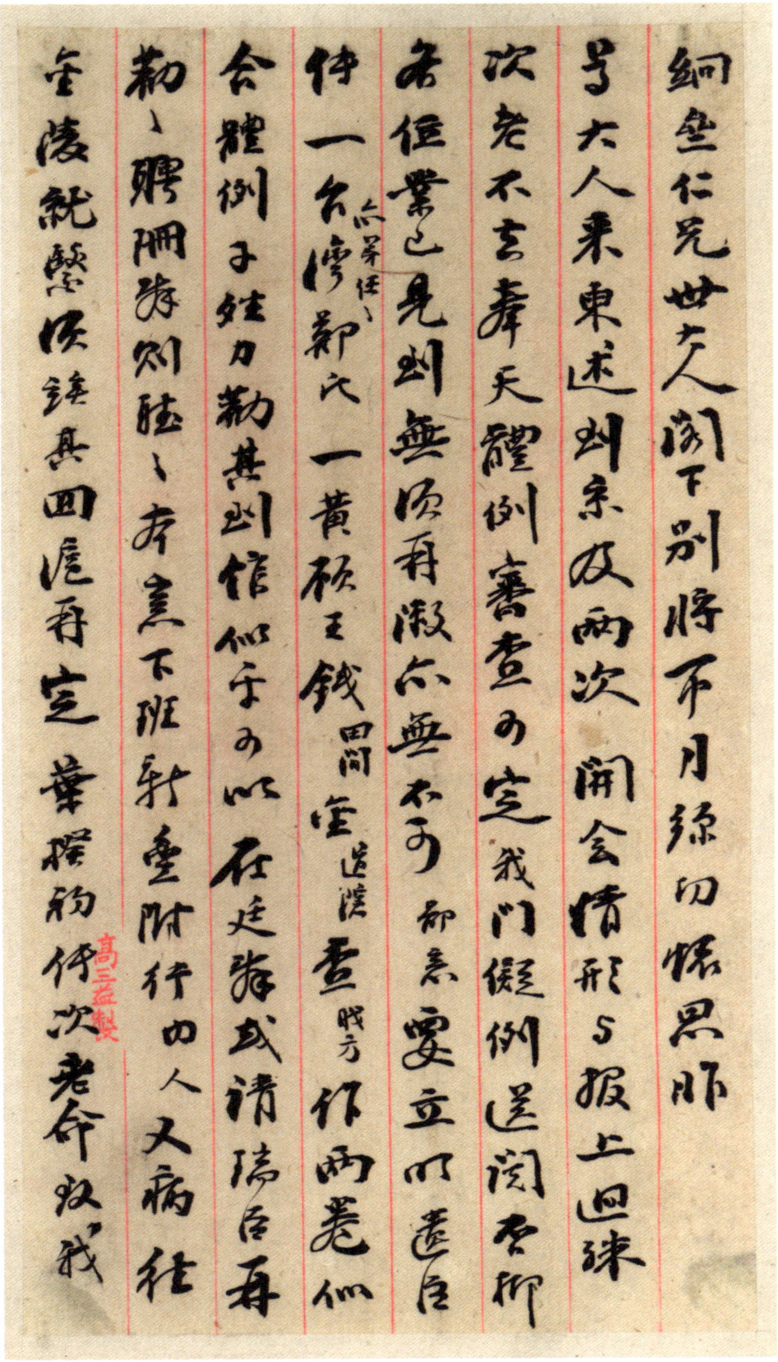

第九通（一）

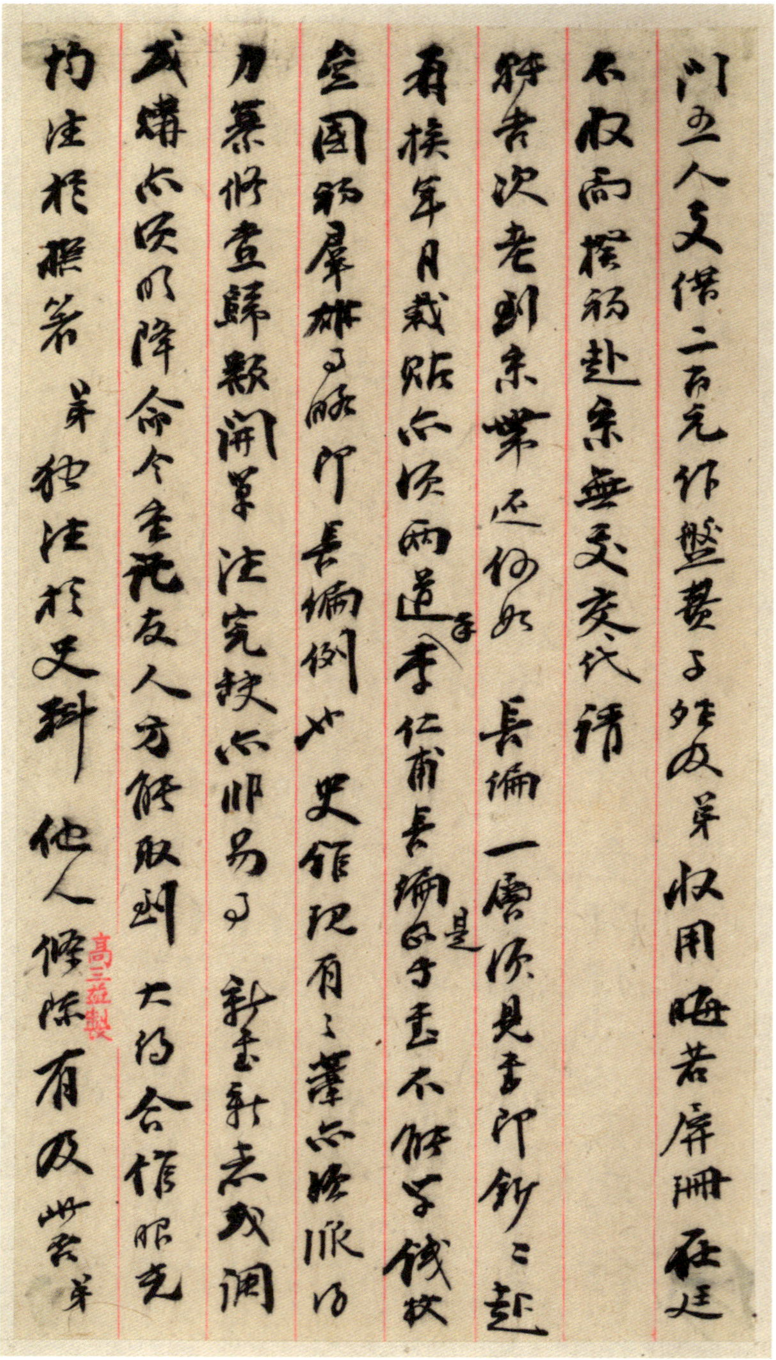
门生人文借二百元作盘费于外，及弟收用。晦若屏册在廷
不收，而揆初赴京无交，交代请
转告。次老到京，事还何如？　长编一层，须是书即钞之赴
看。积年月裁贴，亦须两道手。季仁甫长编是否手丢，不能写，钱状
全国初群雄了解，即长编例也。史馆现有之群书亦须派
力纂，将书归类，开单注究，拔亦非易了。　新书新志或润
成，补亦须明降命令，金陵友人方能取到。　大约合作那先
均注于群籍，　弟独注于史料，　他人修纂有及此者弟
高三益製

第九通（二）

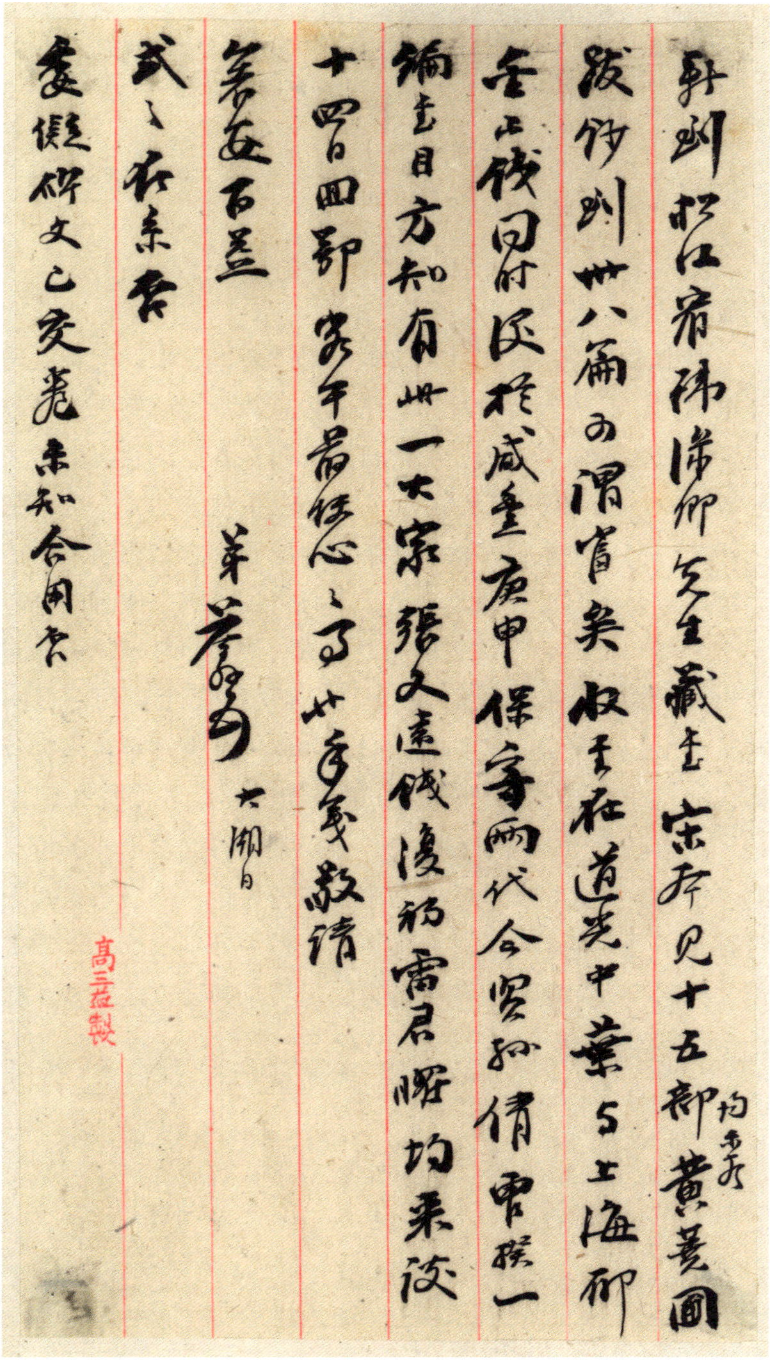
拜到松江府韓渌卿先生藏書，宋本見十五部，黃蕘圃均未見跋語則卅八篇，可謂富矣。收書在道光中葉，與上海郁泰峰同時。經咸豐庚申保守兩代，今賢郎倩覃撰一編書目，方知有此一大宗。張文遠、錢復初、雷君曜均未敘。十四日回郡，客年最怪心心了了，廿年氣敦請
箸安，百益
弟□□頓首　六朔日
式式舊未去
安擬碑文已交堯來，知合用否

第九通（三）

第十通

　　䌹斋仁兄世大人阁下：

　　两奉手书，备聆壹是。弟本拟附“新丰”来，忽又大病，至今未出门，必须暂缓数月，业已函告总裁。《商例》十二分均读讫，亦成《例商》一篇、《定目》一篇。各位注意在史，注意史料者甚少。兄与向之[1]、籛孙[2]、任公[3]最佳，如《今上本纪》决依任公。交通添志，外教改传为志，氏族添志，明遗臣添传，决不可少，余仍旧贯，即此已足，不必再议。将来或有改订，此时不必游移。长编必须认定何门之分纂，目办[4]考异，籛孙同意，注出处，袁[5]、王[6]同意，王旭庄[7]藏万季野手稿约一百四十余帙，注出处并考异，大约古人必是如此。征书甚难，须为分别。祁氏有八求，仍不离乎其说，弟分为四要，普通征（即令命是也）、指名索（知其家有何板，专函索之，如贫士亦备价）、广购、借钞，庶几可集。现办之事，想遵兄旨，事已不少。天下事肯办，不愁无事不办，即一无所事，稍为分别次第，不致徒劳为善，惟名手大半不到，仍如前言，尽为京师要人之兼差、新人物

[1] 吴廷燮（1865—1947），本名承荣，字向之，室名景牧堂，江苏江宁（今南京）人，担任《清史稿》总纂，并撰有《清史商例》。

[2] 金兆蕃（1868？—1950？），原名义襄，字籛孙，号药梦老人，浙江秀水（今嘉兴）人，清末移居平湖，被聘为清史馆纂修，后晋总纂，并撰有《拟修清史略例》。

[3] 梁启超（1873—1929），字卓如，又字任甫，号任公，又号饮冰室主人等，广东新会人。

[4] “目办”乃按目办理之义。

[5] 袁励准（1876—1935），字珏生，号中州，别署恐高寒斋主，担任《清史稿》编纂。

[6] 王大钧（生卒年不详），担任《清史稿》编纂。

[7] 王仁东（1852—1917），字旭庄，号完巢，又号刚侯，福建闽县（今福州）人。

之想出名者，统筹全局，专心致志，望兄一手主持。弟自揣此身磨书桌尚能如常，供奔走实嫌不足。昨阅《梨洲年谱》，《明史》之征亦七十一岁，能以梨洲待我乎？然穷过之矣。黄跋卅二篇，亦寄印臣[1]。日内所见宋本亦多。酒亦不敢多饮，只恃书消遣，樊山[2]亦未行。葵初闻今日到，即交在廷，仍劝之北行。

此请

著安！

荃孙顿首

九月朔

按，根据书札内容及《艺风老人日记》中的相关记载，本书札应该是甲寅年九月一日（1914年10月19日）所书。[3]书札中的向之、篯孙、任公分别指吴廷燮、金兆蕃、梁启超。他们三人都曾对《清史稿》的体例提出过自己的建议。本书札中的“各位注意在史，注意史料者甚少”，与上一通书札中的“大约合馆眼光均注于撰著，弟独注于史料”，充分表明了缪荃孙对史料的高度重视。

清史馆开馆之初，首先需要商定《清史稿》之体例，当时于式枚、梁启超、吴士鉴、吴廷燮、姚永朴、缪荃孙、夏孙桐、金兆蕃、朱希祖、袁励准、袁嘉谷、陈敬第、陶葆廉、王桐龄、张宗祥、柳翼谋等均提出了纂修清史商例，大家都主张《清史稿》采用传统的“纪传体”，分歧主要存在于“体例”，大体上可以分为以于式枚、缪荃孙为首的多数派，以梁启超、张宗祥为首的少数派。前者主要仿照《明史》而略有变通；后者在体例方面则具有很大的创新性，如提

[1] 吴昌绶（1868？—1924），字伯宛，又字印臣，号甘遁，晚号松邻，浙江仁和（今杭州）人，清末民初著名诗人、金石学家、藏书家和刻书家。

[2] 樊增祥（1846—1931），原名嘉，字嘉父，号云门，又号樊山，晚号天琴老人，湖北恩施人，清末民初著名诗人，并且擅长骈文，辛亥革命后避居上海，乃超社之重要成员。

[3] 根据《艺风老人日记》的记载，该日缪荃孙“发吴䌹斋信”（张廷银、朱玉麒主编：《缪荃孙全集·日记》第3册，凤凰出版社，2014年，第341页）。

出设立《都市志》、《物产志》、《贡赋志》、《户役志》、《钱法志》、《国用志》、《学校志》、《邮传志》（含邮政、电报、铁路、轮船）、《乡政志》、《古物志》、《宗教志》、《邦交志》、《国书志》等。[1]清史馆最终采纳了于、缪之体例，但梁、张之方案也有不少可取之处，他们的部分建议后来也在《清史稿》编纂过程中被采纳，故书札中有"《今上本纪》决依任公。交通添志"之语。此外，书札中提及的"外教志"，后来还是被删除了。

关于书札中提及的"长编""考异""注出处"等，详情可参于式枚、缪荃孙、秦树声、吴士鉴、杨锺羲、陶葆廉六人合上的《谨拟开馆办法九条》。[2]

此外，宋代大学者郑樵在《通志·校雠略》中首先提出"求书八法"，分别是"即类以求""旁类以求""因地以求""因家以求""求之公""求之私""因人以求""因代以求"。明代藏书家祁承㸁的《澹生堂藏书约》之《藏书训略·购书》，在郑樵"求书八法"之基础上，又新增了辑佚法、别出法、序跋法等三种方法。因此，书札中的"祁氏有八求"，并不十分确切。

[1] 参见刘海峰：《百年清史纂修史》，安徽人民出版社，2014年，第11—14页；朱师辙：《清史述闻》，上海书店出版社，2009年，第1—210页；许师慎辑：《有关清史稿编印经过及各方意见汇编》上册，台湾"史料研究中心"，1979年，第23—171页。

[2] 参见朱师辙：《清史述闻》，上海书店出版社，2009年，第82—91页。

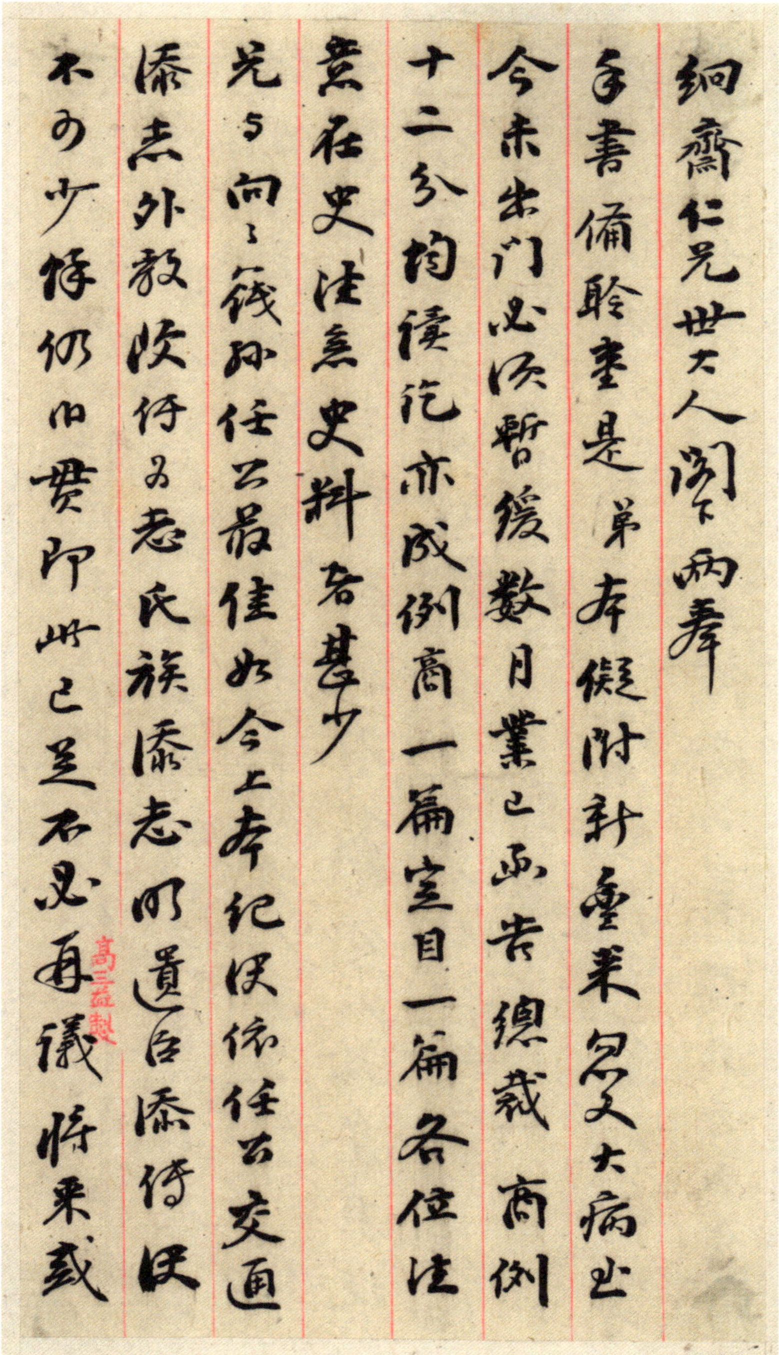

絅齋仁兄世大人閣下兩奉
手書備聆壹是弟本擬附針重來忽受大病至
今未出門必須暫緩數月業已函告總裁商例
十二分均讀訖亦成例商一篇室目一篇各位注
意在史法無史料容甚少
先生向之錢孫任公最佳如今上本紀服係任公交通
添志外教陝侍乃志氏族添志所遺亦添待服
不可少條例仍由貴印此已足不必再議將來或

高三益製

第十通（一）

有陂行亦附 不必游移 長編必須認定何門之分纂

目亦考弁秖孫同意 定出廖素同意 更旭昊藏畫 乃一百四十餘種

李莪手藥漶出交弁考弁大約古人必是此好徵

書甚雖须之分別 祁氏有八棄何不離乎其泥

呈分為四要普通微 甚如 印令介指名家 知其家可何收 李乐亲者此乃士 不便便 廖牌

供似 庶幾之殊 况如之智道

光悅了已不少 天下了省亦太愁無了不少即一無兩

事銷之分別 汰革不收徒勞之善惟名家大事

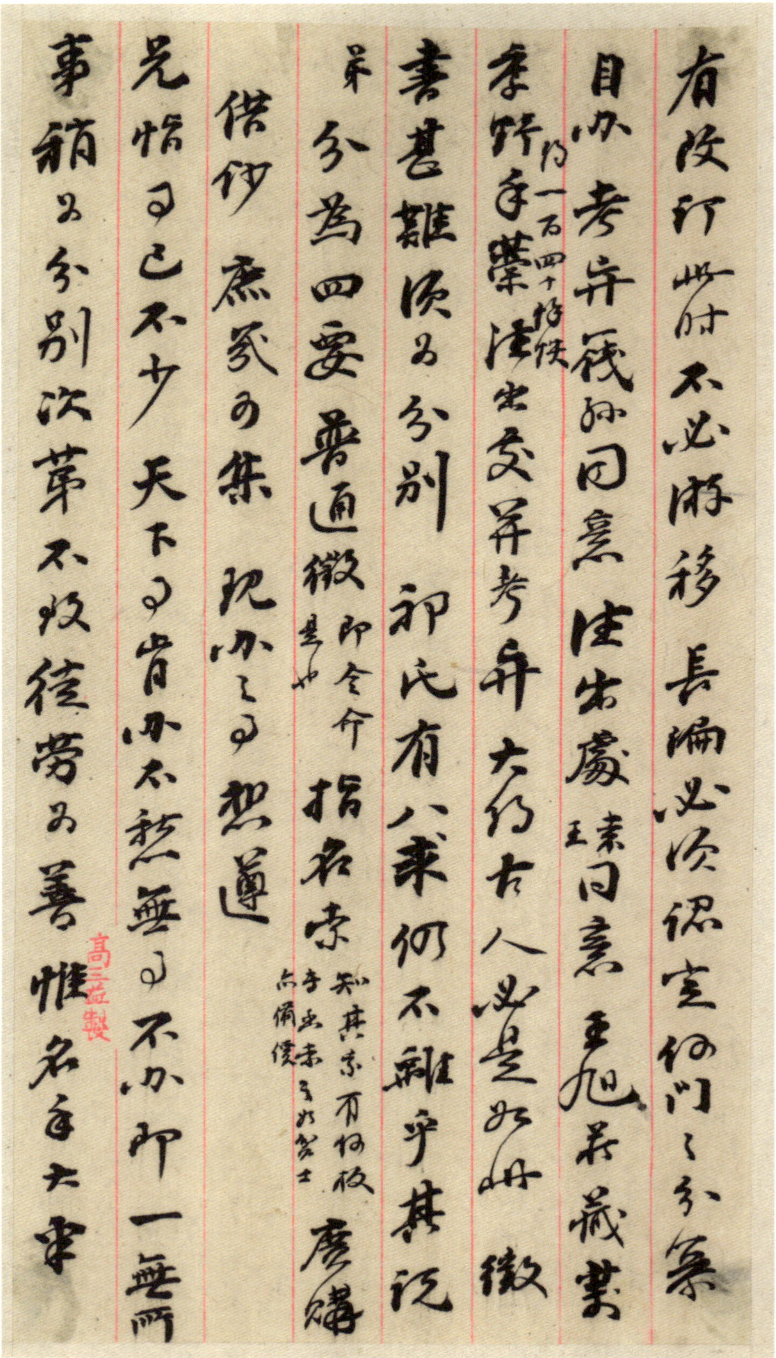

第十通（二）

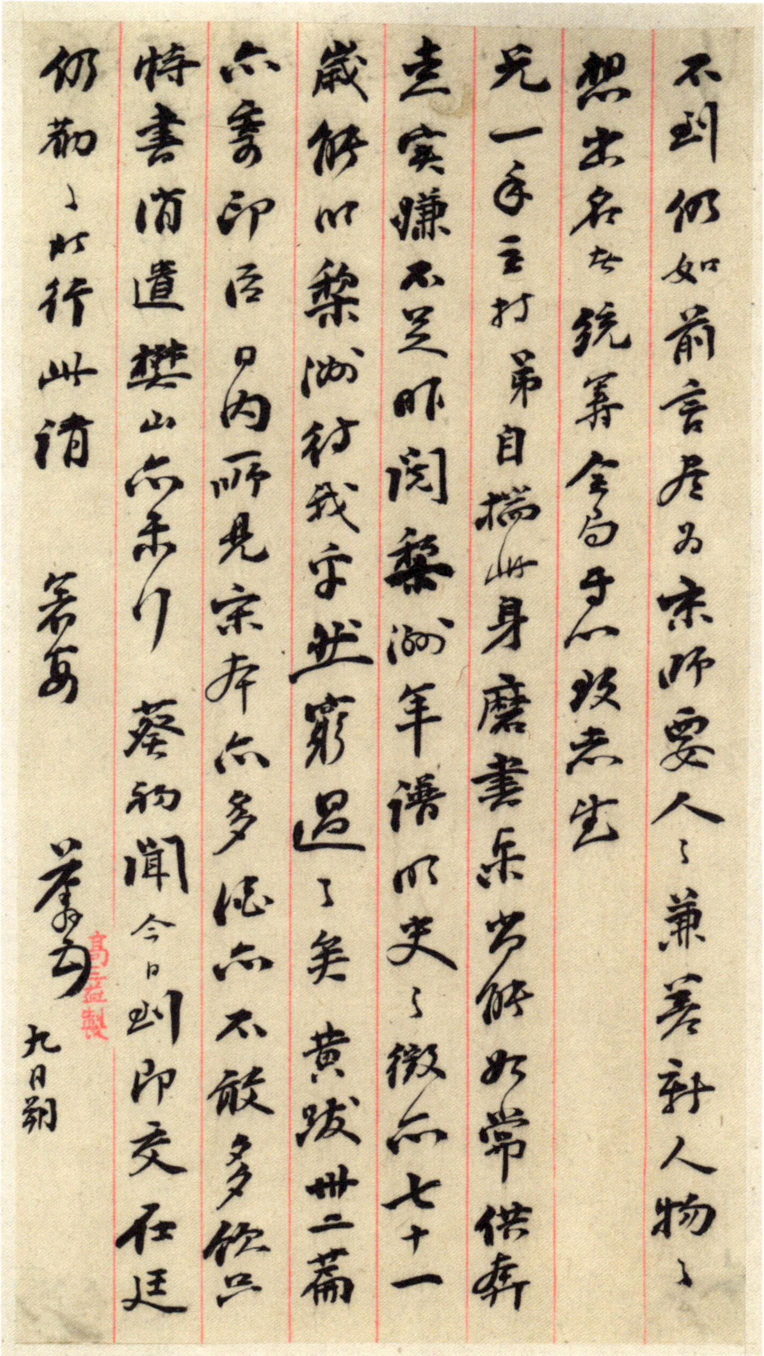

不到仍如前言是為宋師要人〻兼善對人物〻
想出名於統籌全局手心收束也
先一年三村弟自揣此身磨書樂此能如常供奉
走實慊不足耶閱黎洲年譜以史〻徵之七十一
歲能以黎洲行我平生窮遇了矣黄跋卅二篇
亦舊印否日内所見宋本亦多恐亦不能多飲只
特書消遣樊山亦來蔡初聞今日到即交任廷
仍勸〻此行此請
箸安
某某
九月朔

第十通（三）

第十一通

馆中无变动即好。通伯[1]《桐城耆旧传》目后引吴挚甫语，甚有碍于馆例。注出处、加考异，近人均以为不便。其实此例开自宋人《涑水纪闻》，仁父[2]《长编》即如此，且行文语气仍行删润，使一气呵成，并加议论，并非一字不易。《咸淳临安志》注据某书某书修，则更活动。若如挚甫言，专取佳文，而事迹讹错，能行远否耶？近日新学专以捏造为事，必有援此语以破馆例者，谨防之。可见桐城家之不足与谈汉学也，一征实，一蹈空，孰是孰非，学者自办之。

按，书札中的“注出处、加考异”，与上一通书札之内容相关，故暂系本书札于后。

---

[1] 马其昶（1855—1930），字通伯，晚号抱润翁，安徽桐城人，清末民初著名学者和作家，曾参与《清史稿》的编纂。

[2] 李焘（1115—1184），字仁甫（又作仁父），又字子真，号巽岩，眉州丹棱（今四川丹棱）人，宋代著名史学家，著有《续资治通鉴长编》等。

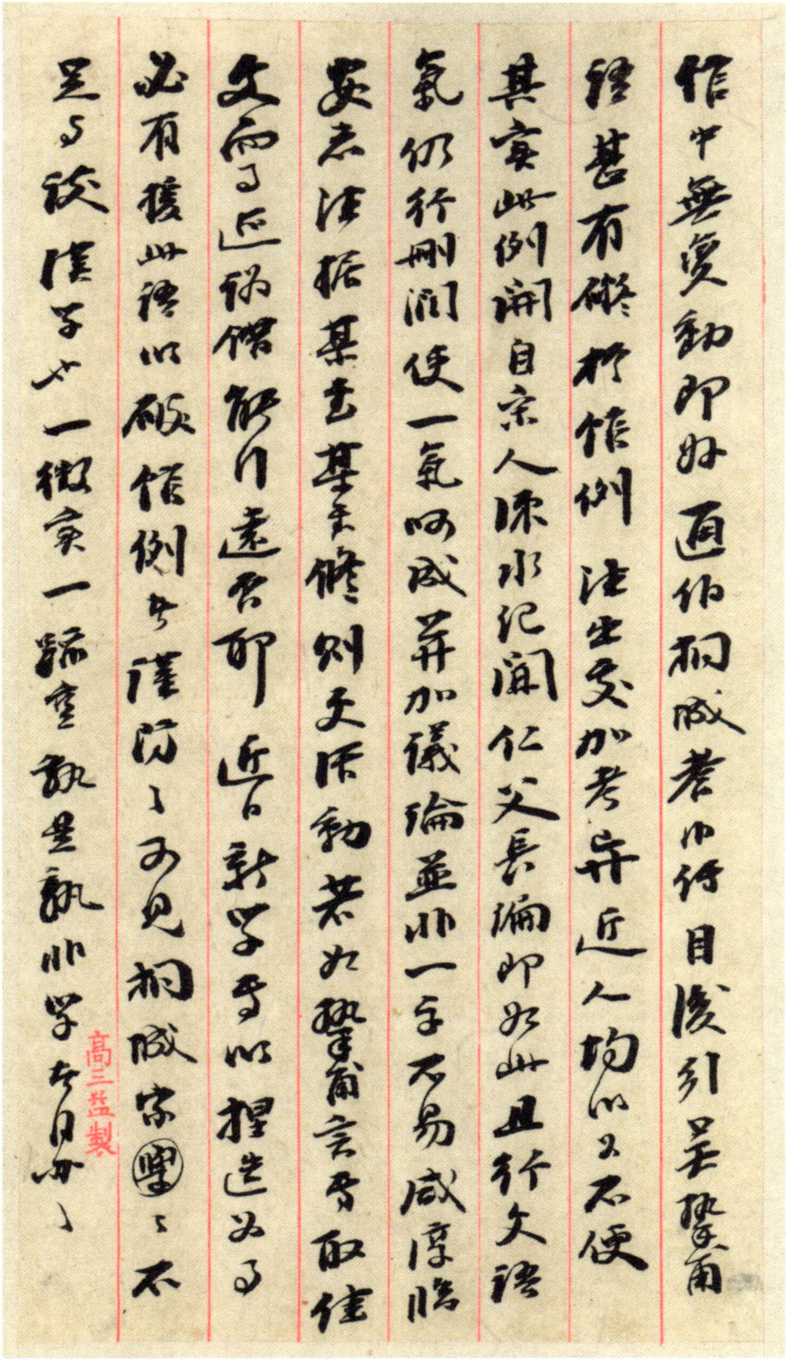
作中無費勁即好直遂作桐城耆山待目後引吳摯甫語甚有礙於作例注出處加考異近人均以為不便其實此例闡自宋人涑水記聞仁父長編即如此且於文語氣仍於刪潤使一氣呵成并加議論並非一手不易咸淳臨安志法據某書某某條則文體動若丸摯甫言乃取佳文而又近語錄體則遠甚耶近者新學乃以捏造為了必有獲此語以破惟例者僅防之乃見桐城家之不足之談惟分寸一微處一歸重孰是孰非學者自得之

第十一通

第十二通

即如“交通”二字，因今日有交通部也。但今日之交通部即前清之邮传部。既修清史，不据清之邮传，而系民国之交通，可乎？“邮传”二字即稍古，况轮船，外国亦谓之邮船耶！

按，根据内容以及书札原件判断，本书札为一附页，并且很有可能是上一通书札的附页（杭州图书馆所藏装裱本就将此附页接排在上一通书札之后），故暂系于此。

缪荃孙关于交通、邮传之建议最终未被采纳。今《清史稿》设有《交通志》（卷一百四十九至卷一百五十二），分铁路、轮船、电报、邮政四大部分加以论述。笔者认为，清末之邮传部下设船政、路政、电政、邮政、庶务五司，与民国初年之交通部职责大体相近，但作为民国年间编纂的《清史稿》，还是采用“交通”这一名称较好，如果采用“邮传”，由于“邮传”一词在宋元明清时期往往指驿馆（并可以借指驿吏等），有时指传送文书、转运官物，容易使人产生误解。

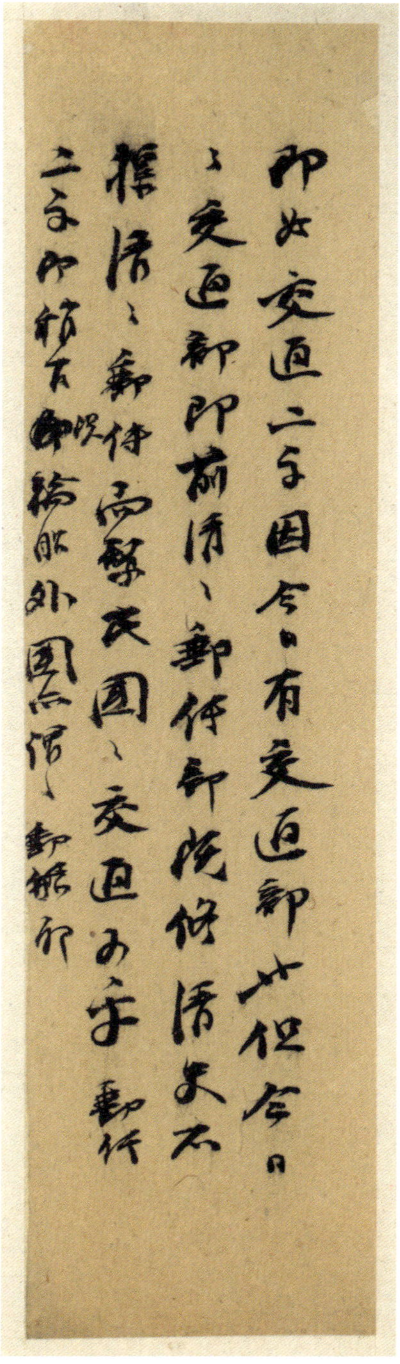

第十二通

第十三通

绸斋道兄赐鉴：

昨席间诸君，奉文者陶、秦[1]，未奉文者杨、震[2]，而议论尚合。拟目将国语入志，蒙古回部王公立《藩臣传》，次于《臣工传》之后《儒学》之前，以朝鲜等国为外藩，以示区别。晦若欲以钱冠《文苑》，不如以江左三家为一传（钱在明朝事甚多，本朝则无事实，文学真足传。龚亦无甚事实，不如汇入此传。俞理初以夏贵支拄兵事五六十年，宋元史均无传为可惜，与钱相类，钱仍以文学胜耳），到此时实不能拘乾隆谕旨矣，所谓千秋论定也。此上，敬请

侍安！

荃孙顿首

按，本书札内容，仍是讨论《清史稿》立目问题，与上两通书札之内容相类，故暂系本书札于后。

书札中的"钱"指钱谦益（1582—1664），"江左三家"指钱谦益、吴伟业（1609—1672）、龚鼎孳（1615—1673）。钱、吴、龚均以诗文而著称，尤其是钱谦益堪称一代大家，但三人又都是"贰臣"，笔者认为这一点应该或多或少影响了他们在缪荃孙心目中的形象与地位，从而导致缪氏不希望他们在《清史稿》中的位置过于醒目。

书札中所说的"钱在明朝事甚多，本朝则无事实"，似乎也过于武断。"钱在明朝事甚多"确实如此，但"本朝则无事实"缺乏说服

[1] 即陶葆廉和秦树声。详见第八通书札之脚注。

[2] 即杨锺羲和震钧。详见第九通书札之脚注。

力，钱谦益作为清初诗坛盟主之一的地位应该是没有争议的，也是有诸多事实支撑的。

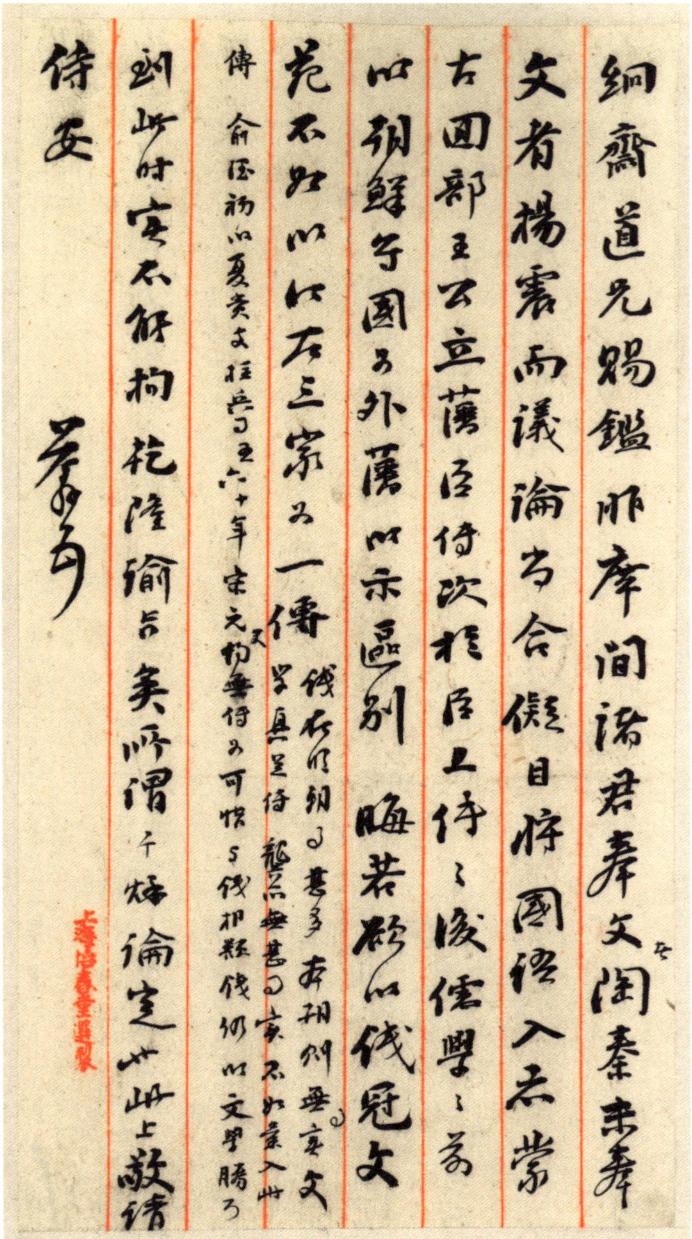

第十三通

第十四通

近日报上颇多议论，大约出自馆中，言弟高视阔步，弟气派向来如此，未之能改。又云以老前辈自居，观此语，知非同衙门中人。因本衙门隔一科即自居老前辈也。又云各纂修与分纂修欲群起反对，赖某君从中调停，近来渐渐融洽矣。那有此事！某君大约指兄。弟到京止二十天，亦分纂之一人，并与各纂修无甚干涉，既无反对，有何融洽？又云《地理志》如何好法，现派邦交，又是一人认一二国，有十余人分办。想地理派十八人业已不是办法。至于邦交，如小国，只有某国在某洲，距中国若干度、里，某年某日订和约，归某国钦使兼管，一行已完，如办《海国图志》，又非史体。叶伯皋[1]办外教，说到白莲教、拳匪，界画决分不清，又以道流为中国人，非外国人，要改为宗教（又改教务）。弟告以圣教之外之外，非中外之外。《诗韵》本上《词林典故》即以外教列目，如改宗教，应从圣人说起，如何说法？（教务亦然。）不知肯听否。小序、耑序、此篇之意志及类传序在先，列传论在后，揭示大概，或补异说，或附他事，寥寥十数行。唐后无骈文，即长幅之议论亦用不着。诸君不自爱其鼎，何损于我辈！惟此等嫌疑，此时未实做总纂，业已如此，将来动笔删改，又不知受如何气。仍是守秘密之一法为上，谣言一概弗理。

秦人得总纂，又来抱存[2]，想更高兴。

---

[1] 叶尔恺（1864—？），字柏皋（又作伯高），又字悌君，浙江仁和（今杭州）人。

[2] 袁克文（1889—1931），字豹岑，又字抱存，号寒云，乃袁世凯次子，人称袁二公子，河南项城人。

按，根据《艺风老人日记》的记载，缪荃孙于甲寅年九月十二日（1914年10月30日）离开上海赴京，十七日（11月4日）到达北京；十月十三日（11月29日）离开北京返沪，十七日（12月3日）回到上海。[1]书札中有“弟到京止二十天”之语，再考虑上一通书札中的具体内容，判断本书札当为甲寅年十月七日（1914年11月23日）左右所书。

书札中的“言弟高视阔步，弟气派向来如此，未之能改”以及“谣言一概弗理”，寥寥数语，缪荃孙之形象跃然纸上。类似的文字不易在缪荃孙的其他著述（包括日记）中见到，值得关注和细细品味。

[1] 参见张廷银、朱玉麒主编：《缪荃孙全集·日记》第3册，凤凰出版社，2014年，第342—347页。

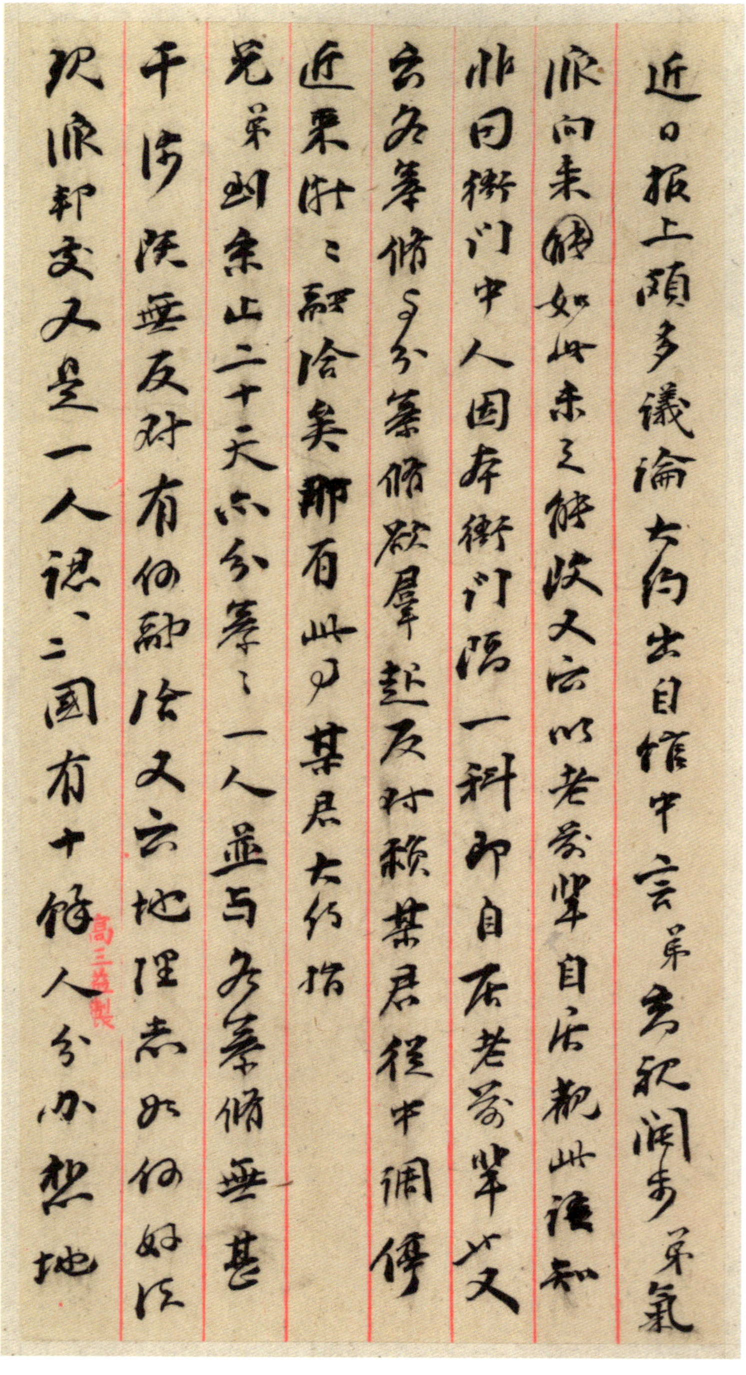

近日報上頗多議論，大約出自館中，云弟去秋閒步，弟氣
派向來如此，未之能改。又云以老前輩自居，觀此，誰知
非同衙門中人，因本衙門除一科即自居老前輩也。又
云各纂修々分纂修欲群起反對，賴某君從中調停，
近來壯々融洽矣。那有此事？某君大約指
兄。弟到差止二十天，與分纂々一人並與各纂修無甚
干涉，決無反對，有何融洽？又云地理志如何好法，
現派郭定又是一人，誤々。二國有十餘人分辦，想地
高三益製

第十四通（一）

理脈十八人業已不是亦法且於邦交如小國只有某國
在某洲距中國若干度王某年某月訂和約歸某國欽
使兼管一行已完此亦海國圖志又非史体 葉仍舊
此外教從此白蓮教拳匪界畫決分不清又以道
流為中國人非外國人要從為宗教又從教務弟去以聖教
之外之外非中外之外討論本上同拈典故即回以外教
列目為從宗教者從聖人說起如何說法教務亦並不知者
照原小序為序冊篇之是志及點件序於先列何

高三益製

第十四通（二）

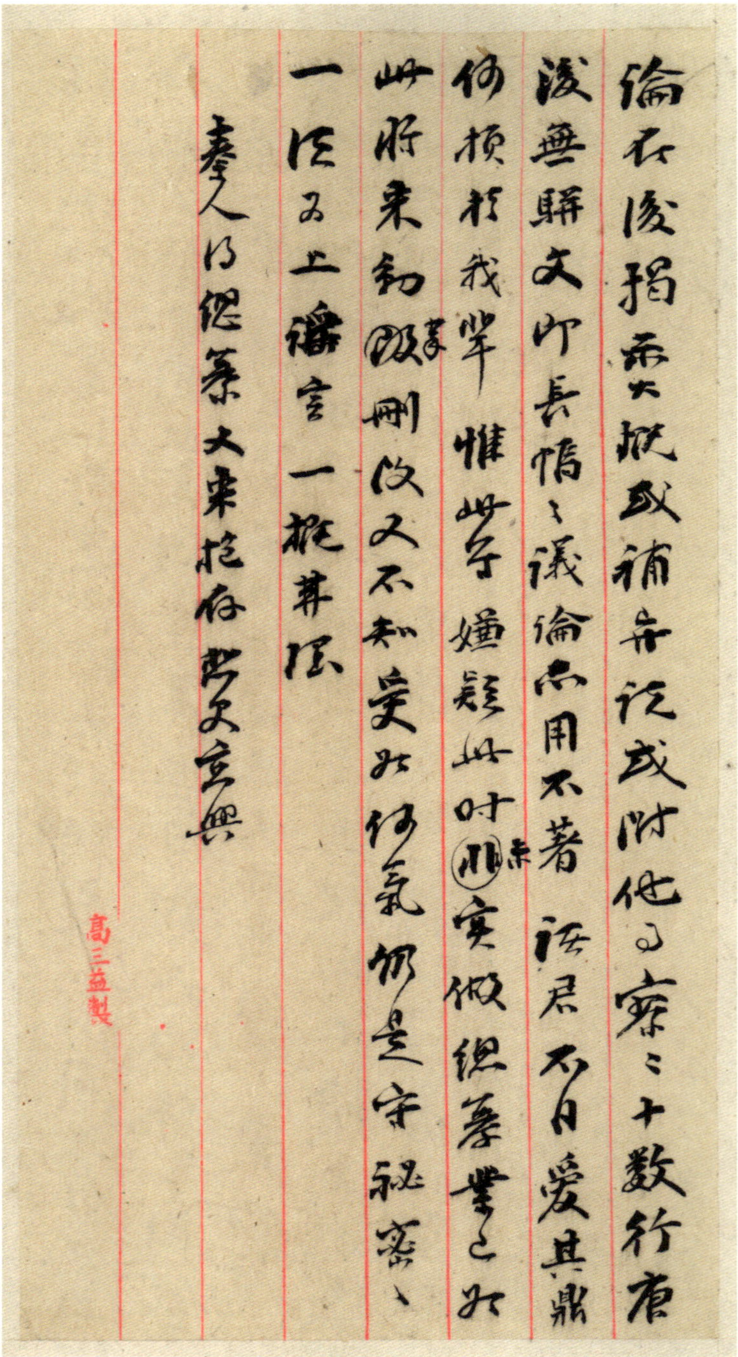
論在後揭要擬或補弁說或附他乃察之十數行唐
淺無駢文所長惟〻議論亦用不著諸君不自愛其鼎
何損於我輩惟此等嬌疑此時亦實做總纂業之外
此將來動跋刪改又不知要如何氣例是宗秘密、
一語乃上海言一推耳
奉人仍總纂大來於存史宜興

第十四通（三）

第十五通

炯斋仁兄世大人阁下：

昨奉手书，谨悉壹切，维纂著精勤，起居顺适，慰如远颂。馆中交卷有人，弟亦勉凑两卷，由兄阅后再呈，想已察入。书籍购索装足四箱，开河即寄。书价实不为贵，松雪不知此中价值，公道语常与提调等知之，以后可陆续办。旧书日贵，有用之书不必旧板，然写目亦须在行者。超社[1]改午饭，即诗钟亦改午饭，饭后钟至晚点心而散，尊翁可以常到矣。顾象赋四十韵，精警之至，弟只五律四首，止相[2]、艾玱[3]五古，贻叔[4]七绝四首，余未交卷。八谬乞饬人写出寄阅为盼。若传稿之谬，则不胜举矣。手笺，敬请著安，并叩

新禧百益！

弟缪荃孙顿首

按，根据《艺风老人日记》的记载，甲寅年十一月十七日（1915年1月2日），超社举行了第25次雅集，参加者包括书札中所提及的瞿鸿禨、沈瑜庆、林开謩，以及吴士鉴之父吴庆坻（字子修）等。[5]而

[1] 超社是辛亥革命之后，由避居于上海租界的一批前清士子成立的诗人社团。

[2] 瞿鸿禨，因其号止盦，并曾任清廷军机大臣、协办大学士，故书札中称其为止相。《艺风老人日记》中还有称其为瞿相国之处。

[3] 沈瑜庆（1858—1918），字志雨，号爱苍（又作艾玱）、涛园，福建侯官（今福州）人。

[4] 林开謩（1863—1937），字益苏，号贻书，又号放庵，福建长乐人。

[5] 参见张廷银、朱玉麒主编：《缪荃孙全集·日记》第3册，凤凰出版社，2014年，第352页。

根据朱兴和的《超社社集活动情况简表》[1]，超社一共举行了26次雅集，其中第26次也就是最后一次雅集是在甲寅年十二月廿五日（1915年2月8日），但此次雅集由沈曾植、沈瑜庆做东，负责召集众人，显然与缪荃孙所记“约瞿中堂……林贻书小饮醉沤，超社二十五集也”之情况不符。因此，书札末尾的“新禧”当指公历新年，本书札的撰写时间应该是1915年1月上旬。

书札中的“书籍购索装足四箱”，说明吴士鉴托缪荃孙所购之书数量不少。“书价实不为贵”，说明缪荃孙认为当时上海的书价不算高。同时，“旧书日贵”，则说明民国初年的旧书价格总体上还是日益上涨的，虽然缪氏认为还不算贵。“有用之书不必旧板，然写目亦须在行者”，充分表明了缪荃孙的藏书、用书理念。缪氏作为民国时期的著名藏书家，固然注重珍本、古本，但并非刻意地一味追求，而是视实际情况酌情而定。此外，缪氏所说的“写目亦须在行者”，应该是针对民国初年刊行之典籍质量良莠不齐的情况而专门强调的，足见其将所用之书的刊印质量放在首位，至于是否旧板，并不特别在意。

[1] 参见朱兴和：《现代中国的斯文骨肉：超社逸社诗人群体研究》，上海三联书店，2014年，第65—68页。

炯叁仁先世大人阁下昨奉

手书谨悉事切继

纂著精勤

趋左顺适妙以遠颁馆中交老有人弟以勉㑺

两卷田

兄闲後再呈教

墖入书籍镌索兹四匣开㒵邙寄画價賓

不为貴松雪不知岷中價值

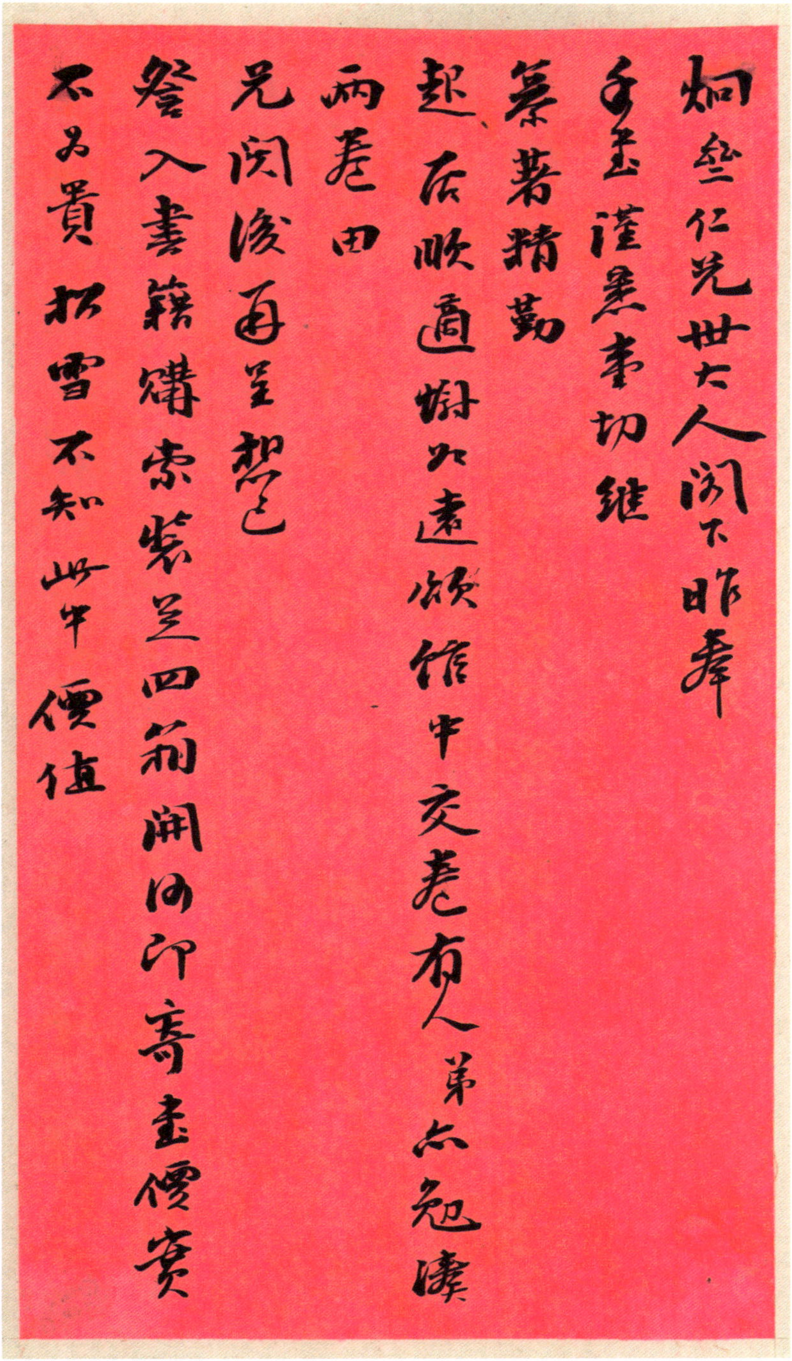

第十五通（一）

公道誰常5 揆調子知～以後□陸續小舊玉口黃

有用～玉不必舊板址□圓态瑶亦门今 趙社报

作即訪僅态次才任作後僅出晚上以而報

弔佛可以崇到矣 舒京賦四十韻精艷～出崇此玉

律四首止相艾倫五百姑卅七旭四看仔未交差 八俗

亡佑人寫出实阅亽昀 若伊藁～諸刻乃滕舉矣手篓

敬請 若安 弟叩

弟缪荃孙

勒積石益

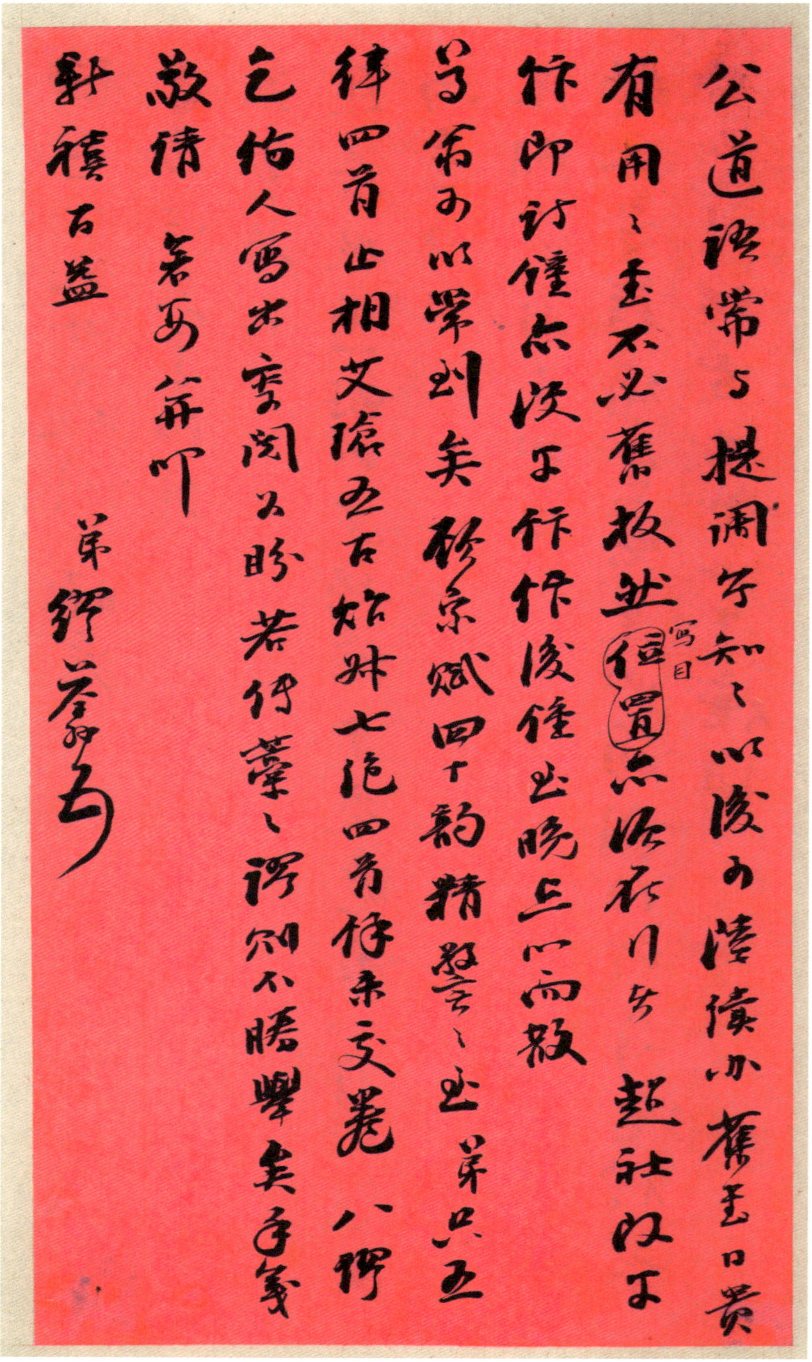

第十五通（二）

第十六通

絅斋仁兄世大人阁下：

弟闻驺从启行，即来走送，遂致两误，歉仄殊甚。辰维功业精进是颂。江南天时不正，寓中病者屡屡，弟亦时患咳嗽。樊山行后，超社举行一次，因子培、止相常有小恙，不知坡公生日仍举行否？馆中添到笙叔[1]，必有议论，人是通品，偏今固不可，食古亦不宜也。《儒林》成一册，应分二卷，与旧传及前拟迥不相同，亦略有变动。乞阅后转呈。误处求随笔改定，并恳馆长专守秘密。主意如一宣露，争者争，批评者批评，报馆再抑扬之，以后不能办，亦无人敢交卷矣。清朝专制延至二百五十年，民国共和日日如累卵，大小事均如此。从前我门所商各例，有许多办不动处，再行细商，如一发动，又要征集意见，风潮日起矣。樊山、笙叔各认何门，乞先示一例。弟参集各人分门之例，定一条例，分通例、专例两目，所以不定者，恐一人之见识不到也。名誉负老成，决不问新进出风头，如邓善道之《孝友》，钞几篇《耆献类征》《碑传集》，至于序言，直是小学堂教课书，史馆如此人才，不成为秽史，直是笑林耳。秽史谈何容易哉！弟拟明春来京，合大臣之应列传不应列传者进退之，厘定一目，待人分认，三品以下业已拟定，候大臣定夺，可以附则省之，然恐五百卷尚不剪也。《儒学》《文学》两项，几及十卷。奈何汪子渊[2]

[1] 钟广生（1871—1935），又名镛，字笙叔，又字镛生，号惷盦，浙江钱塘（今杭州）人。

[2] 汪洵（1844—1915），字子渊（又作芷渊、子远、芷沅、芷远），号渊若，原名学瀚，字渊若，江苏阳湖（今常州）人。

偏中，杨心吾逝世，老年人可怕极矣。此上，敬请

著安百益！

荃孙顿首

按，杨守敬（字惺吾，又作心吾）于甲寅年十一月廿四日（1915年1月9日）去世，而坡公（即苏东坡）生日是十二月十九日（1915年2月2日），故本书札撰写之时间当在此期间。书札中之所以有“不知坡公生日仍举行否”之问，是因为此前一年的苏东坡生日，即癸丑年十二月十九日（1914年1月14日），超社专门举行了雅集。

“钞几篇《耆献类征》《碑传集》，至于序言，直是小学堂教课书，史馆如此人才，不成为秽史，直是笑林耳”，充分表明了缪荃孙对当时《清史稿》编纂中的某些现象极为不满意，已经到了忍无可忍的地步。

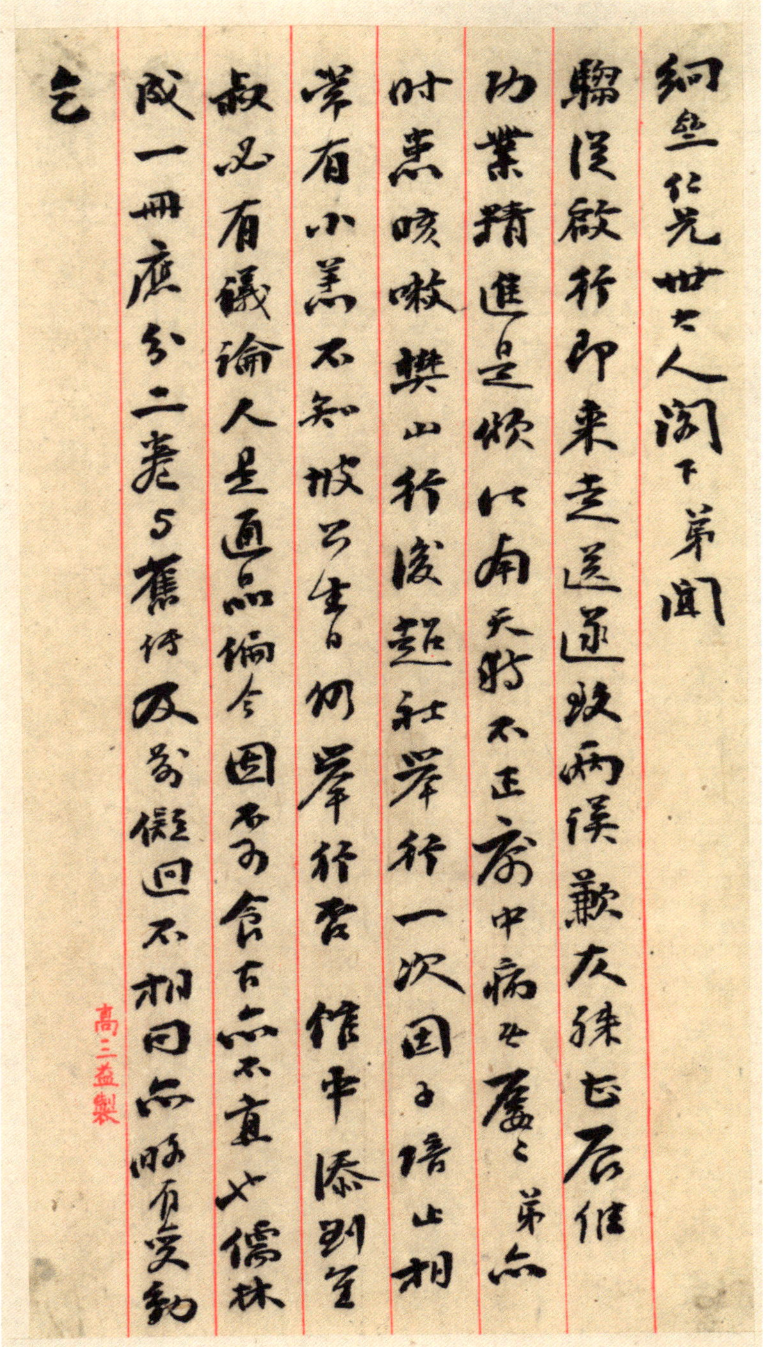
絅丞仁兄世大人閣下：弟聞
騶從啟行，即來走送，遂歧兩溪，歉仄殊甚。居維
功業精進是頌。比南天時不正，家中病者屢屢，弟亦
時患咳嗽。樊山行後，趙社畢行一次，因子培亦相
常有小恙，不知拙書何畢行者，惟幸添到至
叔兄有議論人是道品，偏今因為合古亦不直，文儒林
成一冊，庶分二卷。5舊作及新擬迴不相同，亦略可更動
之

第十六通（一）

阅後祈呈误文术

随笔没这垂然作长于守祕密主义办一宣露争也争

批评者批评报信再抑扬以後不解办此无人叙交瓮

美情邦于判延必二石五十年民国共和以二孔景卯大心

均此此以为我门师商名例有许多小不钧文再行细商办

一废勤文变徽策差見风明日趨美 樊山笔持办误侭门

匕气乐一例 芹莱年天人分门例定一偉例分通例于

侧两目疑以石宣君只一人气处微太到 此名管负老成侠

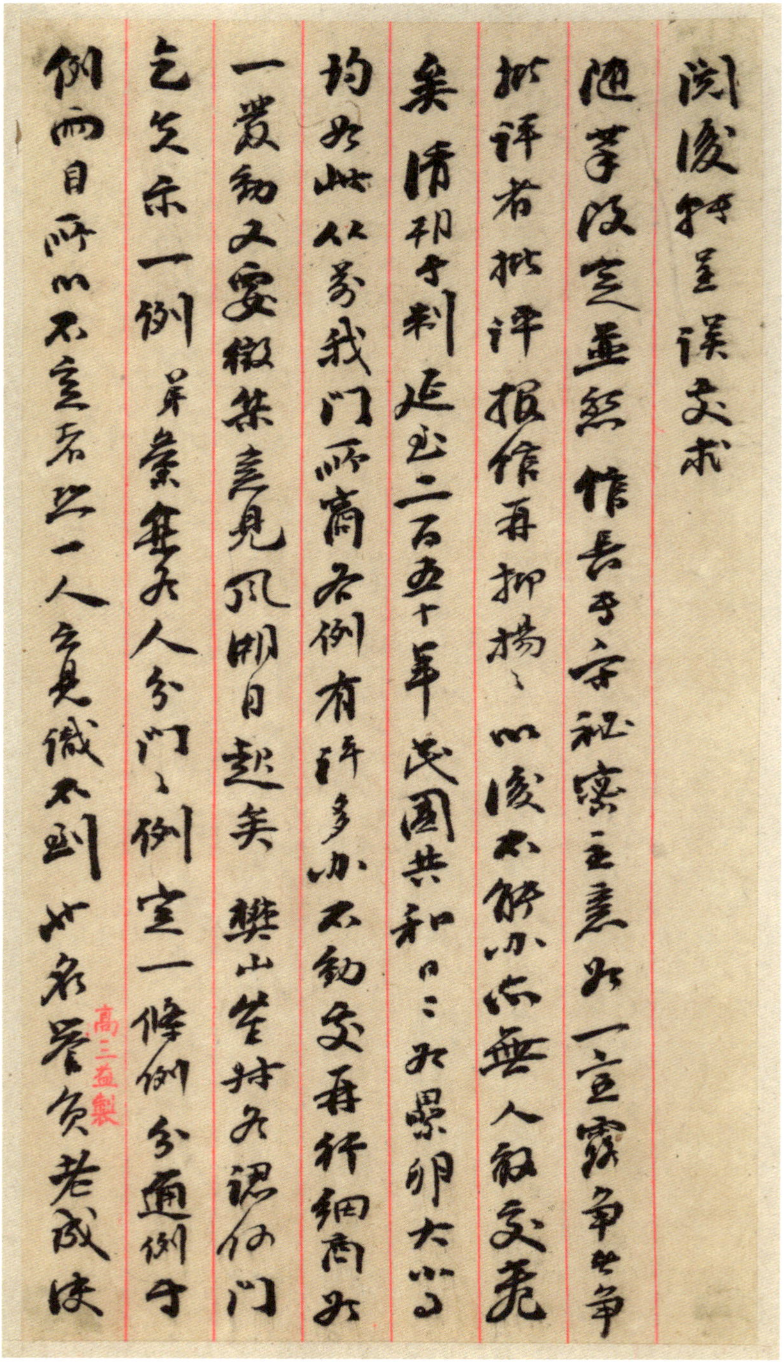

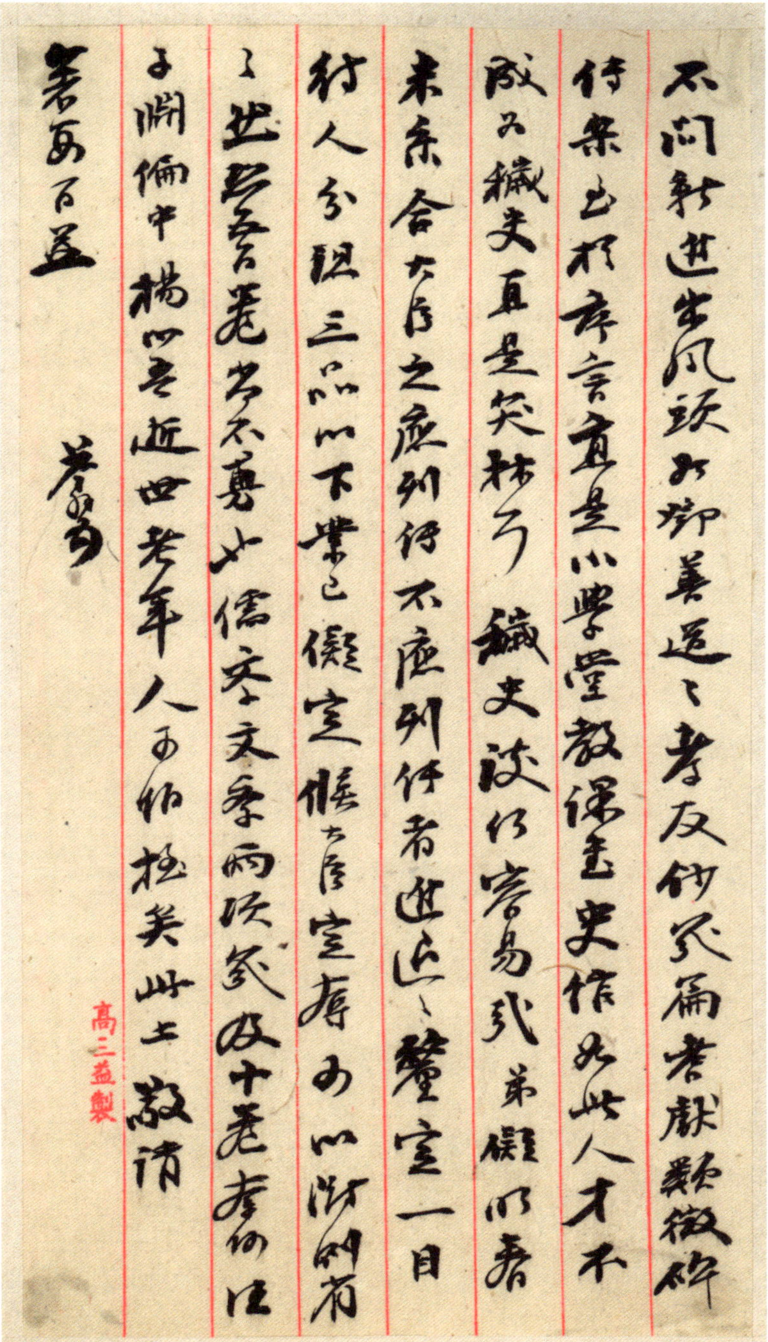
不問新進出風致如鄉善退々孝友仰篇者獻歎徽碎
侍者出於庠舍直是小學堂教保之史作如此人才不
敢以職吏直是笑柄了職吏設何容易哉弟擬於省
未來合大臣之應列侍不應列侍者進退之鑒定一日
行人分限三品以下黨已擬定條大臣定奪再以附列前
之此聞晉卷尤不專以傳文文季兩候及十卷孝何位
子胤倫中楊以吾近世老年人可作極矣此上敬請
著安百益
孝胥
高三益製

第十六通（三）

第十七通

刘[1]、张[2]两位均以名誉纂修相订，为借书计。刘处已借到《小腆纪传》，云南、四川、广西通志各书。应酬亦不可少。

按，根据内容以及书札原件仅有三行并且左右均有空行判断，本书札或为上一通书札之附页。刘承幹和张钧衡均为大藏书家，缪荃孙经常向他们二人借书，日记中有不少记载。根据《艺风老人日记》的记载，缪荃孙于甲寅年十二月十一日（1915年1月25日）借到《小腆纪传》[3]，故本书札应该是此后不久所书。

《艺风堂友朋书札》所收录的吴士鉴致缪荃孙书札第三十二通，似是对缪氏此札的回复，吴札云“旋奉小除夕手教”[4]，与本书札写作时间（甲寅年十二月十一日之后不久）也相当，或即指此札。

---

[1] 指刘承幹（1881—1963），字贞一，号翰怡（又作翰仪、翰贻、翰夷、按怡），晚年自称嘉业老人，浙江吴兴（今湖州）人。

[2] 指张钧衡（1872—1927），字石铭（又作石民），号适园主人，浙江吴兴（今湖州）人。

[3] 参见张廷银、朱玉麒主编：《缪荃孙全集·日记》第3册，凤凰出版社，2014年，第356页。

[4] 钱伯城、郭群一整理，顾廷龙校阅：《艺风堂友朋书札》，上海人民出版社，2018年，第578页。

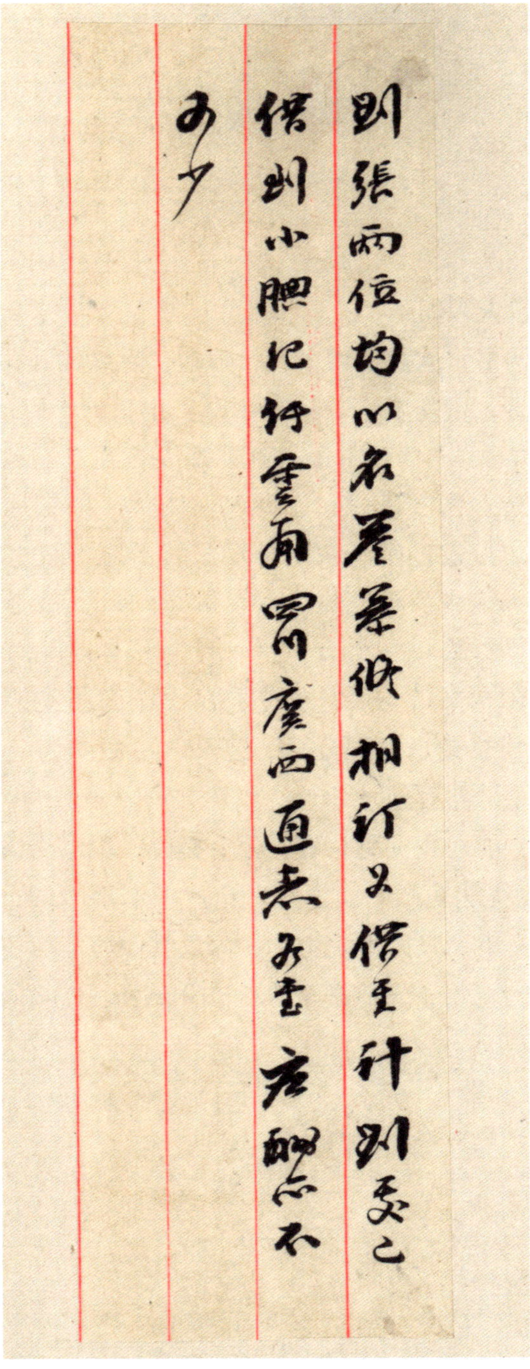

則張兩位均以衣履等供相訂又借王升則受之
借則小腳紀行雲南四川廣西通志各壹 唐聊忍不
可少

第十七通

第十八通

䌹斋仁兄世大人阁下：

连奉两书，欣悉一切，春日暄和，吟兴佳胜，慰如所颂。荃孙编纂而外，消寒赏春，谈宴颇密。止相重开诗社，添梦华[1]、筱石[2]、古微[3]。尊公午饭必到，晚饭有到有不到，意兴尚好。《明遗臣传》两卷已成，专办汉学儒林，拟三月末交卷。副本携来与同志好友斟酌，决不护短。特不愿不董事人置喙耳。惜同局董事人太少。论桐城文派与鄙意吻口，慑于大名，不敢显然攻之。即如修史，得方、姚一传，只有空腔而少事实，便不能成传。国初文诗均胜，后来只汉学派尚典实，世人所讥琐屑也。阁下任总纂，地理分纂、艺文，尽彀受用。为难之处，个中人自知之。箓孙过此一谈，语语在行。子戴[4]因母病不能行，人亦可谈，能助我则更有效，公事必碰，拟以交情连合之。潘毅远[5]发痴，尤为可惜。（本拟私请。）书籍运京，到否？尚在续购。近日无事，只读《明史》，深悉其中分寸。《儒林》稍严，《文苑》宜宽收，来传必全收，亦无偏私。如陈厚耀[6]算学，功

---

[1] 冯煦（1843—1927），字梦华，号蒿庵，晚年自称蒿叟、蒿隐，江苏金坛人。

[2] 陈夔龙（1857—1948），又名陈夔鳞，字筱石（又作小石、韶石），号庸庵、庸叟、花近楼主，室名花近楼、松寿堂等，贵州贵筑（今贵阳）人。

[3] 朱祖谋（1857—1931），原名孝臧，字藿生，又字古微（又作古薇），号沤尹，又号彊村，浙江归安（今湖州）人。

[4] 宗舜年（1865—1933），字子岱（又作子戴、子代），江苏上元（今南京）人。

[5] 潘任（1874—1916），字毅远，号希郑，江苏常熟人。

[6] 陈厚耀（1648—1722），字泗源，号曙峰，泰州人，早年师从梅文鼎研习天文、历算，同时对《春秋》也造诣颇深，故缪荃孙主张其仍入《清史稿·儒林列传》，不归《畴人列传》。《清史稿》最终是将陈厚耀入《儒林列传》的。

在《春秋长历》，仍入《儒林》，不归《畴人》。如梅氏[1]则入《畴人传》矣。再求速写朱竹君[2]、王西庄[3]两传见寄。刻本持看，遍寻不获，不如求之馆中。此复，敬请

著安百益！

荃孙顿首

按，书札中的“止相重开诗社”，当指在超社解体后，瞿鸿禨召集留在上海租界中的超社成员重新组建的一个新的诗社，即逸社。逸社于乙卯年正月廿五日（1915年3月10日）成立，加上书札中的“春日暄和”“《明遗臣传》两卷已成，专办汉学儒林，拟三月末交卷”云云，可以确定本书札当撰写于乙卯年二三月间。

书札中的“特不愿不董事人置喙耳”，说明缪荃孙认为清史馆的某些人员并不具备审稿、修改之能力。书札中的“方、姚”，指清代桐城文派的开创者方苞和姚鼐。“只有空腔而少事实”，表明缪荃孙对方苞和姚鼐并不十分赞赏。“籛孙过此一谈，语语在行”，充分说明了缪荃孙对金兆蕃（字籛孙）的高度认可。“近日无事，只读《明史》，深悉其中分寸”，说明缪荃孙将《明史》作为《清史稿》编纂的重要参考资料。这一点还可以与第二十一通书札中的“《明史》均不能及”“佩服《明史》则同”，第二十八通书札中的“要去《明史》中已见之人，殊属费事”，第三十通书札中的“《明史》有之”，第四十六通书札中的“援《明史》例，应入此篇”，第四十八通书札中的“《明史》诸传均收入文集也”相互印证。

[1] 梅文鼎（1633—1721），字定九，号勿庵，安徽宣城人，清初著名天文、历算学家。

[2] 朱筠（1729—1781），字美叔，又字竹君，号笥河，顺天大兴（今北京）人，清代著名学者。

[3] 王鸣盛（1722—1797），字凤喈，又字礼堂，别字西庄，晚号西江，江苏嘉定（今属上海市）人，清代著名学者。

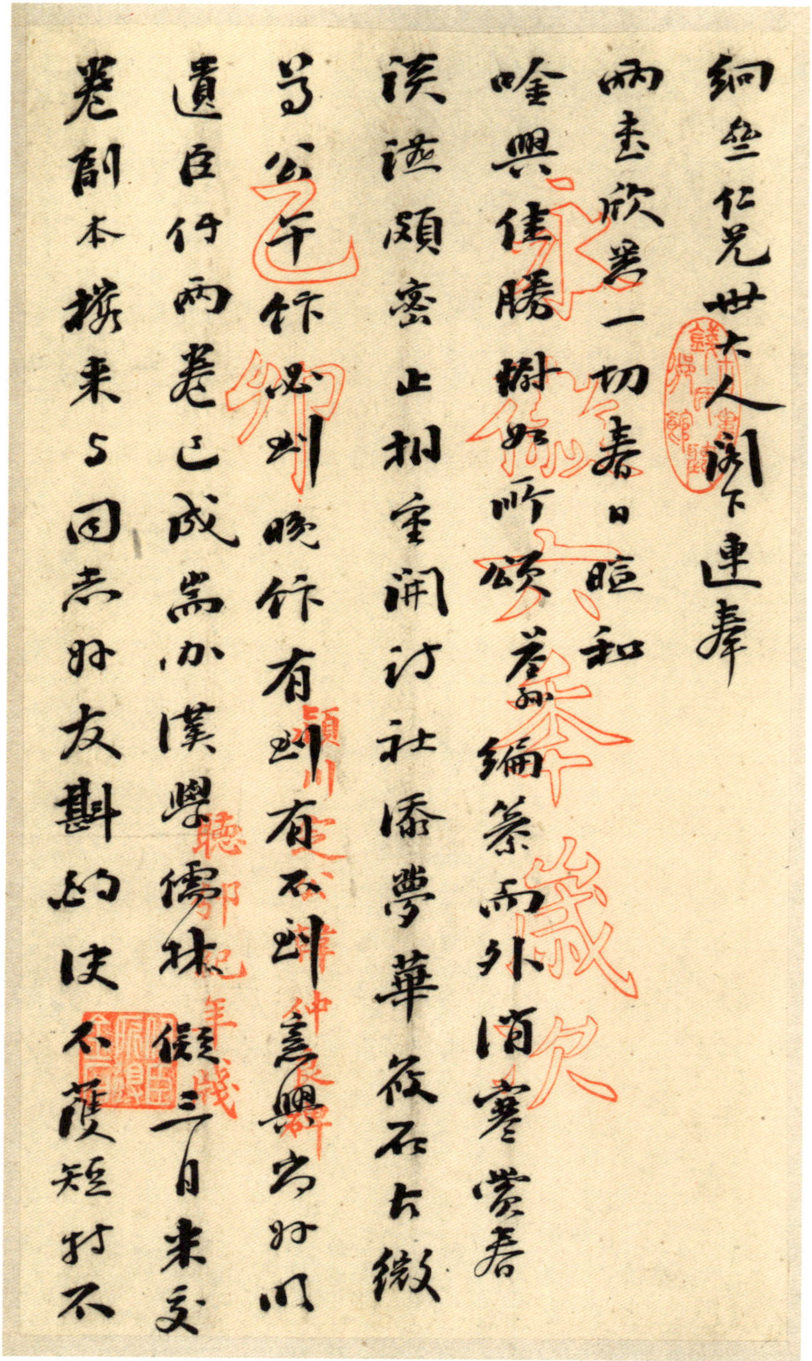

絅齋仁兄世大人閣下連奉
兩書欣悉一切春日暄和
唫興佳勝樹娛所欲著述編纂而外消寒賞春
談讌頗密止相重開討社添夢華夜不太徹
蒿公午作必妙晚作有妙有不妙蓋興尚好耳
遺臣傳兩卷已成尚有漢學儒林擬三月來交
卷副本携來与同志好友斟酌決不覆短封不

第十八通（一）

硕不盡才人置喙乃惜同乃盡才人太少論枘鑿文
派乃鄙意吻口懺悔大名不敢題世故即如儲失事
方兆一行只有空腔而已實便不能威行國酌文行
均勝後来只漢字派去典实世人師従項房此
閣下任従蒹地偃今蒸薪文頴刷定公韓仲景碑
畫中人目知之鈔劲足此一漢淳橋德郎紀年崴藏因毋
病不能刋人必多漢解助我刖文有效爲乙必礦镟

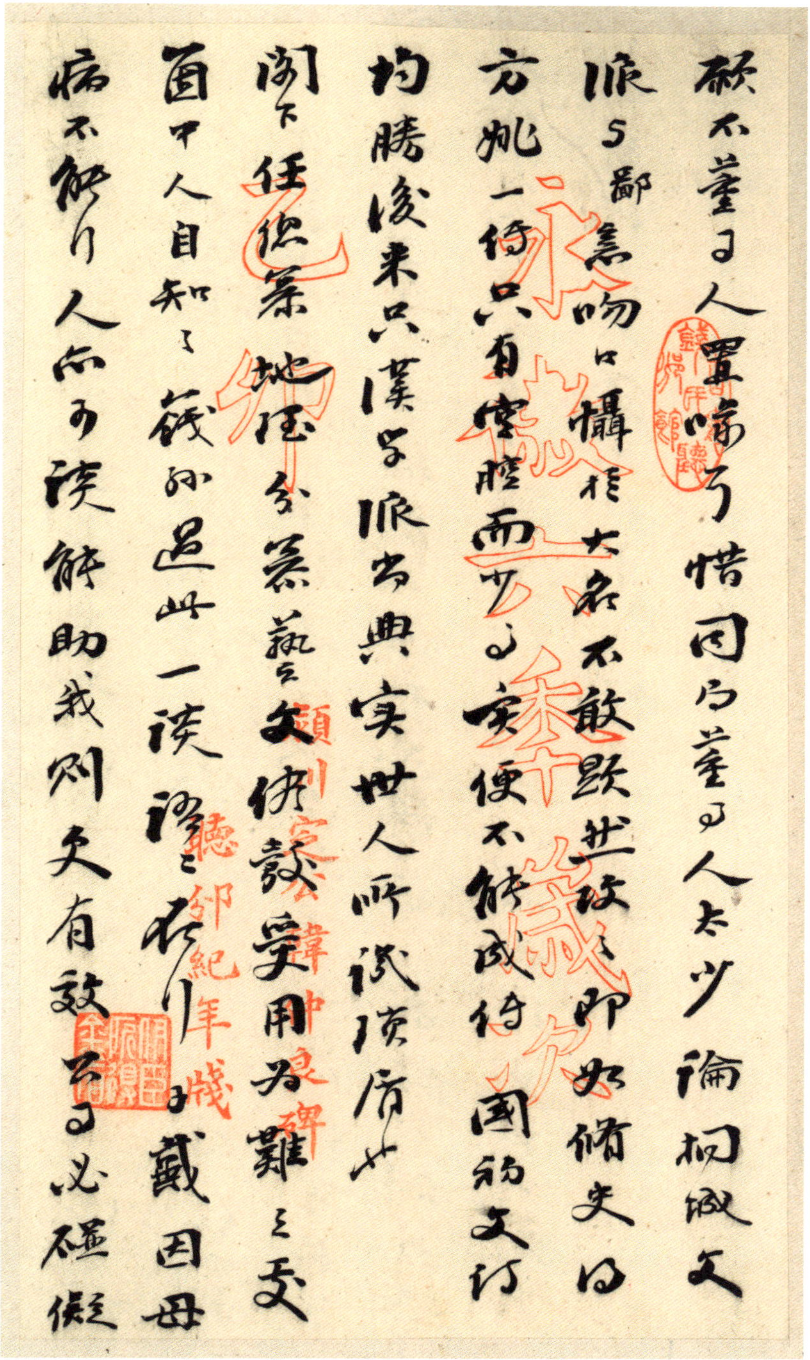

以交情重令人僑

穀遠劳病尤ふす償書籍運束ф

云云在續鈔近日無ふ只讀ふ史课甚严分寸偏林箱

嚴又荒宜竟收来行必全收以無偏私好陈历郡苹

學功花秦秋长麻例入偏林不歸晴人如梅氏刻入晴

人传美看求幼连写朱竹君颍川之私辞仲傳奥专刻不

扵帝编寻不獲不必求~作了此日敢请

無ふ万ふ

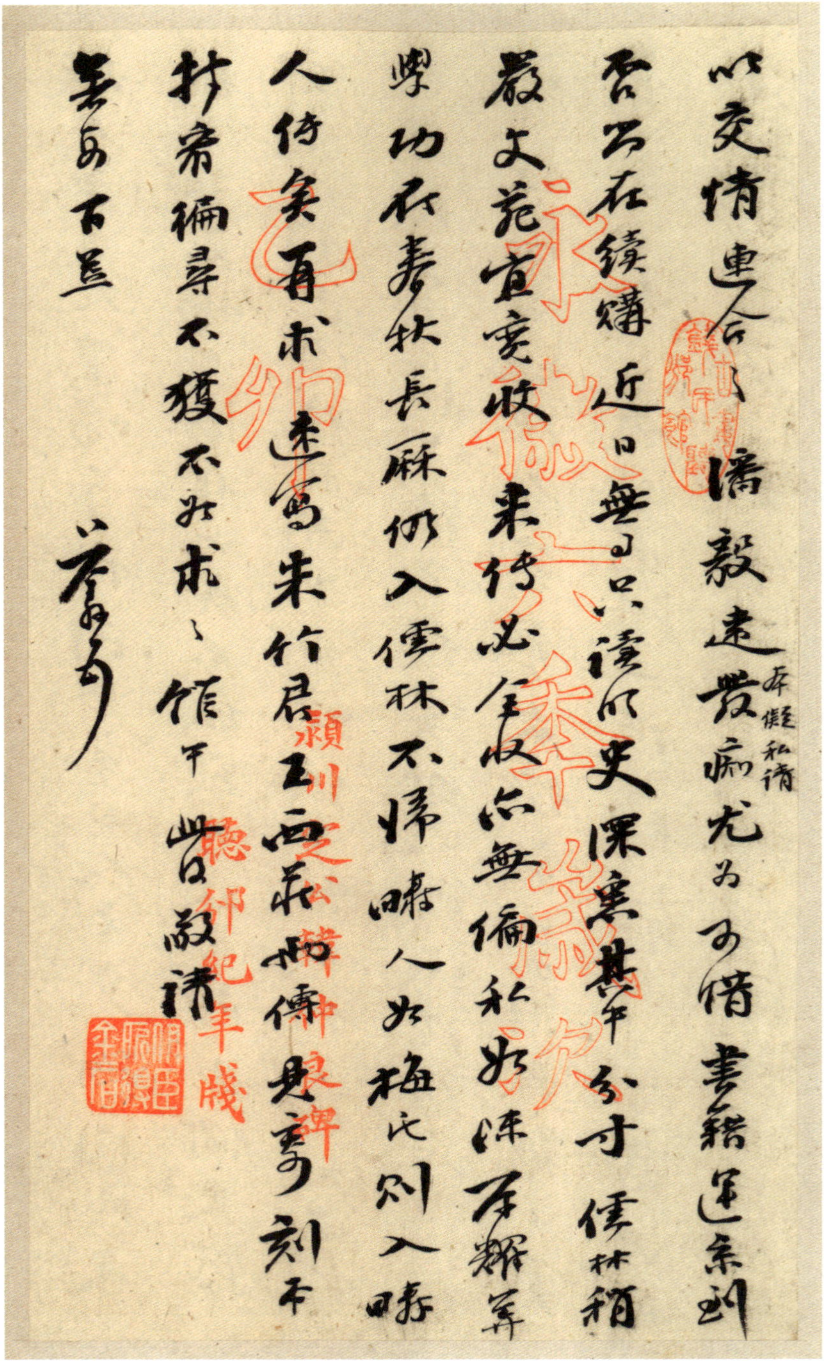

第十九通

炯斋仁兄大人阁下：

顷奉手书，备谂著馔辛勤，兴居安隐，慰如远颂。弟急欲来都，与同志商榷。初因阴雨，次因资斧，定于初九登程。忽初三日陡患腹痛旧恙，扰攘一夜，清早屏山方伯以温通之药治之，稍定，又变黄病，至今口黄犹未退尽，饮食亦未复原，何敢即时上路。炎天在即，或俟秋凉。初六逸社亦未能到。尊翁早知之。《儒学传》已成，正副本未完，《明遗臣传》三卷略须修饰，即寄《臣工列传》。虽未见《史馆传》，然前六朝有《贤良》、《大臣传》、《满汉名臣传》（似即《史馆传》）、《八旗通志·宗室王公传》。《碑传集》可在？累打一草稿。三品以下早已拟就，后六朝略难，因《八旗通志》无再续也。弟身体衰弱，力不从心。汪子渊、缪衡甫[1]（名荃员）先后谢世，既痛逝者，行自念也。仍与张、刘[2]二君校刊，他馆一概谢绝，专心史事，病中亦时时点勘，不知能见成书否。《宾退录》即寄，无未装订者。收掌处来一信，笑话更多。会计科来信，覆函乞代注，一号交去，望兑款来沪。初意备京用，现等不及，随后覆收掌科，《儒学传》目同寄。此请

著安百益！

弟荃孙顿首

内人于昨日附轮行，看小女，又为闰枝生日。

---

[1] 缪朝荃（1841—1915），字蘅甫，号幼兰，江苏太仓人。

[2] 张、刘分别指张钧衡、刘承幹。详见第十七通书札之脚注。

按，根据《艺风老人日记》的记载，乙卯年四月三日（1915年5月16日），缪荃孙“腹痛”，乙卯年四月十一日（1915年5月24日），缪荃孙之妻夏镜涵“上新铭轮船”赴京[1]，与书札中的“忽初三日陡患腹痛旧恙”“内人于昨日附轮行”之记载相符，再加上书札之末的“又为闰枝生日”（夏孙桐字闰枝，生日为四月廿二日），因此本书札当为乙卯年四月十二日（1915年5月25日）所书。[2]本年四月，缪荃孙前后获知汪子渊、缪衡甫去世的消息[3]，也与书札中“汪子渊、缪衡甫（名荃员）先后谢世”云云吻合。

从书札可以获悉，缪荃孙晚年身体逐渐衰弱，经常生病，但仍致力于《清史稿》的编纂等工作，十分不易。这些内容可与《艺风老人日记》相互印证、相互补充。

[1] 参见张廷银、朱玉麒主编：《缪荃孙全集·日记》第3册，凤凰出版社，2014年，第380—381页。

[2] 根据《艺风老人日记》的记载，该日缪荃孙“发吴炯斋信”（张廷银、朱玉麒主编：《缪荃孙全集·日记》第3册，凤凰出版社，2014年，第381页）。

[3] 参见张廷银、朱玉麒主编：《缪荃孙全集·日记》第3册，凤凰出版社，2014年，第380、382页。

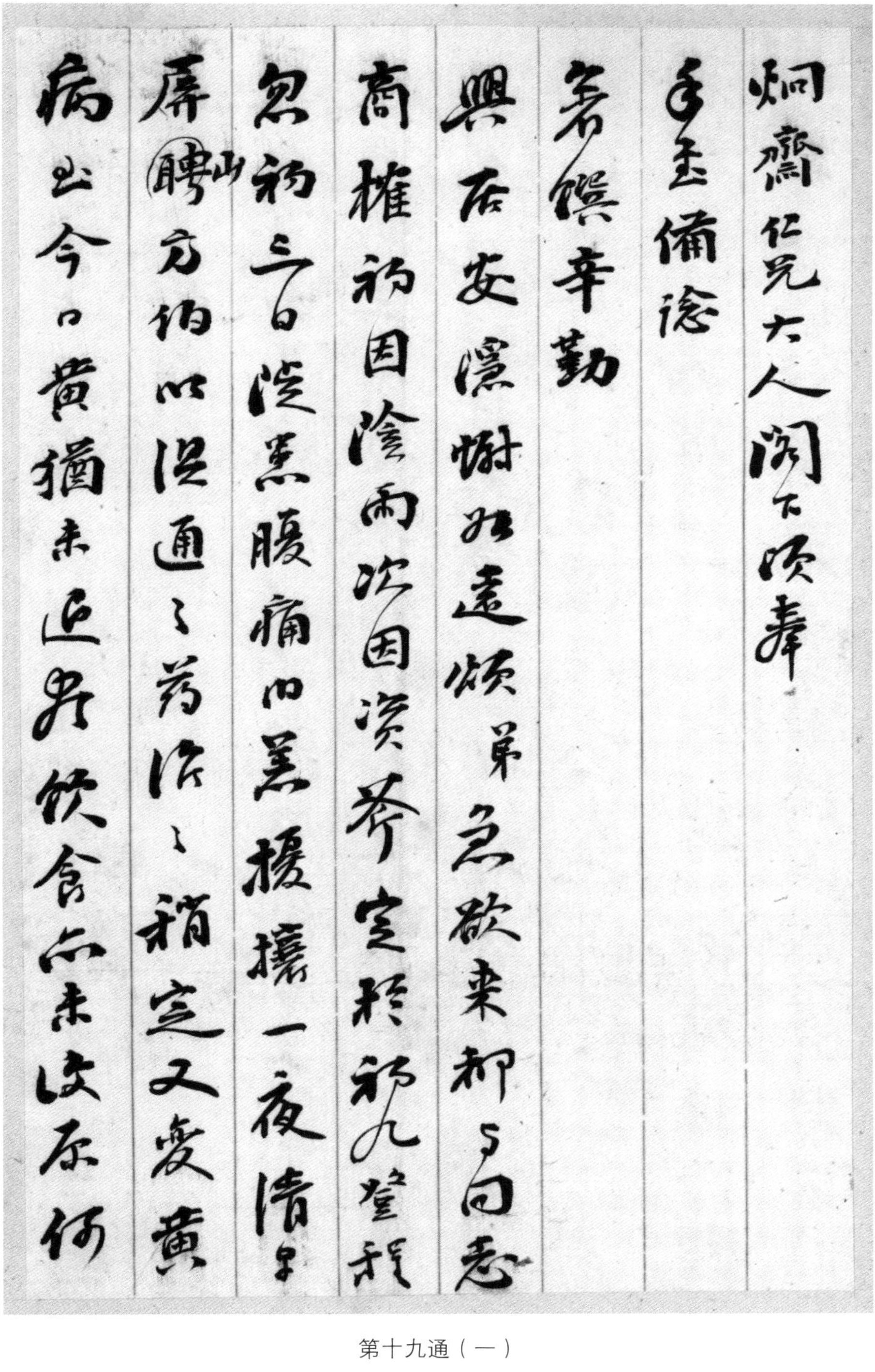
炯齋仁兄大人閣下頃奉
手書備悉
著撰辛勤
興居安隱謝非遠頌弟急欲來郡以向志
商榷初因陰雨次因資斧空於初九登程
忽初二日從寒腹痛心寒攪擾一夜清早
屏山方納以温通之藥漸漸稍定又變黃
病此今日黃猶未退幷飲食亦未復原何

第十九通（一）

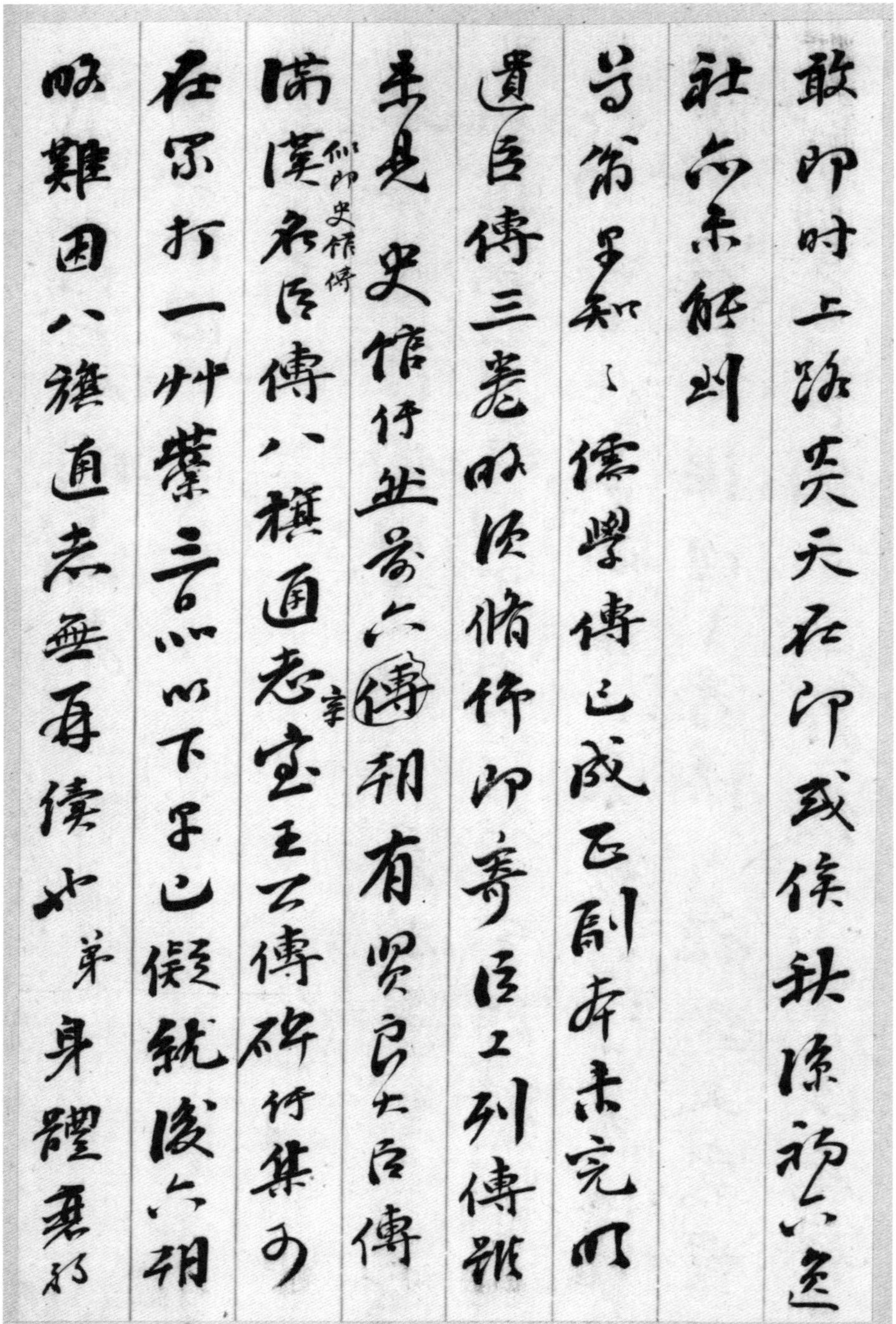
敢即时上路矣天在即或候秋凉祈亦遂
社而未能此
尚希早知之儒学传已成正副本未完明
遗臣传三卷明须脩作即寄臣工列传张
来是史馆行并发六传初有贤良大臣传
满汉名臣传（似即史馆传）八旗通志宗室王公传碑传集可
在京打一卅叶言以下子已拟就后六朝
明难因八旗通志无存续也弟身体甚好

第十九通（二）

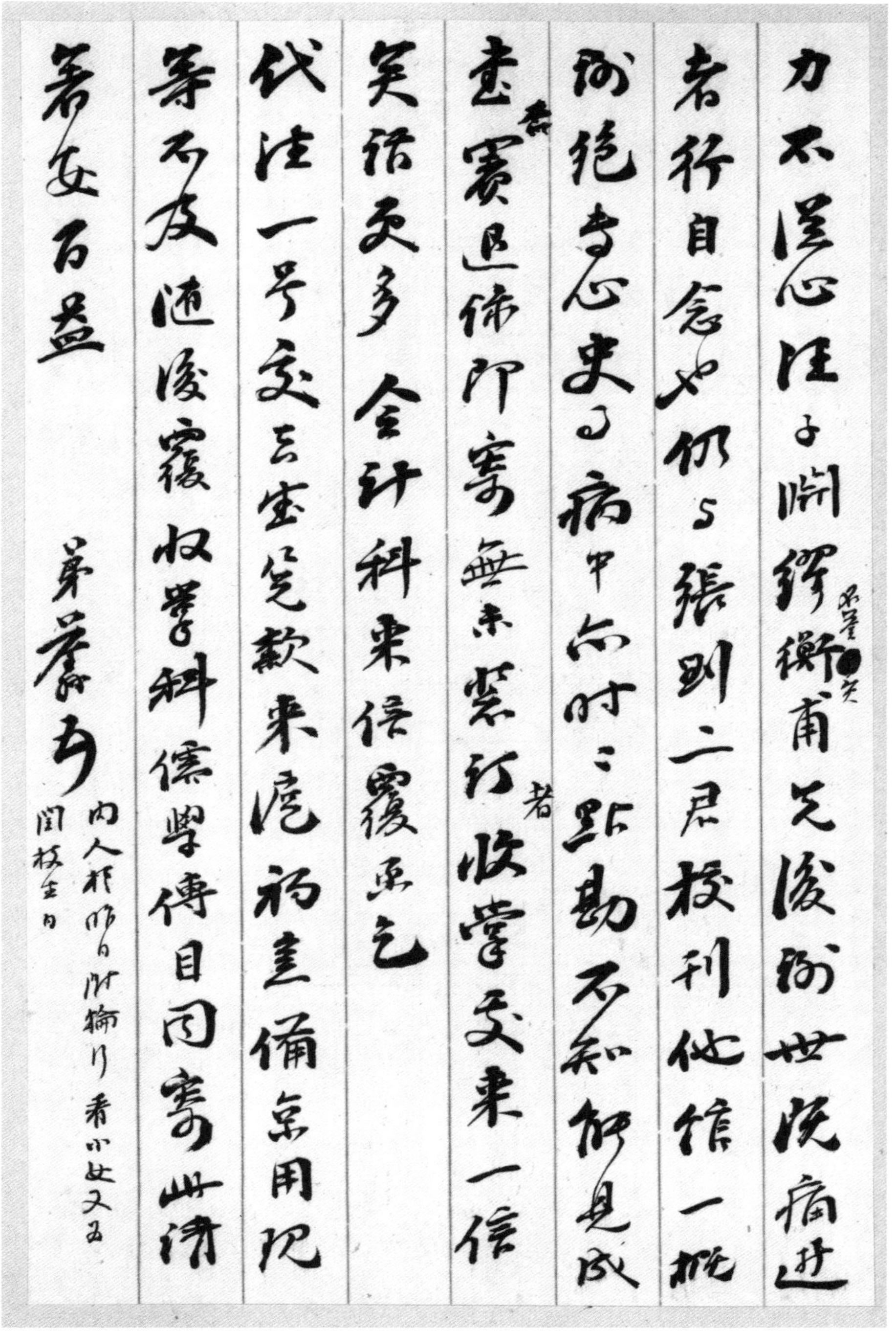
力不從心汪子開繆衡甫先後謝世殘病迸
者行自念也仍與張劉二君校刊他館一概
謝絕專心史了病中亦時時點勘不知能是成
書賓退錄所寄無來索打收掌交來一信
笑語更多今計科來信覆原乞
代注一号交去並見款來處祈速備京用附
等不及遍後覆收譽科儒學傳目同寄此請
著安百益
弟慕頓首
閏杖廿日

第十九通（三）

第二十通

炯斋仁兄大人阁下：

昨寄寸椷，有《儒学》三、四、五卷之目，内写脱俞荫甫年伯，是写官误落，乞代添入，以张文虎（本有传）附之。弟恐阶青见之发怒责言。弟当自任粗疏，若再约人呈请总统发命令则太肉麻矣。乱书补写，便无痕迹。想兄亦不与人见也。又李越缦[1]列之《文苑》，而陶仲彝[2]力争《儒林》，不知两传有何轩轾？越缦经学过于湘绮[3]，而只有《经说》数篇，殊不相合。从前谈过，条理通贯，别无专书，放下再说。樊山不肯替师门刻书，子培又不肯作志，未知何意。樊山生日何时，想有举动。弟拟填寿词写册子，乞探听示知，已过，不妨补作。伯年全家回南京似乎尚早，汪三先生、家衡甫均作古人，京师大钟胜会常举，此间寂寂，均想回故土。弟以暂缓为是，俟欧战毕再定。此上，敬请

文安百益！

荃孙顿首

按，本书札亦提及汪三先生（即汪子渊）、缪衡甫已作古，与上一通书札所言有关联。《艺风堂友朋书札》所收录的吴士鉴致缪荃孙

---

[1] 李慈铭（1829—1894），初名模，字式侯，后更名慈铭，字爱伯，号莼客，越缦堂乃其室名，浙江会稽（今绍兴）人，晚清著名学者和文学家。

[2] 陶在铭（1849—？），字仲彝，浙江会稽（今绍兴）人。

[3] 王闿运（1833—1916），字壬秋，又字壬父，号湘绮，世称湘绮先生，湖南湘潭人，晚清著名经学家和文学家。

书札第十四通所言与本书札一一相应[1]，应为本书札的复函。吴札作于四月二十一日，则本书札当作于乙卯年四月二十一日（1915年6月3日）之前。

据本书札可知，写官居然将缪荃孙原稿中的俞樾（字荫甫）这么重要的学者之传记脱落，足见清史馆某些方面之混乱。虽然此事并非缪荃孙本人的责任，但实在有些说不过去，故缪氏还是担心俞陛云（字阶青，俞樾之孙）获悉后会发怒并责备。

书札中提及的李慈铭与王闿运，既是清末著名学者，同时又都擅长文学，具有一定相近之处，学界已有《李慈铭与王闿运》《越缦堂与湘绮楼》《王闿运与李慈铭的诗学比较》等文章发表。然而笔者对书札中提及的“越缦经学过于湘绮”稍有不同看法。从学术角度来看，李慈铭的涉及面比王闿运广一些，但仅就经学而言，王闿运成果甚为丰硕，几乎遍及群经，尤其擅长公羊学，其在晚清经学史上的影响与地位应该高于李慈铭。

在今《清史稿》中，李慈铭列入《文苑传》，王闿运列入《儒林传》，之所以会出现书札中所提到的“陶仲彝力争《儒林》”的情况，是因为在传统士人心目中，《儒林传》远重于《文苑传》。[2]

---

[1]　参见钱伯城、郭群一整理，顾廷龙校阅：《艺风堂友朋书札》，上海人民出版社，2018年，第564—565页。

[2]　陈鸿森的《〈清史稿·儒林传〉检讨》（载傅杰编：《望道讲座演讲录——复旦大学中文学科发展八十五周年纪念文集》，复旦大学出版社，2010年，第216页）一文，对此问题有论述，可以参阅。

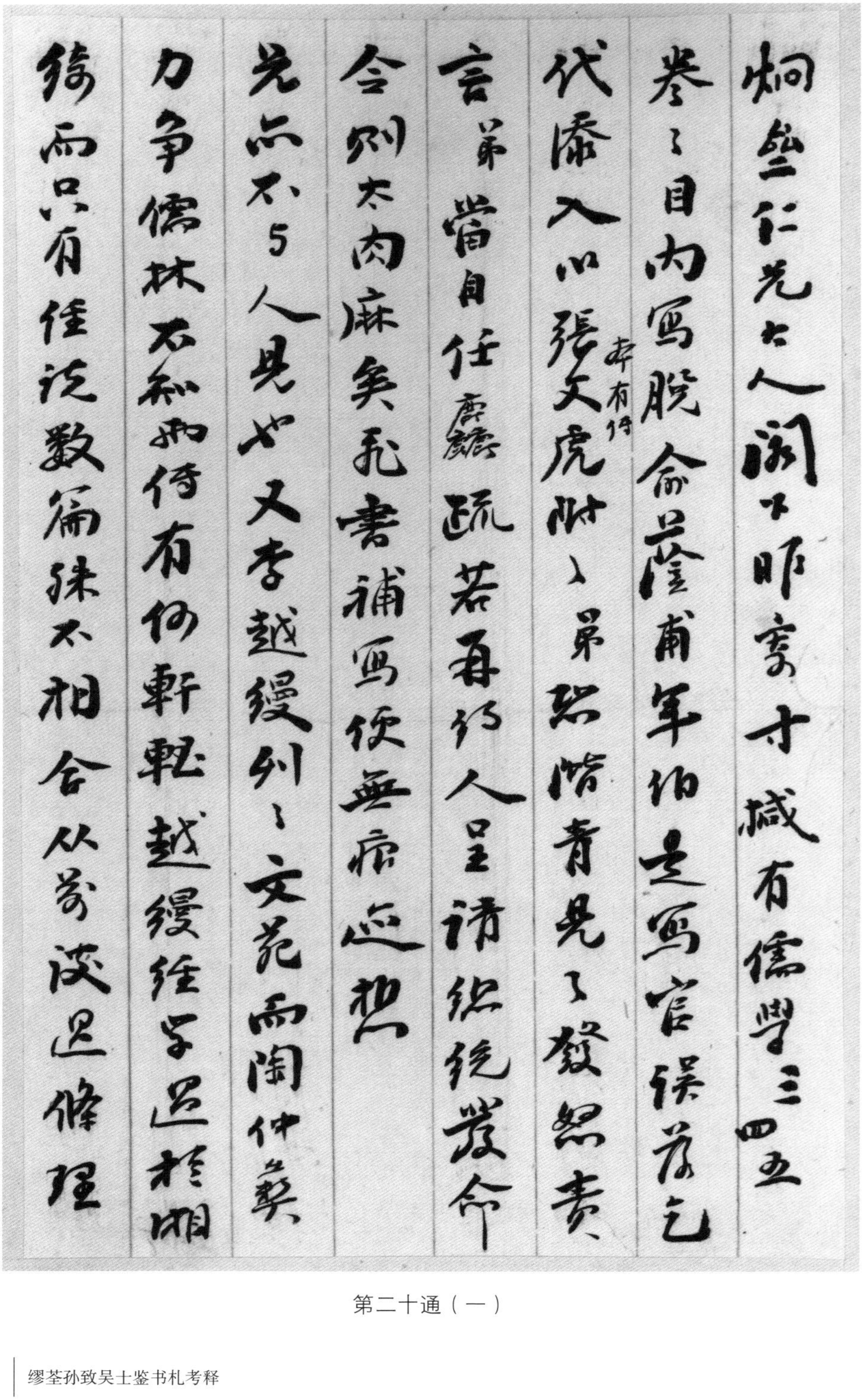
絅齋仁兄大人閣下昨寄寸緘有儒學三四五
卷卷目內寫脫命涖甫年伯是寫官誤落乞
代添入以張文虎本有傳附入弟照階青見之發怒責
言弟當自任麐廳疏若再給人呈請絕發命
令則太肉麻矣乱書補寫使無痕跡想
兄亦不以人見也又李越縵列入文苑而閣仲彝
力爭儒林不知所持有何軒輊越縵經學遠於湘
綺而只有佳說數篇殊不相合從前茂遠條理

第二十通（一）

通貫別無專書攷下再沍樊山不肯替師□剜盡

子培又不肯作序未知作意樊山生作時契肴庫

勳草擬填壽詞寫冊子乞

探臨亦知已遲不妨補作仍年金宗甸南系似

平芍汪三先生宗衡甫均作方人京師大修勝

会帶舉冊間疎々均契面故主弟以替緩也

是族欵戎畢再定此上欵情

父安方益　岩書

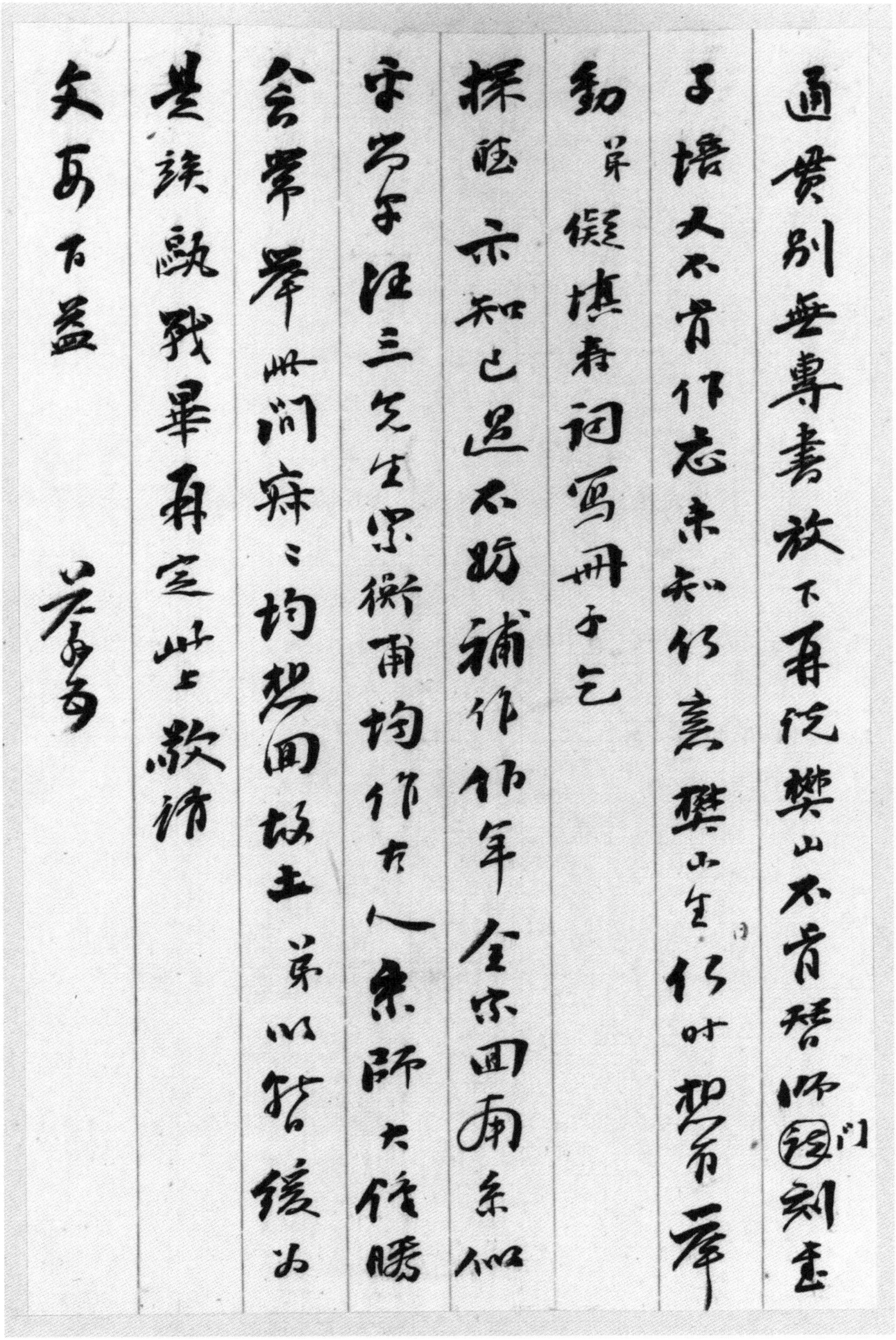

第二十通（二）

第二十一通

炯斋仁兄大人阁下：

昨奉环云，敬悉壹是。拙著仰承校订，至感至感。所附三人均依详另纸。经学止山东、江苏、安徽、浙江可以撰经师表，福建、江西、广东已属寥寥，两湖、四川、陕甘、云南绝无，湖南止叔绩[1]尚是正派耳。畴人须熟于中西学方能抉择。古微荐方笑尹[2]，亦不称，陈先生不知其名。弟于此事本属门外，未见其书，未见其文，决不发言。晦若至昆山乡间避暑。弟日以文学消遣，又从《明史》中悟出道理，颇有改变，决不自钞旧作。刻本出蔡、方二公，已自不佳，再加恽孟乐[3]增添，大笑话，不止《淮南洪保》也。

《〈儒林〉〈文苑〉始末》乞正。阮文达止成《儒林》，陈伯陶[4]亦止改《儒林》，好处悉依之。拙著不可谓不用心，而才学只能如此。《明史》均不能及，何敢高拟？或出《宋史》上。弟最薄《宋史》，晦若以《宋史》为佳，只此不合，而佩服《明史》则同。一山[5]只以为《明史》多忌讳，然历代皆然。虽福、

---

[1] 此处的“叔绩”并非指第三十五通书札中的姚永概（字叔绩），而是指邹汉勋。邹汉勋（1805—1854），字叔绩，又字绩父，湖南新化罗洪（今属湖南省隆回县）人，著述宏富，精于经学、文字音韵学，尤其在舆地学领域成就突出，乃近代湘学的代表人物之一。

[2] 方宾穆（1868—1938），字夔君，又字笑尹，号冰台，江苏阳湖（今常州）人。

[3] 恽毓嘉（1857—？），字孟乐（又作孟禄、梦乐），号苏斋，顺天府大兴（今北京市大兴区）人。

[4] 陈伯陶（1855—1930），字子砺，又字象华，广东东莞人，1913年2月，移居香港九龙，署所居曰“瓜庐”。

[5] 章梫（1861—1949），字一山，浙江宁海人。

唐、桂三王未附纪后，列传三王之臣全载，似无遗漏。

印臣谢事，馆中有位置否？弟函达馆长，顺便言之。此请著安百益！

荃孙顿首

钝翁以六十日成百六十七篇，是何神勇，文并佳。

按，“环云”是对他人书札的尊称，蕴含吉祥之意。根据《艺风老人日记》的记载，乙卯年五月十六日（1915年6月28日），缪荃孙“赴一元会，饯于晦若昆仲赴昆山”，乙卯年六月二日（1915年7月13日），缪荃孙“发赵馆长信、吴炯斋信，寄《〈儒林〉〈文苑〉始末》”[1]，与书札中的“晦若至昆山乡间避暑”“《〈儒林〉〈文苑〉始末》乞正”之记载相符，因此本书札当为乙卯年六月二日（1915年7月13日）所书。

邹汉勋其人虽与魏源、何绍基并称“湘中三杰”，但治学风格基本上继承了乾嘉学派之遗风，不同于魏、何，故缪荃孙有“湖南止叔绩尚是（经学）正派耳”之感慨。

[1] 参见张廷银、朱玉麒主编：《缪荃孙全集·日记》第3册，凤凰出版社，2014年，第386、388页。整理点校本原文作“《儒林》《文苑始末》”，当为“《〈儒林〉〈文苑〉始末》”，是指缪荃孙《艺风堂文漫存》卷三中的《国史儒林文苑两传始末》一文。

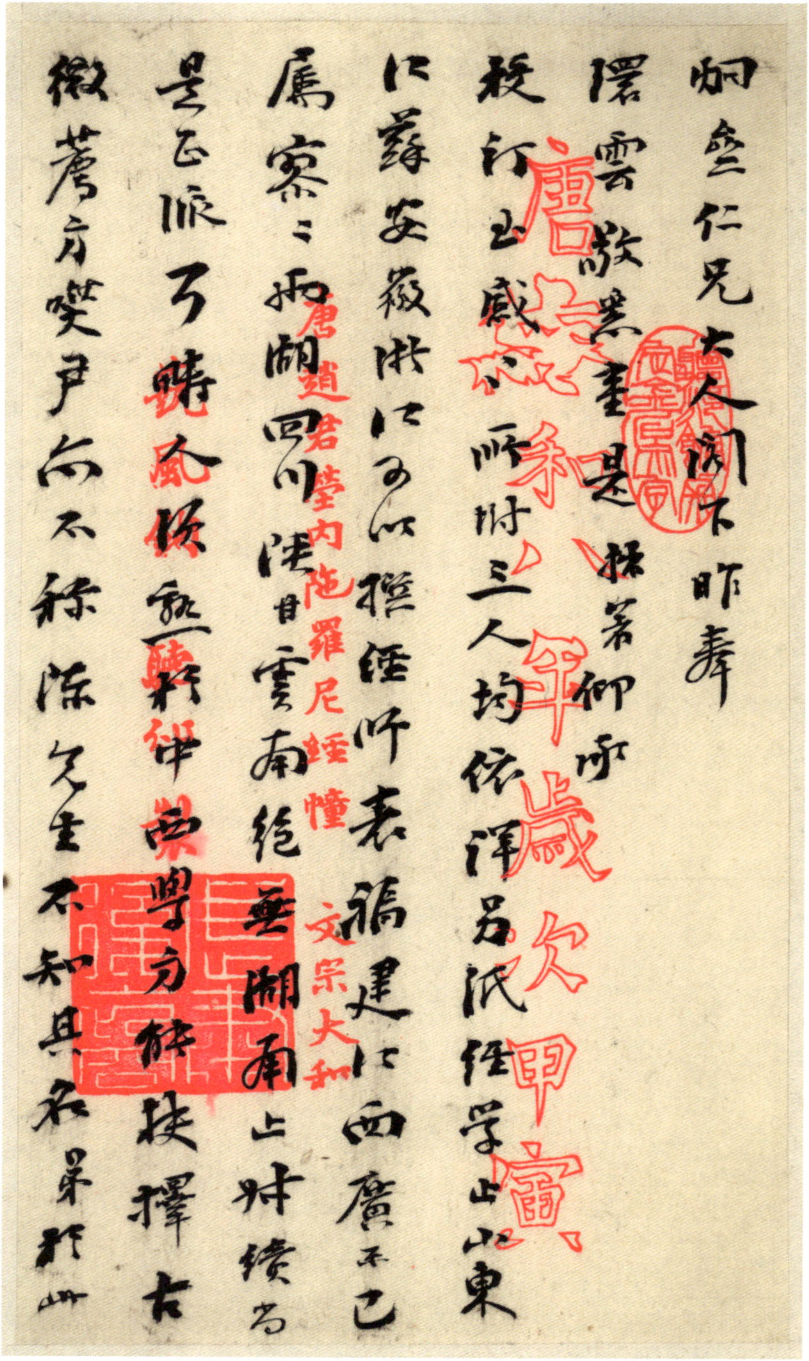

第二十一通（一）

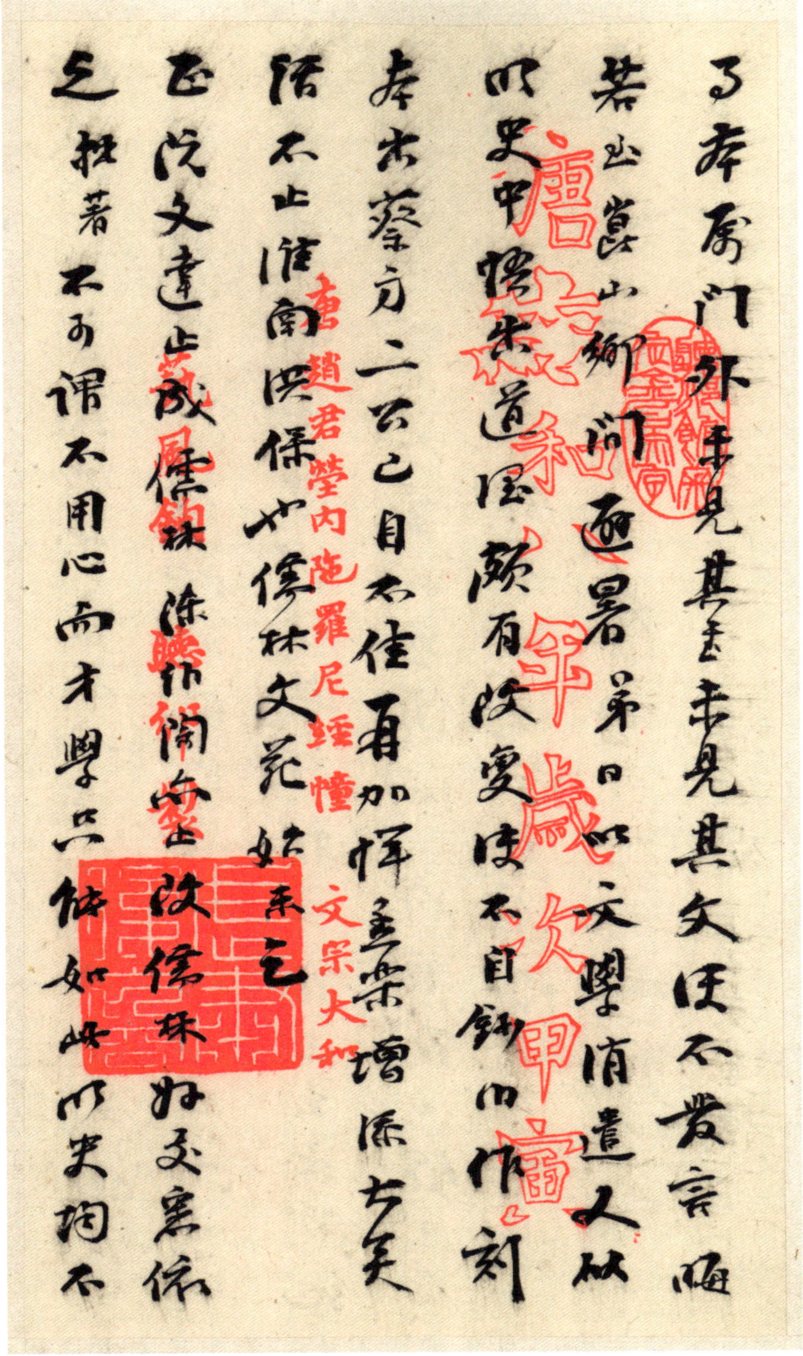
了奉房门外，未见其书，未见其文，臣不发言，晦
若出嵩山乡间，适暑，弟以文学消遣人从
以史中惶恐道歉，有时复使不自钞而作刻
奉示蔡方二公已自不佳，有加悍多染坛深古美
诸不止淮南洪保也，傅林文苑姑未已
至沈文达止成儒林，陈作阁亦止改儒林，好文宗儒
之拙著不可谓不用心，而才学只体如此，以史均不

第二十一通（二）

解文如敢高擬或出宋天上异最薄宗天臨苦以
宗天乃佳以此乃合高佩服所天列回一山只以为
四史多元祥然歷代皆世雖禍甚往三王出附紀
列行三五之后全載似無遺两印居所為館下有
侄置吾茅术遠偏長順便会
無为百益虬風鉤製
儀茅此六十七偏星河神勇文遠佳

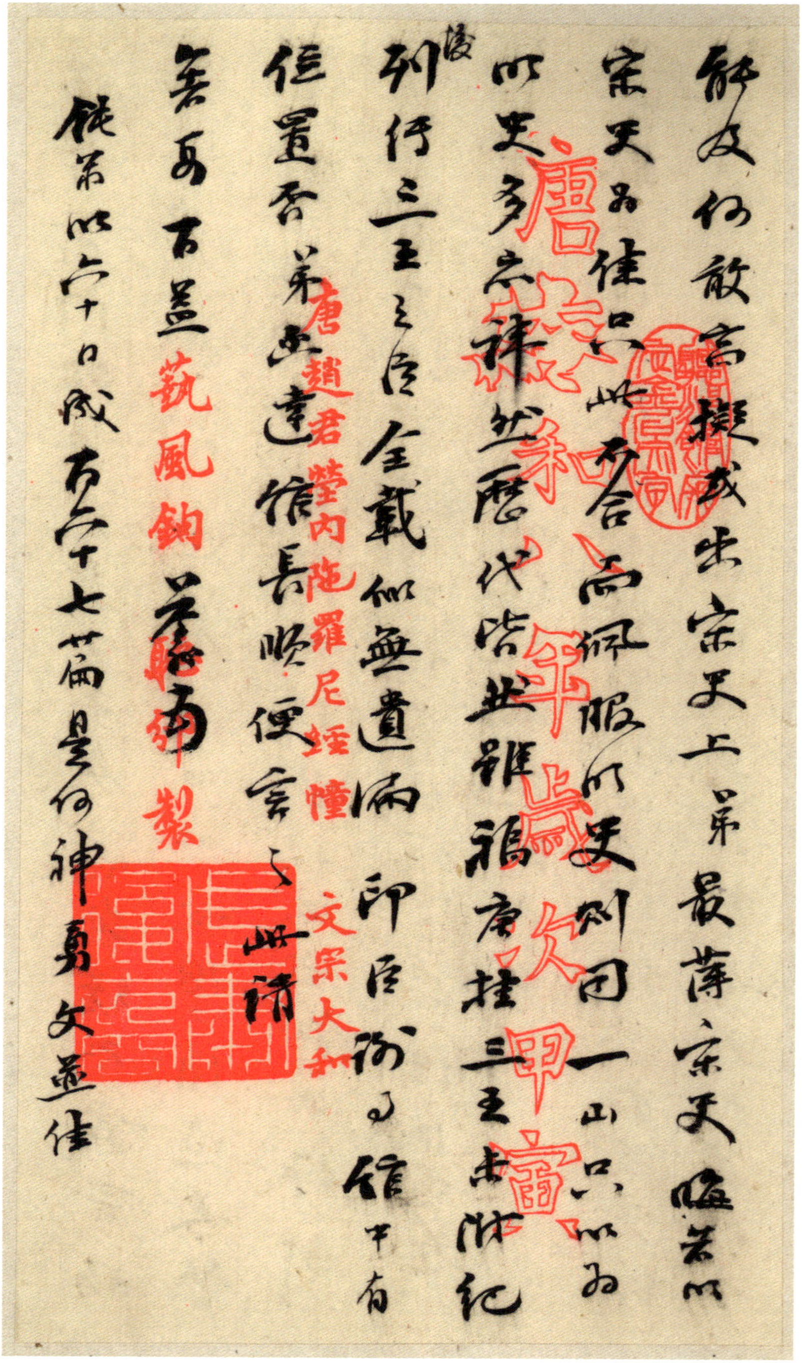

第二十二通

东壁附入雷传，亦甚相宜。收其人，著其弊，次王萱龄之上。时学如苗，可訾处亦多。魏与龚合传，其说经是经论，不得谓之经学。（壬秋即学之，取其容易。）邹氏好学深思，本拟次江忠烈传，表其学，表其节，今移入郑子尹传后亦无不可。柯君新传有望钞入陈左海传后，风生之尊人，弟处无其书，目著其名，中无其文，如已交，弟来再补。

《文学》侯方域原是专传，今改附汪钝翁，又怕河南人来争，仍为专传。河南人当道，世故亦不能无，彼此心照。因搜明遗臣，翻王船山《永历实录》，党同伐异，直是王壬秋口吻，不足凭也。湘皋入《文学》。

按，根据内容以及书札原件判断，本书札为一附页。根据《艺风老人日记》的记载，乙卯年五月二十七日（1915年7月9日），缪荃孙“撰《侯方域传》”[1]，则本书札当作于之后。且缪氏此札当是对《艺风堂友朋书札》所收录的吴士鉴致缪荃孙书札第十五通的回复[2]，而吴札第十七通又是本书札的复函[3]，可相互参看。吴氏复函作于六月十八日，则缪氏此札作于五月二十七日与六月十八日之间，或

[1] 参见张廷银、朱玉麒主编：《缪荃孙全集·日记》第3册，凤凰出版社，2014年，第388页。

[2] 参见钱伯城、郭群一整理，顾廷龙校阅：《艺风堂友朋书札》，上海人民出版社，2018年，第565—567页。

[3] 参见钱伯城、郭群一整理，顾廷龙校阅：《艺风堂友朋书札》，上海人民出版社，2018年，第568—569页。

即第二十一通书札之附页，亦未可知。

书札中的柯君即柯蘅，乃柯劭忞之父；陈左海即陈寿祺。在今《清史稿·儒林传三》中，附入雷学淇传的依次是王萱龄、崔述（号东壁）；在《文苑传三》中，龚巩祚（原名自珍）传、魏源传相接续；在《儒林传三》中，邹汉勋附于郑珍传，柯蘅附于陈寿祺传；在《文苑传一》中，侯方域是专传；邓显鹤（字湘皋）在《文苑传三》中。

“魏与龚合传，其说经是经论，不得谓之经学”，充分表明了缪荃孙对今文经学的不认可，当然这并非缪氏一人之看法，也在很大程度上代表了当时《清史稿》编纂者的主流看法。

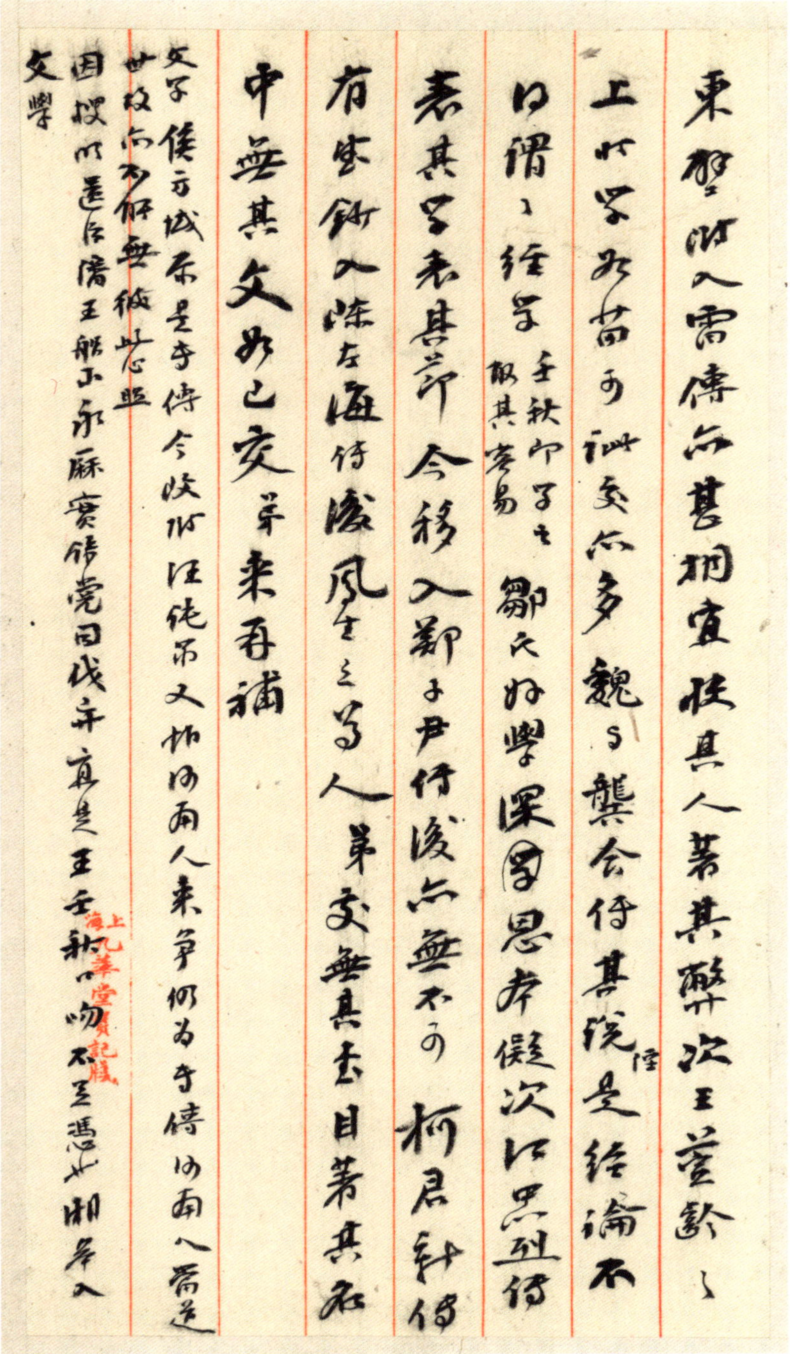
東塾附入雷傳亦甚相宜惟其人著其弊次王萱齡之
上此言與前可謝交亦多魏与龔合傳甚洽是經論不
日謂之經學 壬秋所言之 取其容易 鄭氏好學深思考證次於[illegible]傳
書其言表其節 今移入鄭子尹傳後亦無不可 柯君針傳
有些銜入陳左海傳後風生之為人 弟交無甚書目著其名
中無其文如已交 弟來再補
文字候可成否是李侍今吳仲汪純甫文[illegible]何兩人來爭何為李傳何兩人為送
世故亦不解無微此志照
因授所送儒王船山承麻實[illegible]真是王壬秋之物不足憑也湘綺入
文學

第二十二通

第二十三通

兄入内廷，到馆最宜，但家事亦烦难。馆中还有一极可笑事：凡交卷稍成片段，即为人取去。可告提调查查看不妨，须收回。弟之《明遗臣传》，馆中已无，《儒林》亦在友人处（因改并两人），仍送馆。履历、上谕、传则如山积。印丞必拉入馆。康熙间不尽科目，如姜宸英之类。

按，根据内容以及书札原件判断，本书札或为一附页。本书札有“印丞必拉入馆”云云，而第二十五通书札中有“印丞入馆”云云，故暂系本书札于前。

“凡交卷稍成片段，即为人取去”，缪荃孙是以一种嘲讽的语气来表述的，说明他对此很不满。“为人取去”或许是参考，或许是汇总，或许是修改，这些都正常，可以理解，关键是后来遗失了，如缪荃孙所撰之《明遗臣传》，这在手写稿时代是最令作者心疼的，因而缪荃孙才会如此在意此事，其心情完全可以理解。由此足见当时清史馆管理之混乱，这应该也是最终导致《清史稿》疏误甚多之重要原因。缪氏虽然对此十分不满，但也无可奈何，还是继续担任纂修工作。笔者认为这中间除了作为学者的基本良知之外，应该也与清史馆的稿酬较为丰厚有直接关系，因为缪荃孙当时开支颇大，很需要钱，而清史馆的润笔费乃其重要经济来源之一。

《艺风老人日记》虽多次提及《明遗臣传》[1]，信息却很简单。

---

[1] 参见张廷银、朱玉麒主编：《缪荃孙全集·日记》第3册，凤凰出版社，2014年，第380、381、397、404、413、464页。

而本书所收缪札的信息则丰富得多，大致可概况为：缪氏最初设想《明遗臣传》应包括郑成功、黄宗羲、顾炎武、王夫之、李清、钱秉镫、金堡、查继佐等人，并有三百余人附传；后来考虑到《明史》已收李清，并采纳了于式枚的建议，将黄宗羲、顾炎武等归入《儒林传》（这也是遵从阮元《儒林传稿》的传统）。

在今《清史稿》中，郑成功与张煌言、李定国一起被收入列传十一；黄宗羲和王夫之被收入列传二百六十七《儒林一》，顾炎武被收入列传二百六十八《儒林二》；李清、钱秉镫被收入列传二百八十七《遗逸一》。金堡、查继佐则未被收入《清史稿》列传。

台湾清史编纂委员会所编的《清史》（1971年），共计五百五十卷，比《清史稿》的五百二十九卷增加了二十一卷，包括《南明纪》五卷、《明遗臣传》二卷、《郑成功载记》二卷、《洪秀全载记》八卷、《革命党人列传》四卷，其中《明遗臣传》计写三十五人（系将张煌言、李定国等人物从《清史稿》的《清臣传》改入《明遗臣传》而成）。由此也可以说明，当年缪荃孙所撰的《明遗臣传》遗失后，导致《清史稿》最终没有《明遗臣传》，台湾清史编纂委员会意识到此乃一大不足，于是加以增补。

先入内廷此馆甚贵但家再六协难馆中正有
一极好矣凡戋卷精成片段即为人取去今
告提调查二君不妨将收回弟二顺递回保存馆中〔因以俾抄人〕
廷无儒林六在友人处如送馆 复历三查缮伴别
弁山赝 印卖必拼入馆库此问不天科日此姜吞英一颗

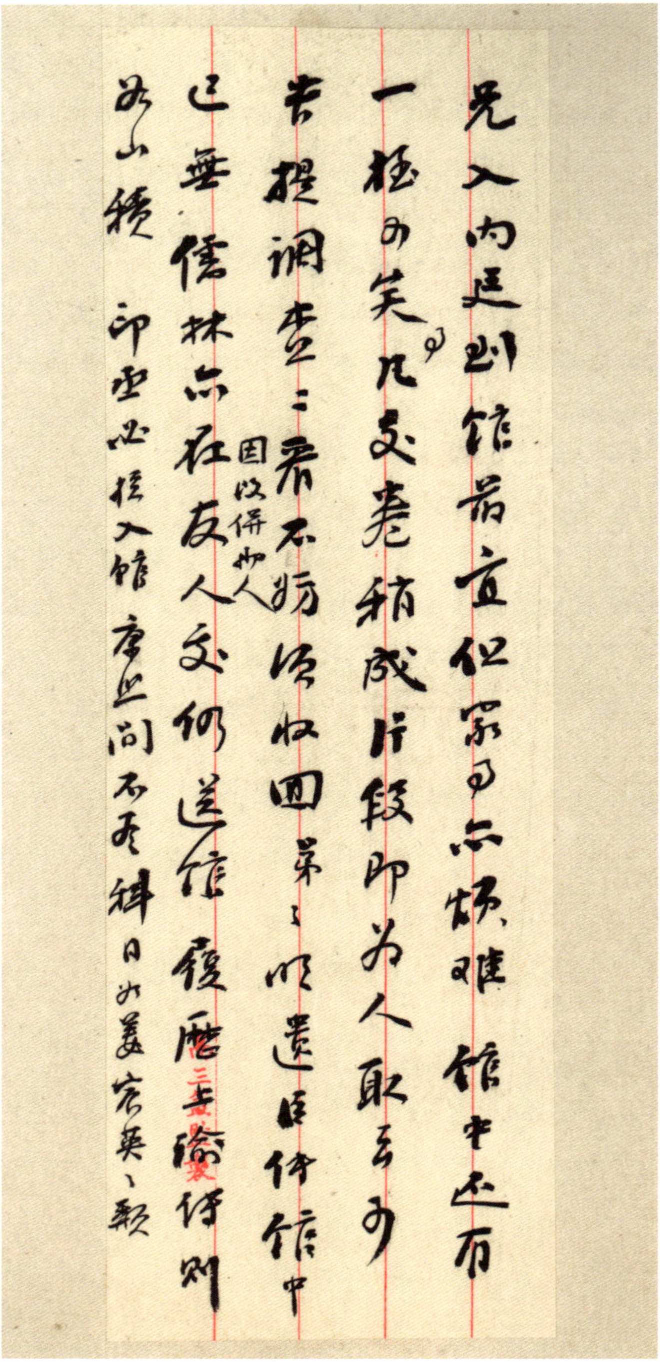

第二十三通

第二十四通

海上友人能谈此事者，自以晦若为最，与弟尤为志同道合。赵答于信（兄主稿，赵手书言之）、兄答弟信，彼此互看，馆中事略见一斑。我门想担认列传，先定目录，如《先正事略》，如《耆献类征》，平日所鄙夷不屑道者，今奉之为中流之一壶。一李取其象文，一李取其有不全之国史。目录先定前六朝，与馆长观之。《地理志》乞兄一人担之。《艺文》统归式之，决站得住。一山、子姓、子岱可胜任。一山已为子培约去修通志。诸君不肯入都，如南边分办，尚可招致。子培不但不动笔，议论亦觉太高，如自已动笔即办不动。黄、顾、王三公入《明遗臣》，何尝不是，而汉学冠首者总不妥帖，不如仍旧，可告无罪。凡事须通盘打算，不能偏重一边。阮文达之《儒林》，未及进呈，留稿在馆，至顾南雅为提调，始办进呈，大有更动。原稿张午桥[1]曾刻之。《文苑》并未撰，所以无序。王长沙师[2]所刻之四传，则蔡、方二公之稿，不特与阮不同，与顾亦不同矣。体例不能不早出，当努力为之。外间议论不责备，可见当行者少。钱孙曾拟一目，问有稿否（子培言）。新疆《地理》例，《儒林》《文苑》《循良》《孝友》《遗逸》例，列传先成，再索办志表者。

按，根据内容以及书札原件判断，本书札为一附页。书札中“海

[1] 张丙炎（1826—1905），字午桥，号榕园，一号药农，江苏仪征人。

[2] 王先谦（1842—1917），字益吾，别署葵园，湖南长沙人。清同治十三年（1874），缪荃孙参加会试，其房师为王先谦，其后两人交往甚密，故缪荃孙在书札中有“王长沙师”之称。

上友人能谈此事者，自以晦若为最，与弟尤为志同道合”云云，说明此时于式枚（1853—1916，字晦若）尚在世。并且，本书札中的“《艺文》统归式之，决站得住”云云，与第三十通书札的“式之《经籍》粗定，亦须到传上帮我”存在关联关系，而本书札当在第三十通书札之前。又，本书札中“一山已为子培约去修通志”云云（第二十五通书札也提及此事），当指浙江省为续修《浙江通志》专门设立浙江通志局，聘请沈曾植（字子培）为总纂；沈曾植后又聘请章梫（字一山）等十余位著名学者（包括缪荃孙）参与编纂，而根据《沈曾植年谱长编》的记载，乙卯年（1915）夏，沈曾植聘同人为《浙江通志》分纂。[1]再则，本书札中的“黄、顾、王三公入《明遗臣》，何尝不是”云云，与第二十六通书札中的“本以黄、顾、王、李清、钱秉镫为《明遗臣》”云云有关联。综合上述线索及书札内容，暂系本书札于此。

清代李元度的《国朝先正事略》和李桓的《国朝耆献类征初编》，同为关于清代人物传记的重要典籍，虽然存在诸多不足，但迄今为止仍然是研究清史的重要参考资料，没有任何一部同类型的著作（包括《清史稿》的相关部分）能够完全取代这两部书。[2]书札中所云“平日所鄙夷不屑道者”，应该是缪荃孙要求颇高，看到它们疏漏的一面比较多，真正到了自己要编纂相关书籍时，还是不得不加以参考，将其“奉之为中流之一壶”。并且，等到自己或自己参与的著作完成后，也未必能全面超越这些曾经“鄙夷不屑”之书，有时甚至还不如。这种现象在古今中外或多或少都存在，不足为怪。

[1] 许全胜：《沈曾植年谱长编》，中华书局，2007年，第412页。

[2] 冯尔康在其所著的《清史史料学》（故宫出版社，2013年）和《清代人物传记史料研究》（天津教育出版社，2005年）中，对《国朝先正事略》和《国朝耆献类征初编》的评价都比较高。

海上友人解读此書者自以陋若子最多弟尤多

志同道合赜于信

先答某信须此五者惟中为時先

退州俟乞...目録如先巨子硕此者献颗徵平...所

郡芝不...道者今毒...为中流一壶李取其亲文

李取其有不全之国史目録立壶等以和乐信长

范地埋志已

兄一人撑藕又侯归式使託日住一山子姓子

代此勝任甲...山...舒...通去治居不肯

入御此南辺分小尚为拓攷子信不但知初

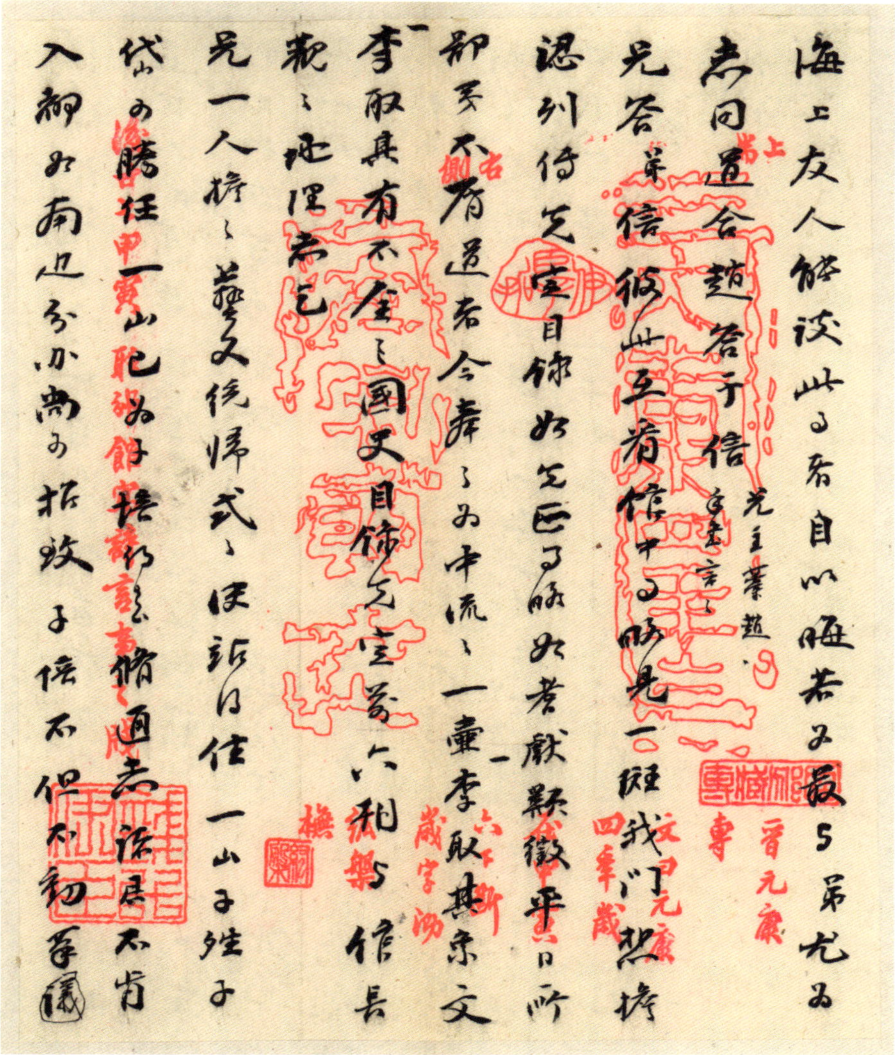

第二十四通（一）

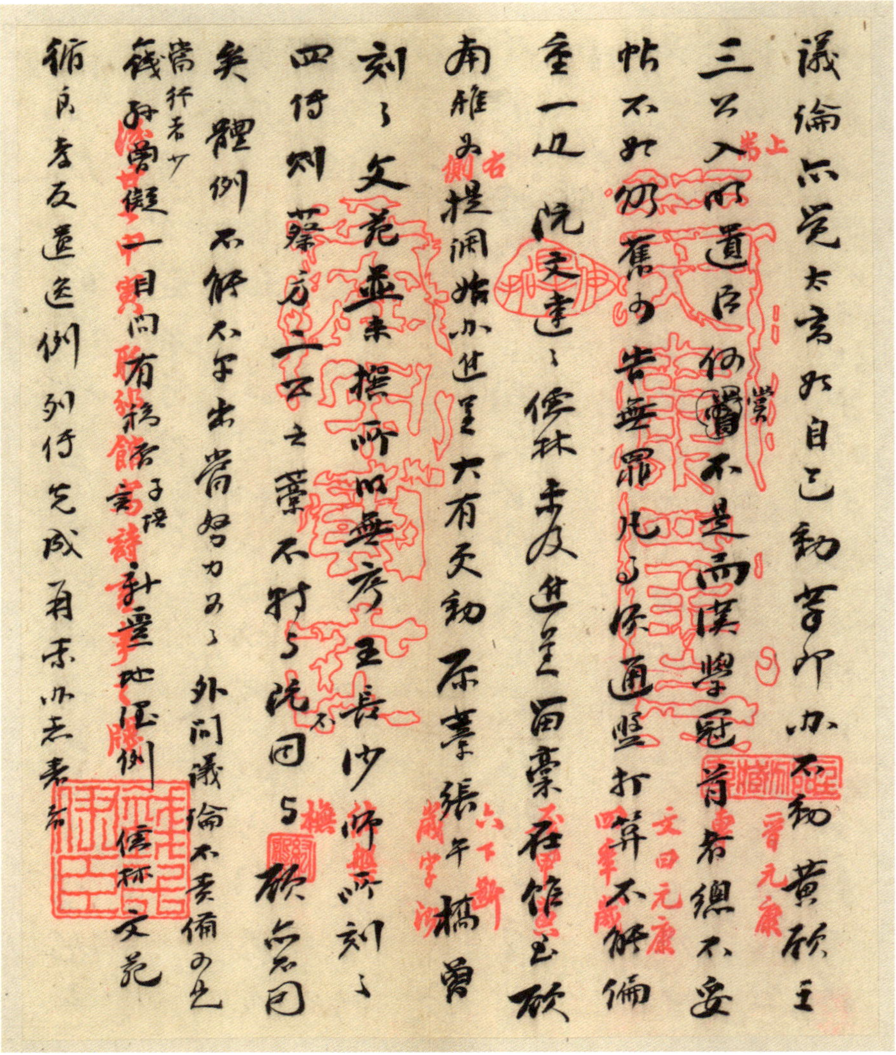

第二十四通（二）

第二十五通

炯堂[1]仁兄大人：

顷接环云，备悉壹是。拙稿承补，感何可言。崔、邹两君，弟亦拟稿，柯君传止三行，在正本陈左海传后，照钞可也。印丞入馆，本欲拉至传上，又为志上拉去矣。更有骇怪之事。弟与晦若先分开国群雄，天命、天聪、崇德、顺治诸臣传事，弟正在列表，写长编（《贰》《逆》两传可留者亦少）。晦若分认康熙一朝。弟说其择好时候，渠笑谓“我校多”。随后渠带书簏赴昆山消夏，约秋凉或同进京可乎。渠到昆山，不久便病，乡间无菜蔬、无饮食、无医药，又坐小船回沪，昨早殁于舟中。可叹可惜！尚有能及之者乎？想兄亦同此浩叹也。《文苑》日日编写，比《儒林》易多，然旧传竟须重来，他人功课只为一传计，如今须为全局计。《明史·文苑》尤佳，真可效法。《宋史》仍只为一传计，不意虞、揭诸公不过如此。弟入夏以来应酬本少，亦不能不应酬。廿二又病下利，今尚未愈。风灾破屋，雨漏成河。歼我良朋，悲思永日。病势未加，疲软殊甚。特此乱布，敬请
著安百益！

弟荃孙顿首

廿六日

沪中寒燠，病者甚多，逸社久未举行。林懿叔[2]到京否？

---

[1] 书札原文作“炯堂”，疑为“炯斋”之误。

[2] 即林诒书，也是超社成员。

按，根据《艺风老人日记》的记载，缪荃孙于乙卯年六月廿二日（1915年8月2日）“饭后不适，一夜起动五次”，乙卯年六月廿六日（1915年8月6日）“忽闻晦若辞世之信”[1]，与书札中的“廿二又病下利”“昨早殁于舟中”之记载相符，因此本书札当为乙卯年六月廿六日（1915年8月6日）所书[2]。

《艺风堂友朋书札》所收录的吴士鉴致缪荃孙书札第十六通当是对本书札之回复[3]，可相互参看。

“弟入夏以来应酬本少，亦不能不应酬。”由此可见，作为学者的缪荃孙也不能免俗，当然必要的应酬有时也是需要的，至少无可厚非。“风灾破屋，雨漏成河”，足见当时缪荃孙生活状况不佳，这也可以为晚年缪荃孙很需要钱提供佐证。

[1] 参见张廷银、朱玉麒主编：《缪荃孙全集·日记》第3册，凤凰出版社，2014年，第391—392页。

[2] 根据《艺风老人日记》的记载，该日缪荃孙“发吴炯斋信”（张廷银、朱玉麒主编：《缪荃孙全集·日记》第3册，凤凰出版社，2014年，第392页）。

[3] 参见钱伯城、郭群一整理，顾廷龙校阅：《艺风堂友朋书札》，上海人民出版社，2018年，第567—568页。

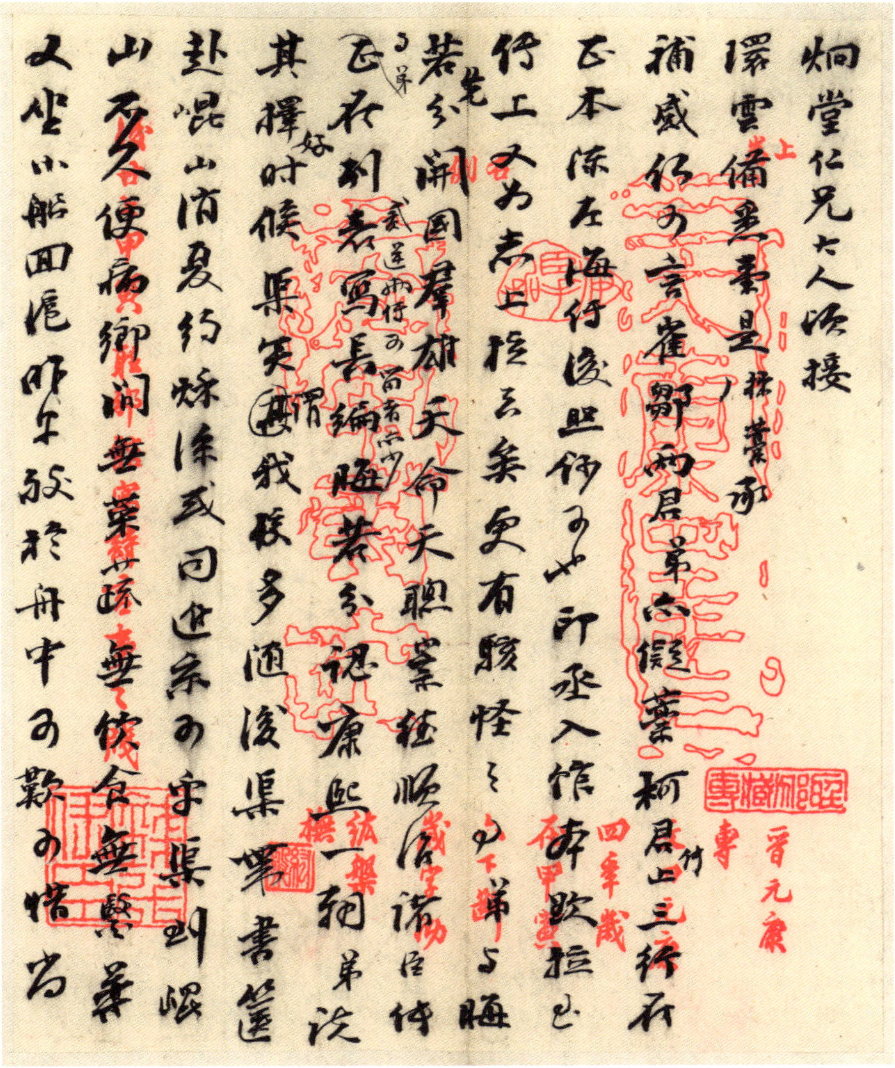

第二十五通（一）

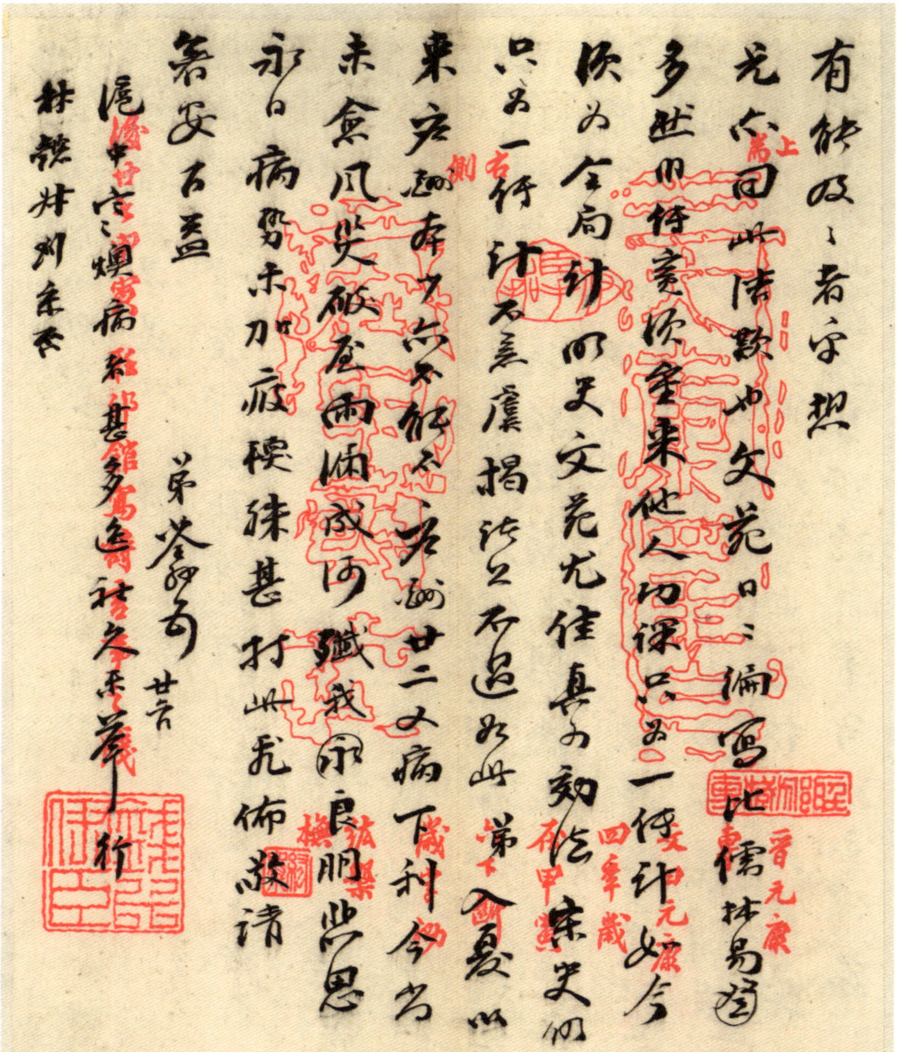

第二十五通（二）

第二十六通

炯斋仁兄大人阁下：

昨贡一笺，想已察入。今再续布写官，《儒学传》九十七篇全数写出，副本、正本亦将写毕，月内可以交卷。《明遗臣》三篇，而附见三百余人，亦足一卷（均在《明史》以外）。本以黄、顾、王、李清、钱秉镫为《明遗臣》，奈《明史》已收李清，则不如仍从阮传，统归《儒学》为妥。阮文达之旧稿，弟仅得九篇，张午桥刻其全。史馆旧稿已是蔡宗茂[1]改本，分合并省，至不足据，更无论恽余之改定矣。陈伯陶淹雅可取，第不知弟之分类，又私于乡曲，遇粤人则极力铺张，亦失史传之体，篇幅过长，亦未能删定，可愧之至。（能删则删，只《韵学》一篇最长，当寄庞蘧庵[2]节之，弟未谙也。）现在馆中济济多士，各人分认，想必自撰一例呈总裁，能寄弟裁定否？开馆将近一年，例未播告，殊觉欠缺。晦若精于史学，明遗臣之有附见，用《明史·王保保传》例，似不可少。顾、黄、王、钱宜入《儒学》，细思殊属不错。列传大半亦与商榷，拟专注此门，如不成，亦可为《东都事略》。想阁下乘间与馆长言之。晦若不肯进京，亦肯任列传，大致《臣工》一百五十卷，《循良》以下五十卷，二人愿以三年之功草创之，再给二协修作帮则尤妙，每月费千元，不

---

[1] 蔡宗茂（1798—？），字禧伯，号小石，江苏上元（今南京）人。

[2] 庞鸿书（1848—1915），字劬庵（又作蘧庵、渠庵），号郦亭，江苏常熟塘桥（今属江苏省张家港市）人，清代官员、学者。庞鸿书乃清代刑部尚书庞锺璐之次子，继承藏书家风，曾于同治年间和其兄庞鸿文合校明州本《集韵》十卷（现存复旦大学图书馆），精通音韵学，故缪荃孙建议《韵学》一篇当寄庞鸿书删节。

及馆用一成，可分一半之劳，姑妄言之，阁下亦妄听之耳。次三未必放心也。弟再歇息数日，拟办列传草目。节后专办《文苑》四传，三月可毕。阮文达旧稿未见，《文苑》似未办。弟以王伯申（大臣传，可王无事实）传次入怀祖传，万季野特立传，包括《明史》事。以顾千里附卢抱经传，两人校书不同派，抉其异同，亦颇惬心，略存史意。《臣工》以钱氏《碑传集》分派最清，《八旗通志》可择取，《从政观法录》《满汉名臣传》皆官书。弟以清早七钟至十二钟，专心办史，饭后写信拜客，至晚间看书消遣，现专以《明史》消遣，可撰一明史抉微，前辈万不可及也。新党骂之，彼知史为何事哉！收掌一信，乞填款，可笑可笑。即请

著安！

荃孙顿首

按，清史馆由时任大总统的袁世凯于1914年3月9日下令设立，同年9月1日在北京东华门内正式开馆，其中部分工作已在正式开馆之前进行。书札中提及的“开馆将近一年”，应该指清史馆在北京东华门内开馆业已将近一年，故本书札最晚当为1915年8月所书。本书札提及要将《韵学》一篇交庞鸿书节之，下一通书札则称庞氏已归道山，故暂系本书札于前。

据本书札可知，缪荃孙将一天中最为完整和宝贵的时间（上午七点至十二点）用于《清史稿》编纂，足见他对此事的高度重视。“专以《明史》消遣”云云，笔者的理解是并非单纯之消遣，而是同时借此熟悉《明史》之体例，以便编纂《清史稿》时加以参考。

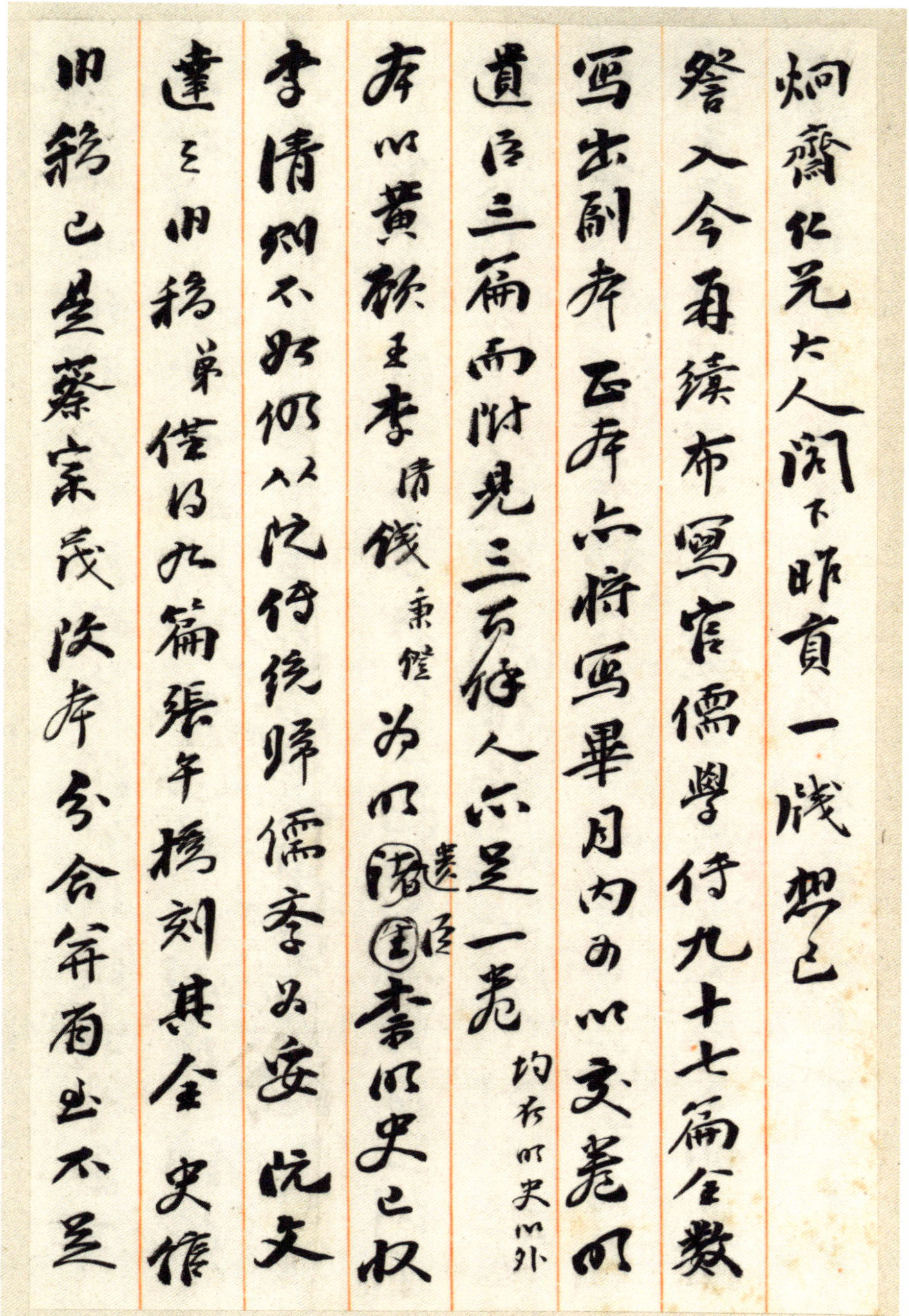

炯齋仁兄大人閣下昨肅一牋想已
詧入今再續布寫官儒學傳九十七篇全數
寫出副本正本亦將寫畢月內可以交卷明
遺臣三篇而附見三百餘人亦足一卷均在明史以外
本以黃顧王李清錢秉鐙為明遺臣書明史已收
李清則不妨仍以入阮傳統歸儒李為安阮文
達之用稿弟借得九篇張午橋刻其全史稿
用稿已是蔡宗茂改本分合篇目亦不足

第二十六通（一）

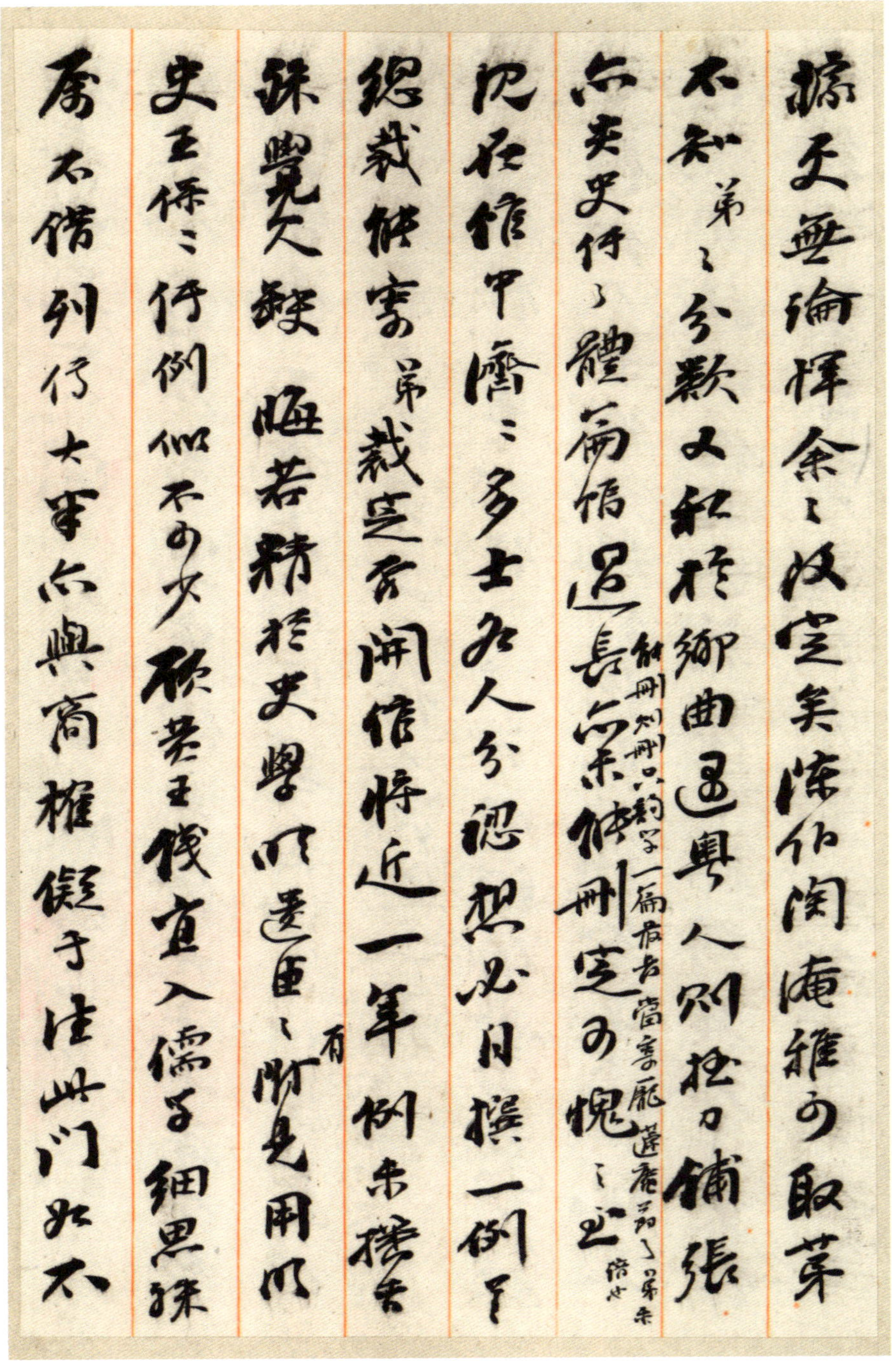
撰史無論擇余之說定矣陳伯陶淹雅可取[illegible]不知弟之分歟又私於鄉曲過譽人則極力鋪張亦未史館之體簡任邑長宗傳删定可愧之至（錢列傳列傳只約寫一篇最古當寫龐蓬庵兩傳了可弟余）況在館中濟濟多士名人分認想必自撰一例了總裁纔寄弟裁定有閱館將近一年例未標殊覺欠缺臨若精於史學所謂匡之斷是周（有）史王係之傳例似不可少欽差王錢直入儒學細思殊屬不倫列傳大半亦與商榷擬于法此門外不

第二十六通（二）

成心のみ 京都ふ眺め

閣下乗間ゟ信長言ふ睡若不肖近年此肯任列

付大坂居工一百五十羞術色以下五十羞二人

強四三年ゝ功乎剣ゝ再除二協行作幣剣光的

毎目黄千元不及信用一成のゟ一年ゝ労苦

妄言ゝ

閣下此妄陲ゝ弓次三来必枕にや小乎再歓只

数日儀小列仔苹目芹後寺か文羞二月ゟ畢

四行

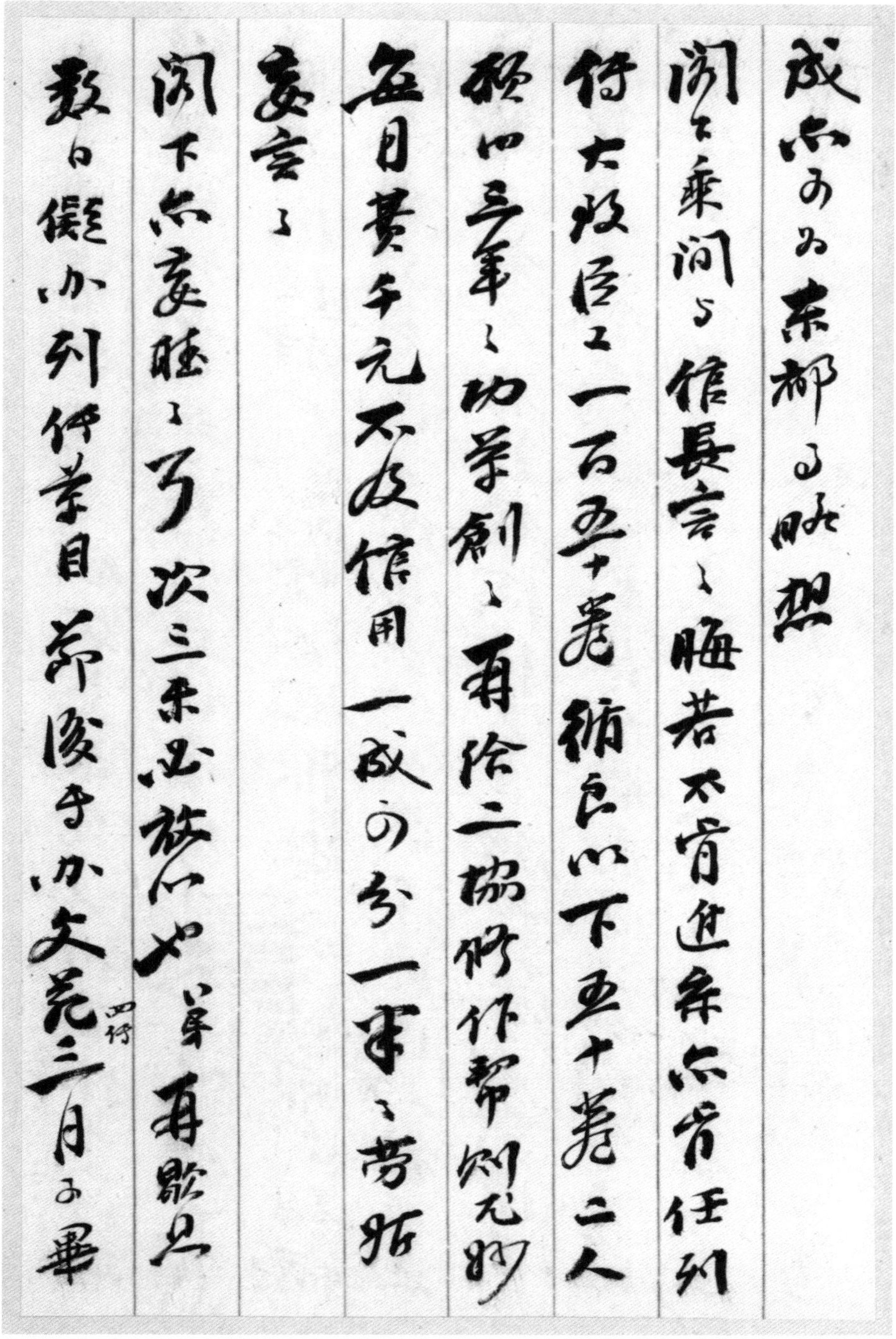

阮文達纂輩先取文苑未小暴以王佑申仔次
大臣仔而王無之系

入怀祖仔蓄参听特立仔色括以史取千里

附盧抱径仔州人枝盡不同派找其异思願恒

心师存史意居工以锁比断仔集分派情八禄直之

可择取径以范任徐两溪不居仔而宦去华以情事

七径以十五径点必史作後再信好家必晚问府去信

遠及半以以天仍置西撰一似史扶微等辈等石可

及以新党罵、彼知史而仍了式

收华一信包填執的矣、阿沛第有　蕉习

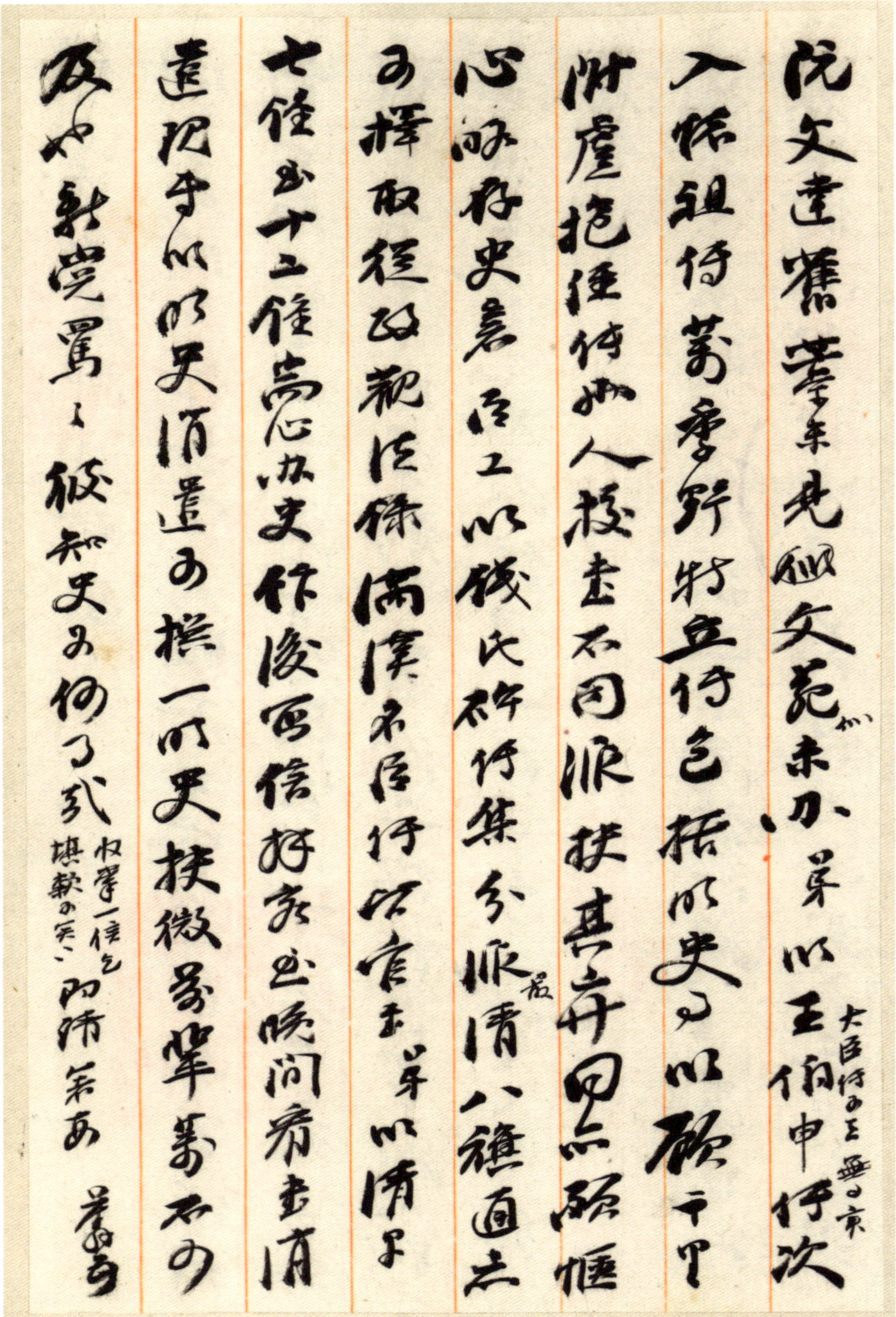

第二十六通（四）

第二十七通

炯斋仁兄世大人阁下：

奉到惠书，正值病困，未遑即畲为歉。沪上风灾，继之大雨，床床屋漏，几无干处。弟久寓京师，防漏之法尚多，不意书箱屡搬多损，遂致三五箱受湿，大段尚好耳。同人中王完巢壤崩栋折，巢几不完，近移居华界。七夕逸社一聚，即和《移居诗》。弟以“完巢先生巢复完”作起句，七古短篇，亦近游戏。自前月廿二一病，至今未能复原，酒亦不饮，凉则受寒，热则受暑，上馆则泻，不出门又闷气，如何是好？入都是口头禅，不知何时实行。《浙志》举尊公与子裳[1]为副，让山[2]、一山、拙存[3]、甸臣[4]为分纂，可谓得人，胜于我馆五十人矣。贻书已晤面，其兄之款有着而不担处分。政体改变，恐不能无事，然政体不变，如何能治安？陈其美[5]在沪，非力办此人不可，又要开国会，办自治，仍是一般国民党。老成之人，谁肯出头？有不动产五万元，更属怕事，学堂出身，不知其认得字认不得字，文凭可据（真假亦难办）。将来遇事把持，再要解散，又烦难矣。此等政策，实所不解，何人主持此义，昔日害大清，今则自害，可怜！此上，敬请

[1] 王咏霓（1839—1916），原名王仙骥，字子裳，号六潭，浙江黄岩兆桥乡（今属台州市椒江区）人，近代诗人、书法家。

[2] 张美翊（1856—1924），字让三（又作让山），浙江鄞县（今宁波市鄞州区）人。

[3] 即陶葆廉，详参第十二通之注。

[4] 金蓉镜（1856—1930），字学范，号殿臣（又作甸臣、甸丞），晚号香严居士，浙江秀水（今嘉兴）人。

[5] 陈其美（1878—1916），字英士，号无为，浙江吴兴（今湖州）人。

文安！

弟缪荃孙手肃

庞劬庵[1]中丞亦归道山，咏春[2]、劬庵、晦若均小于我。

按，根据《艺风老人日记》的记载，乙卯年七月七日（1915年8月17日），“王旭庄举行逸社”[3]，与书札中的“七夕逸社一聚”之记载相符，再加上书札之末的“庞劬庵中丞亦归道山”（庞鸿书卒于乙卯年七月九日[4]，即1915年8月19日），因此本书札当为乙卯年七月十三日（1915年8月23日）所书[5]。

“三五箱受湿，大段尚好耳”，足见缪荃孙藏书之丰。

书札中的“《浙志》”一事，后因浙江通志局裁撤，编纂工作并未完成，有《续修浙江通志稿》300多册保存至今，分别藏于浙江图书馆、上海图书馆、嘉兴市图书馆、上海师范大学图书馆。[6]

---

[1] 庞鸿书（1848—1915），字劬庵，号郦亭，江苏常熟人。

[2] 邹福保（1852—1915），字咏春，号芸巢，江苏元和（今苏州）人。

[3] 参见张廷银、朱玉麒主编：《缪荃孙全集·日记》第3册，凤凰出版社，2014年，第393页。

[4] 参见金兆蕃：《安乐乡人文》卷六《庞劬盦先生神道碑》，1951年铅印本，第2页。

[5] 根据《艺风老人日记》的记载，该日缪荃孙“发吴炯斋信”（张廷银、朱玉麒主编：《缪荃孙全集·日记》第3册，凤凰出版社，2014年，第394页）。

[6] 参见刘平平：《馆藏浙江通志述略》，《中国地方志》2005年第5期，第44—45页。

炯齋仁兄世大人閣下奉□

惠玉□值病困未皇即會為歉□上□風災連

々大雨淋々屋兩氣無乾處弟久家多師防

兩々污為不意書箱屢搬多損遂致三五

和受懼大政為好耳同人中王完某操前棟

新柬氣不完近移在華眾七夕□誌字眾即

和移居行弟以完某克坐某母究作起句

七夕短篇六近時戲目芳月廿二一病此今來

郁此原便照不飲徐刂受室契刂熨昌去作刂

寓不□出門又悶氣□□好之入都曼□顥祥石知

伯叔室□ 斱志羣

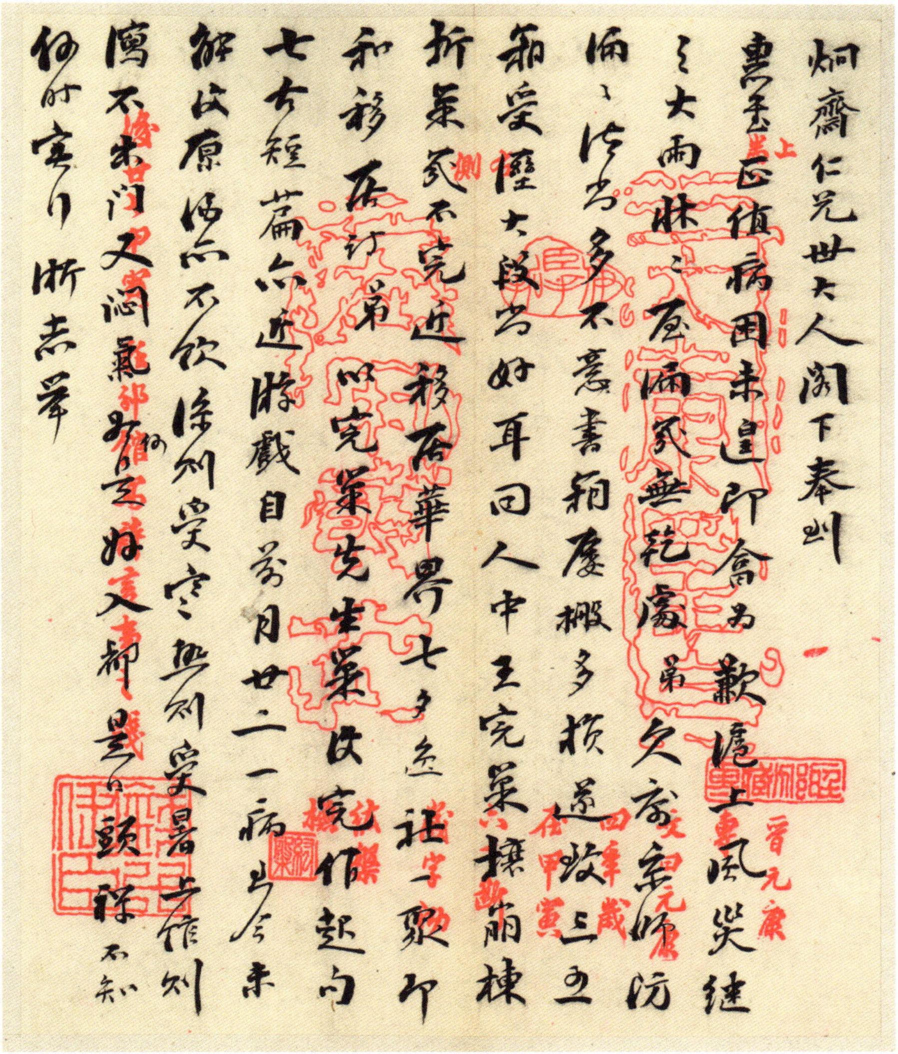

第二十七通（一）

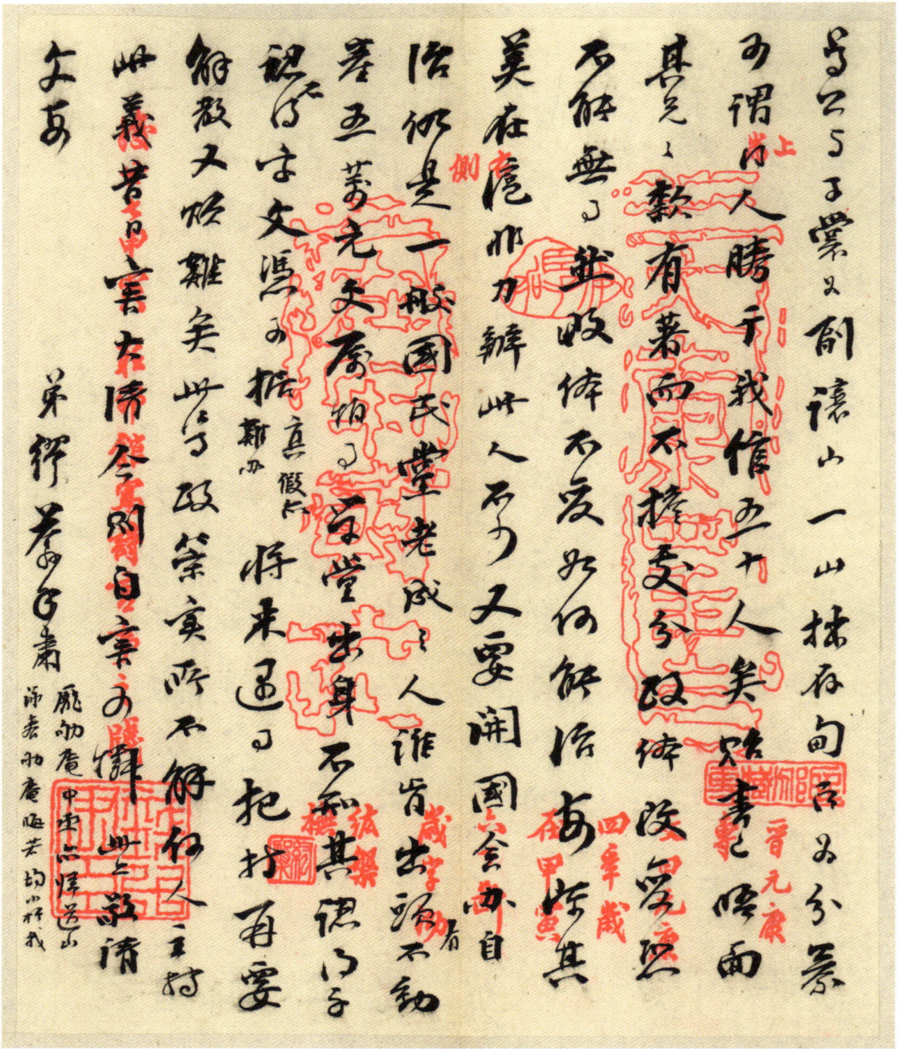

第二十七通（二）

第二十八通

炯斋仁兄大人阁下：

得环云，至今甫能奉复。因《儒学》正本抽换明析，副本备改，亦须写正，并拟序言，至昨日方毕，今早由邮局寄兄阅一过，如有大不妥（小不妥处指不胜指），乞签出付改为要。式之如在京，即与一阅，再交馆长。《黄梨洲传》次弟一卷，孙锺元之次。闰枝到馆，闻领《循良》，此事太便宜，须《食货志》《选举志》分彼一门，方足显其长。要在办长编也。《明遗臣》只郑、李、张三人，附殉难者五百余人，要去《明史》中已见之人，殊属费事。长编多余正书两倍，《文学》亦已改编。弟身体疲乏，自不待言，然磨桌子功夫仍然如故，奔走不行，饮食尤难检点。今年两病，均因饮食，盖好酒如蝇，见肉如鹰，旧性犹在，颇难改也。秋间早来，可望多叙，屡屡爽约，殊对不住友朋。逸社自题《花宜馆选诗图》后尚未举行。京师社集能视一二题否？手笺，敬请

著安百益！费神再行面谢！

荃孙顿首

按，根据《艺风老人日记》的记载，乙卯年四月三日（1915年5月16日），缪荃孙“腹痛……晚腹痛愈剧，彻夜不寐”，至四月十日“病大愈”；六月廿二日（1915年8月2日），缪荃孙“饭后不适，一夜起动五次”，廿三日“腹泻十次”，廿四日“腹泻仍十次”，廿五日“腹泻如故”，廿六日“腹泻略止，然小便不通如故”，至廿八日

"小愈"。[1]这一情况与书札中的"今年两病，均因饮食"之记载相符，同时考虑到书札中的"秋间早来"云云以及书札内容，故本书札当为乙卯年七月前后所书，暂系于此。

"弟身体疲乏，自不待言，然磨桌子功夫仍然如故，奔走不行，饮食尤难检点"，再次有力地印证了缪荃孙晚年在健康每况愈下的情况下，依然顽强地从事《清史稿》编纂等学术工作。同时，书札中的"好酒如蝇，见肉如鹰"，十分形象，缪荃孙生活中的凡人一面跃然纸上，为我们进一步全面而系统地研究缪荃孙提供了不可多得的珍贵资料。

---

[1] 参见张廷银、朱玉麒主编：《缪荃孙全集·日记》第3册，凤凰出版社，2014年，第380—381、391—392页。

炯丞仁兄大人閣下日

環雲必全甫解舟以固儒學正未

庵備以占須畫去芹儸方竟出

子由鄆高寄

兄閣了過如百大不妥己

藏出付阺必要武之如不來即与一閣再变館

長黄智洇仔此第一卷如銓之次

館聞領循良此小太便宜顶食貨志逼犀

志泥被甲門亦躍須飯寫籍言慶托脅長编州

遺启只鄆孝張三人附拘难召五百餘人要

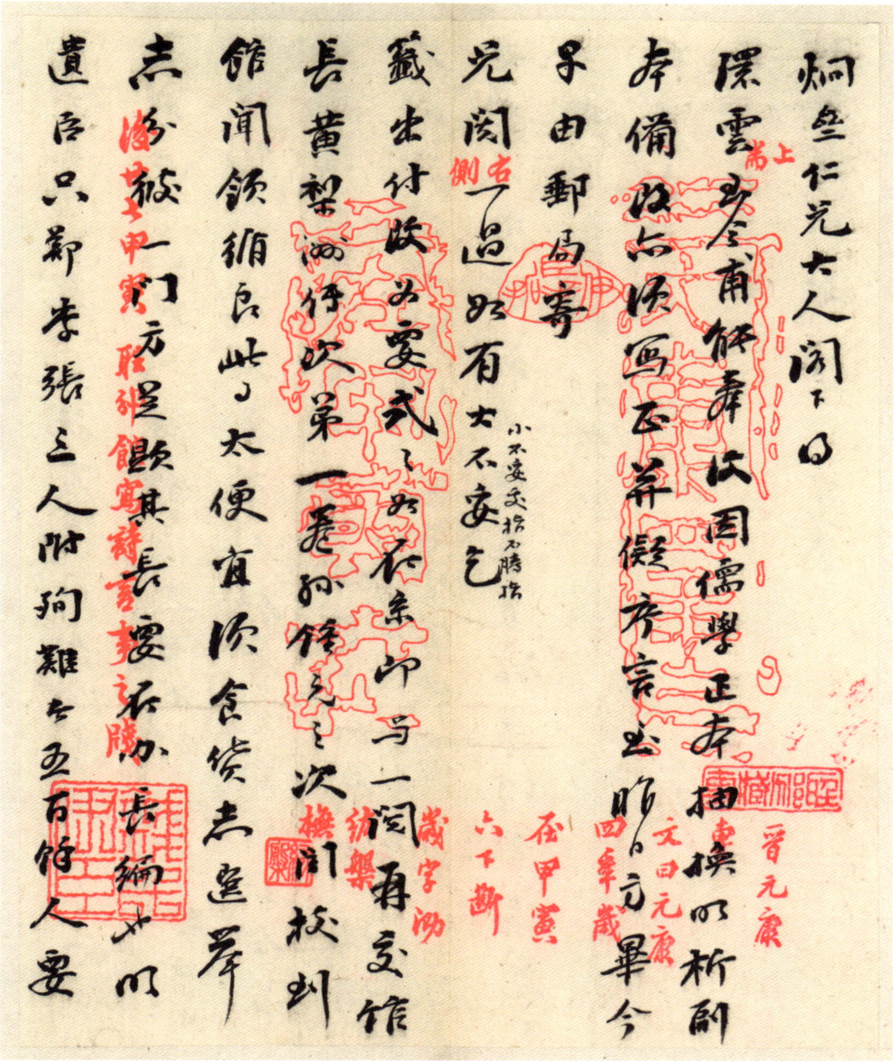

第二十八通（一）

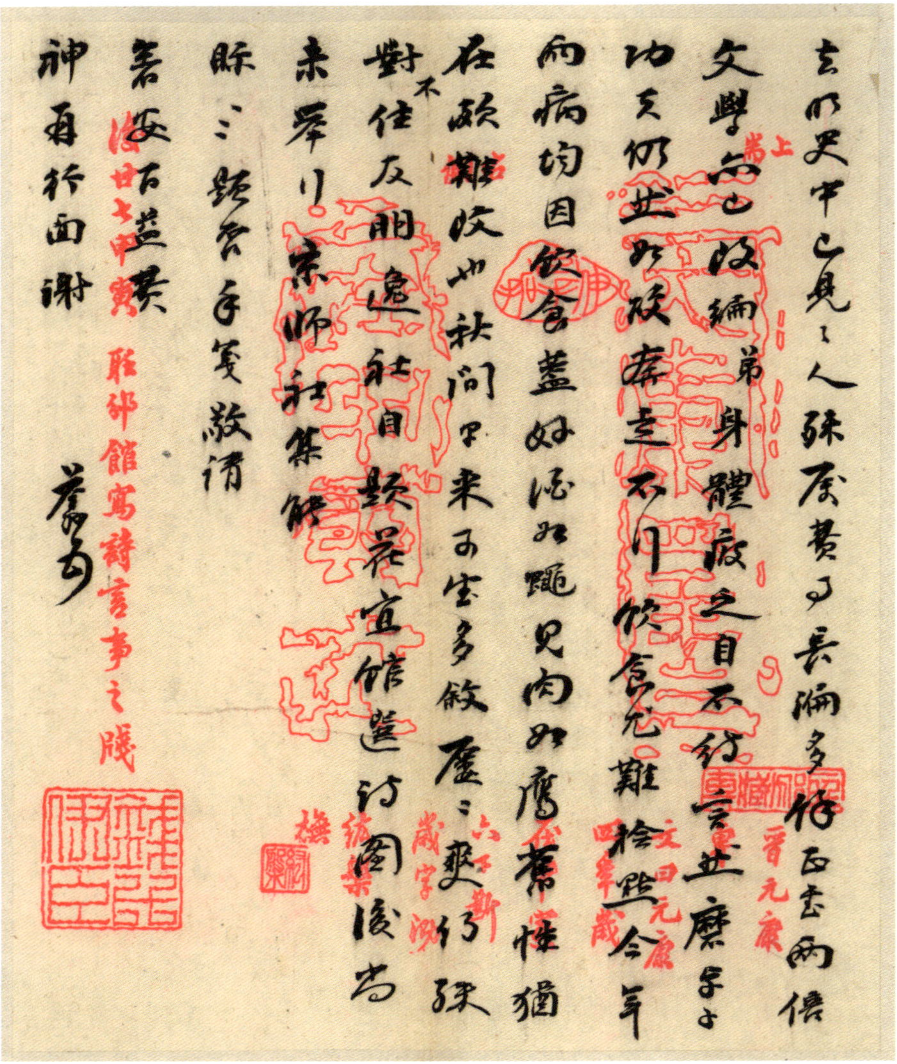

第二十八通（二）

第二十九通

传定西河[1]一传，誉其长，揭其短。抱经一传，附以涧薲，历举校雠两派言之，自问惬心。最不惬心者韵学不明白，一传尤不敢删节，抱歉之至。兄能代节否？馆中有通此门者，独钞此篇与之，此等事非浅尝者能为之也。《畴人》须先去《儒林》《文苑》中人，西人亦酌收，亦不过一卷。

闰枝《循吏》不得过一卷。

拟列传例，约十日呈阅。自不定例，不办长编，何从下手？

查东山《罪惟录》全部出现（翰怡拟得之。），乃全谢山未见之书，于张煌言、郑成功两传颇有增添，又须重写。时郑氏尚未灭也。

按，根据内容以及书札原件判断，本书札为一附页。

上一通书札称“闰枝到馆，闻领《循良》”，而本书札云“闰枝《循吏》不得过一卷”，则提示本书札次第在后，故暂系于此。

卢文弨（其堂号曰抱经堂，人称抱经先生）、顾广圻（字千里，号涧薲）均为清代著名校勘学家，各有千秋，将他们合在一起加以论述，便于比较其异同，分析其各自特色。同时，卢文弨乃顾广圻之前辈，并且就总体学识及成就而言，卢当在顾之上，因此缪荃孙将顾广圻附在卢文弨之后的处理方法，是十分合适的。缪荃孙本人对此也“自问惬心”，深表满意。这一点可以与第二十六通书札中的“以顾

[1] 毛奇龄（1623—1716），字大可，号秋晴，又号初晴，以郡望西河，人称西河先生，浙江萧山人，清代著名经学家、文学家。

千里附卢抱经传，两人校书不同派，抉其异同，亦颇惬心，略存史意”相互印证。我们今天所见到的《清史稿》列传二百六十八《儒林二》中的《卢文弨传》（附《顾广圻传》），完全与书札中所提及的处理方法一致。

同时，缪荃孙对小学（尤其是音韵学）不够熟悉，非其所长，因此他说“最不惬心者韵学”，是完全能够理解的。这一点可以与第二十六通书札中的“只《韵学》一篇最长，当寄庞蘧庵节之，弟未谙也”相互印证。

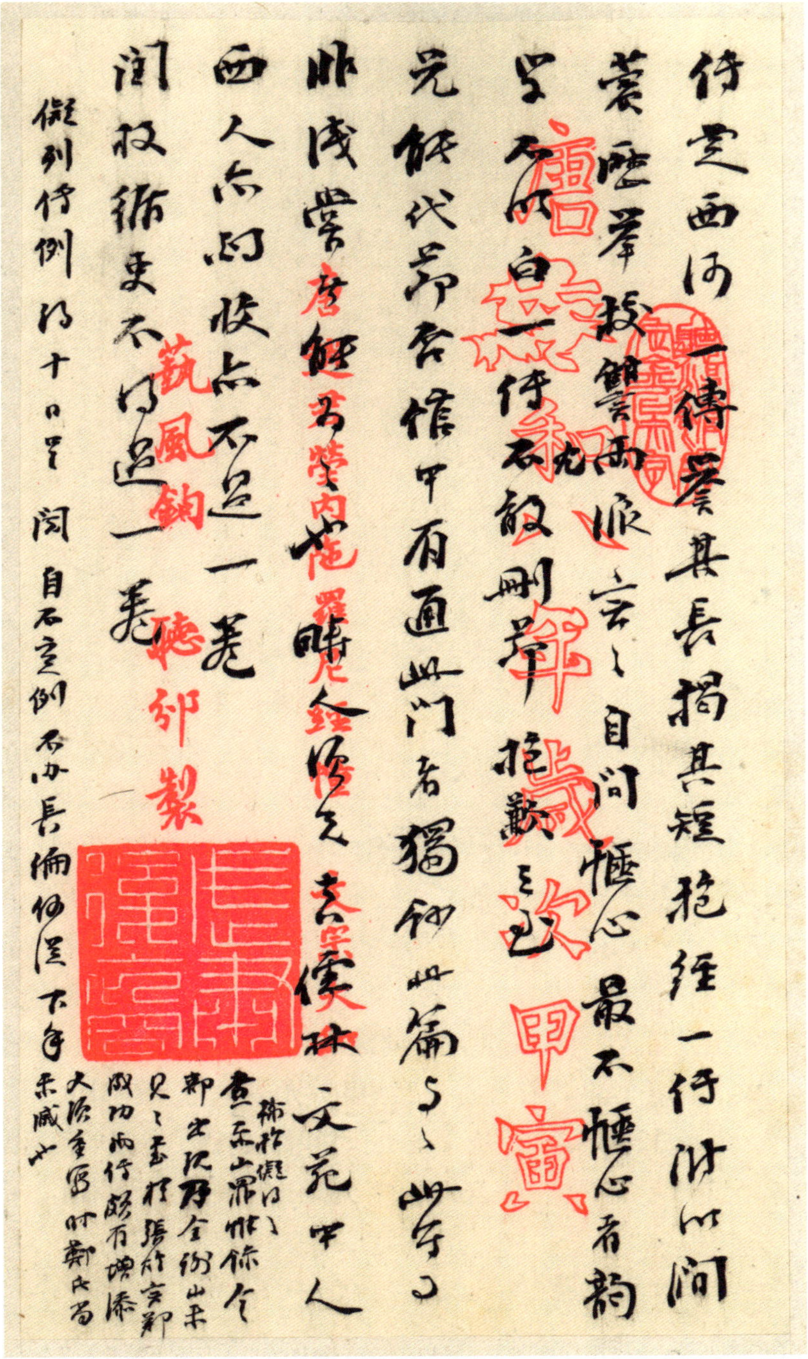

第二十九通

第三十通

《儒林》《文苑》各传大半就绪，仍随时修改，仰荷旨示，不敢护前，惟求其是耳。晦若曾与议及《明遗臣》只可一卷，顾、黄仍归《儒林》，细思之，其言甚是，弟即改而从之。《文苑》仍以虞山[1]、太仓[2]冠首，亦无以易，至欲以算学家仍归《儒林》，弟反复辨论，晦若亦首肯立《畴人传》。《明遗臣》一卷四十叶，小引一论先写呈阅。此稿改至四次方才写定。《开国群雄》一传，议发于金篯孙，问撰有成书否。《四夷考》“建州”“海西”二篇，马文升《抚夷记》均钞到，不如篯孙冯《明实录》也。凡臣明、臣朝鲜俱类聚于此。本纪仍凭《实录》何如？《臣工列传》开国三朝粗具目录，写出略迟，先寄阅。总之，晦若一去，商榷无人，弟嗒然若丧，又时时病困，恐亦不能久长。书籍亦不凑手，只可自完门面。式之《经籍》粗定，亦须到传上帮我。兄肯担任甚好，然《地理志》一手办理，成一门是一门。万季野在《文苑》专传，以钱名世附之。汪孟恭在《司员传》中，与蔡启江等归一类，此公政事胜于文学，各部均有得力司员，另成一卷（《明史》有之）。不能如从前硬派入《儒》《文》两传。各朝有言官，弘德殿、毓庆宫除大臣外，均须立传，总胜于寻资之尚书大学士也。日内拟例稿，寄阅后须通馆传观，馆中人允许方传播，此不能秘密。馆开一年，例不出，旁人

[1] 钱谦益（1582—1664），字受之，号牧斋，晚号蒙叟，又号东涧老人，学者称其为虞山先生，苏州常熟人。

[2] 吴伟业（1609—1672），字骏公，号梅村，别署鹿樵生、灌隐主人、大云道人，江苏太仓人。

亦不责备，足见人格日低。

按，根据内容以及书札原件判断，本书札为一附页。书札中的“晦若一去，商榷无人”，或指于式枚（字晦若）已去世。而书札中又有“馆开一年”云云，故暂系于1915年9月前后。

今《清史稿》中，并无《司员传》。此外，在《清史稿》及相关资料中，未能查到书札中提及的汪孟恭、蔡启江二人之姓名，其中的“恭”“江”二字也只能作疑似处理。

“晦若曾与议及《明遗臣》只可一卷，顾、黄仍归《儒林》，细思之，其言甚是，弟即改而从之”，说明缪荃孙虽然自视较高，有时个性也较强，但对于他认为正确的意见还是虚心接受，择善而从，同时也表明了缪氏对于于式枚（字晦若）学识及人品之认可。

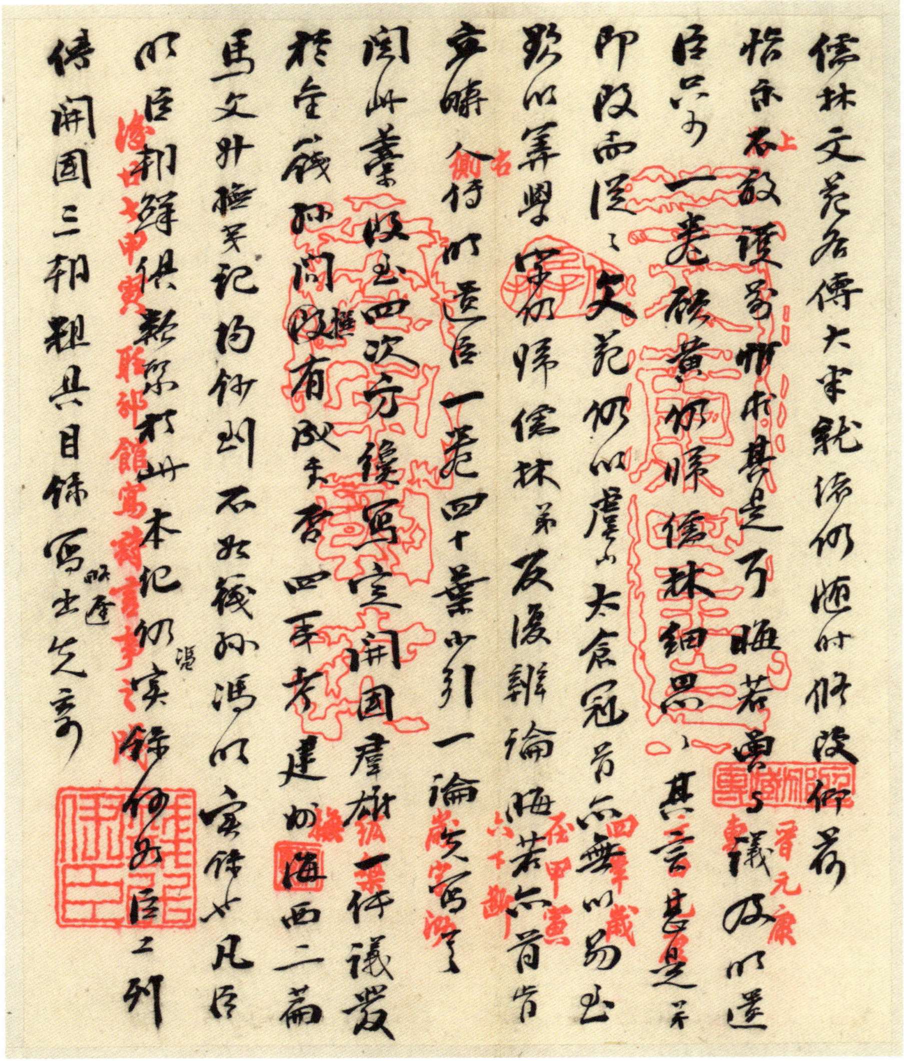

第三十通（一）

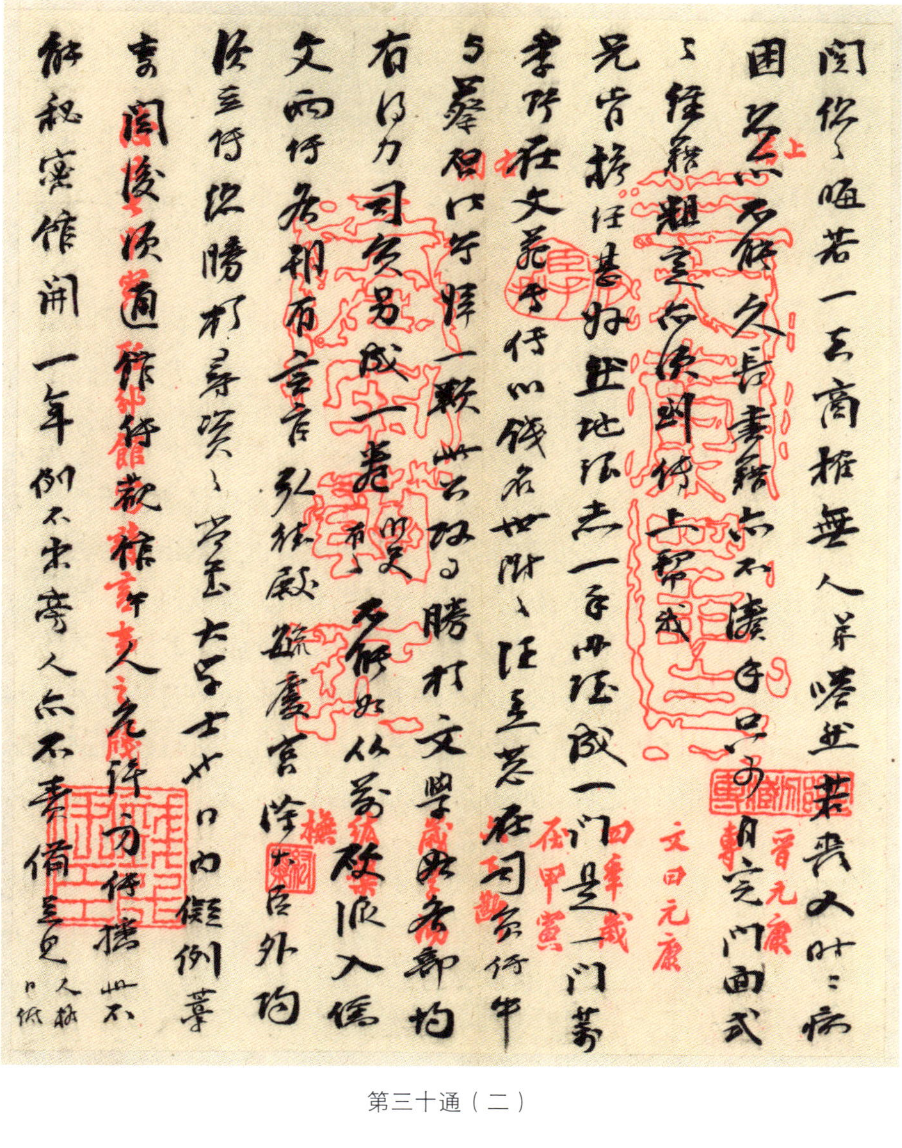

第三十通（二）

第三十一通

炯斋仁兄世大人阁下：

前奉环云，藉谂驺从秋后回沪，欣喜之至。弟病势绵延，无可如何，今日正告馆长，暂缓一行，俟复原再说。馆中应办之事，逐日理料，并未因病耽阁。赵信附呈，谈病不复述。沪上寒暖不时，殊异往年，更易生病。筹安不安，商界摇动。昨日炸弹炸亚细亚报馆，人心更惶惑矣。诸君何太急也！樊山之意云何？诸君开口，亦未必有益史事。二公子[1]入馆，意欲何为？弟闻而生畏。乙山断然不来，其采辑明遗民，止可成专书，亦不能入史。尊大人允就《通志》聘，子培例言，便采《顺天府志》办法。《盐法通志》到京，取有收条，是购非送。云已送一部至征书处，不知何时送到。明日淞社[2]又有诗会。李少白传，此等人亦入史，可谓应酬；柯先生传，孙佩南[3]撰，似亦有限。手笺，敬请

著安百益！

弟缪荃孙顿首

按，《亚细亚日报》乃袁世凯为复辟活动大造舆论而创办的报纸，分北京版和上海版，其中的上海版于乙卯年八月二日（1915年9月10日）创刊后，报馆曾先后在乙卯年八月三日（1915年9月11日）、十一月十一日（1915年12月17日）两次被炸。据《艺风老人

[1] 二公子即袁世凯次子袁克文。

[2] 淞社是以湖州籍前清遗老为主于1913年在上海成立的诗人社团。

[3] 孙葆田（1840—1911），字佩南，山东荣成人。

日记》中的相关记载以及书札中的“藉谂骀从秋后回沪”等内容分析，本书札当为乙卯年八月四日（1915年9月12日）所书[1]。本书札可与《艺风堂友朋书札》所收录的吴士鉴致缪荃孙书札第十九通相互参看[2]。

[1] 根据《艺风老人日记》的记载，该日缪荃孙“发赵总裁信、吴炯斋信”（张廷银、朱玉麒主编：《缪荃孙全集·日记》第3册，凤凰出版社，2014年，第397页）。

[2] 参见钱伯城、郭群一整理，顾廷龙校阅：《艺风堂友朋书札》，上海人民出版社，2018年，第570页。

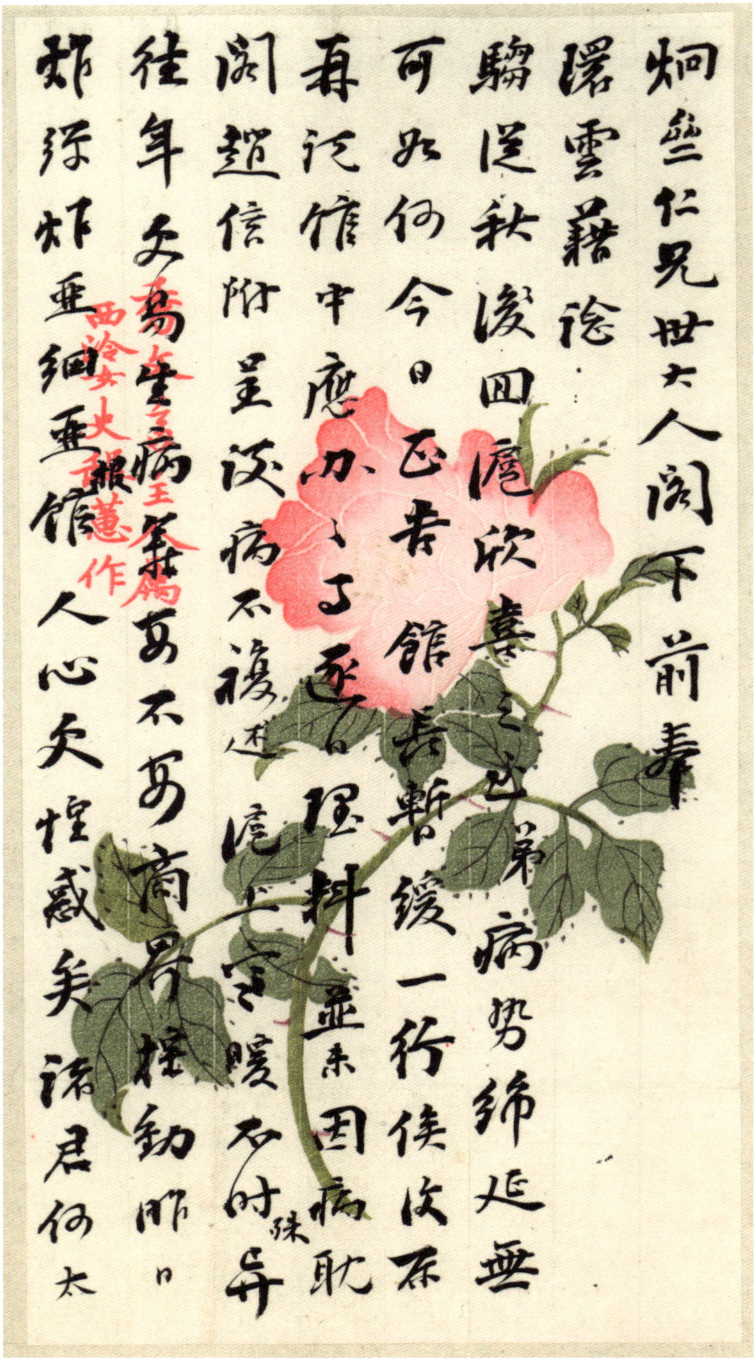
炯埜仁兄世大人閣下：前奉
還雲，藉諗
騶從秋後回庵，欣喜之至。弟病勢綿延，無
可如何。今日正在館，長暫緩一行，候改
再從館中應辦之事已經料畢，來因病耽
閣。趙信附呈。從病不復述。庵上空曠，不時殊异。
往年交易生之病，無算安不安，商量搖動。那日
耶孫炸垂細垂館，人心大惶惑矣。諸君何太

第三十一通（一）

急也樊山之意云何諸君聞之亦必有益史了
二公子入館意欲何為弟聞而生畏乙山斷無
不來其案耗所慮踐之可成者亦不能入史
者大人允就通志聘子培則言便案順天府志
亦法甚法通志列條取有收條是燼小送云
已送一部與徵士交不知何時送到明日社大
有討論 李少白所學人亦入史可謂居鄉 手箋敬請
柳笙侍御佩南撰則亦有限
著安不盡
弟繆荃孫頓首

第三十一通（二）

第三十二通

炯斋仁兄大人阁下：

弟牵帅赴省，明日即行，三五日旋沪。拟《史馆通例》《明遗臣传》两稿呈政，务恳指疵。《通例》为全馆标准，不署撰人名也。至《儒学传》，王夫之改入前卷（史论痛诋郑康成，黄因其讲学，下卷只顾为首），添庄亨阳一传，潘德舆附唐鉴传，改胡承诺入《文苑》（与唐甄《潜书》、贺贻孙《激书》同篇），附沈钦韩于马宗琏传（因两《汉书疏证》芜杂，不能专传）。屡屡改定，不获已也。《文学》下月当写起。俟兄杭州归来再聚密谈，约张世兄专议史事，不杂他宾方妥。此上，敬请

文安，诸希朗照百一！

弟缪荃孙顿首

按，根据《艺风老人日记》的记载，乙卯年九月十九日（1915年10月27日），缪荃孙送《清史体例》《明遗臣传》与吴士鉴；九月二十日启程到南京。[1]与本书札所言均合，故本书札即作于乙卯年九月十九日。本书札可以为《艺风老人日记》的相关记载提供佐证，并补缺。

在今《清史稿》中，黄宗羲传、王夫之传均在《儒林传一》，顾炎武传位居《儒林传二》之首，庄亨阳传在《儒林传一》，唐鉴传在《儒林传一》，马宗梿（又作马宗琏）传在《儒林传三》。而马宗

[1] 参见张廷银、朱玉麒主编：《缪荃孙全集·日记》第3册，凤凰出版社，2014年，第404—405页。

梿传并未附有沈钦韩传，唐鉴传并未附有潘德舆传，胡承诺传则仍在《儒林传一》。

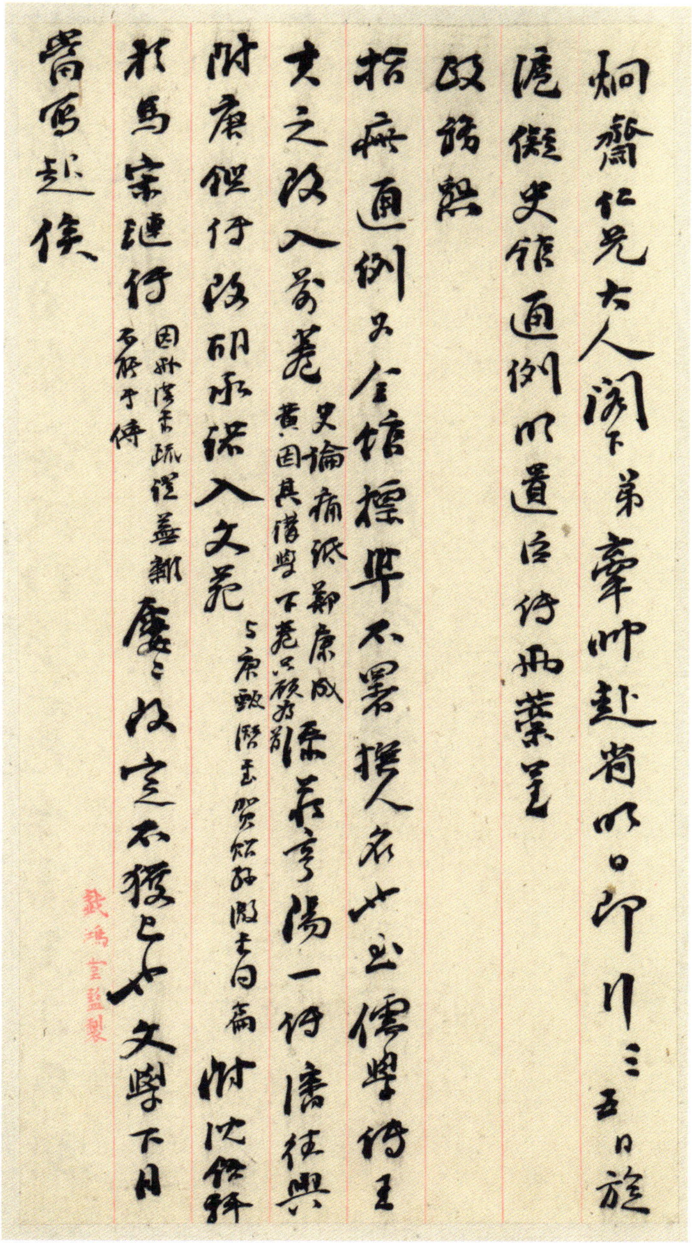

第三十二通（一）

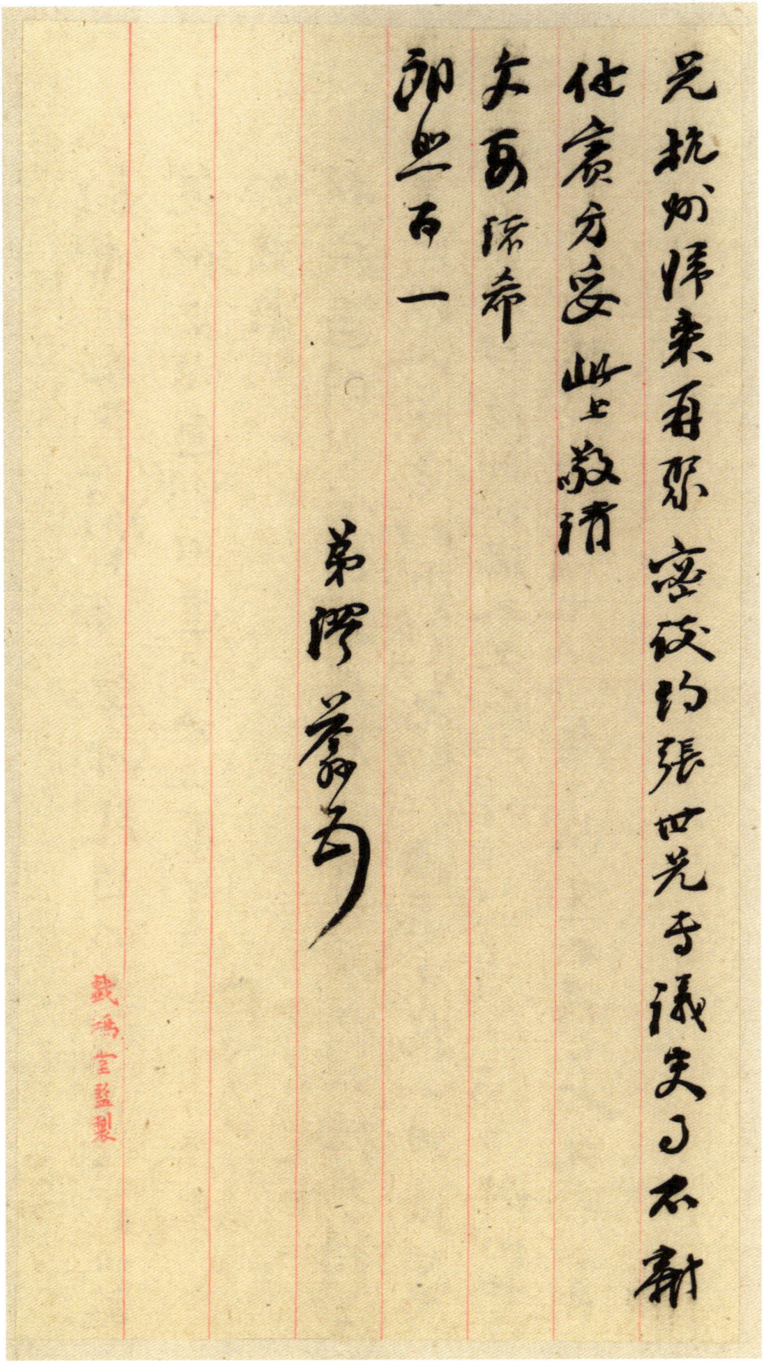
兄杭州歸來再聚　密改約張世兄考議矣不尅
任賓方安此上敬請
大安諸希
朗照不一
弟繆荃孫

第三十二通（二）

第三十三通

炯斋仁兄大人阁下：

久不晤谈，歉仄之至。两社亦消歇，大约均消磨于自由钟矣。《文学传》稿三册（约五卷）呈阅，务求指疵为荷。《儒林》《文苑》将来仍拟改原名，不必立异，颇有迁就。（方东树、吴汝纶等向所深恶，而彼党势大，不能不立传，然有分寸。）前朝史官必有如此者，不应诋为无识。弟认开国至康熙列传，闰枝接认雍乾，已去大半，晋卿从今世办起，仍是仰体馆长之意（去年即有此议）。新延朱仲我[1]亦无用人也。闻将回杭，年内行否？此上，敬请

著安！

弟荃孙顿首

冬月三日

《明遗臣传》三人附传伍百人　一卷

《儒学传》上三十四人附七十三人　二卷

下六十三人附一百〇一人　三卷

《文学传》九十二人附一百九十一人　五卷

按，根据书札内容及末尾的“冬月三日”，本书札应该是乙卯年十一月三日（1915年12月9日）所书。

在当时《清史稿》的编纂过程中，缪荃孙承担清初至康熙时期之列传的撰稿任务，夏孙桐（字闰枝）承担雍乾嘉道时期之列传的撰稿

[1] 朱孔彰（1842—1919），字仲我，又字仲武，江苏长洲（今苏州）人。

任务，而王树枏（字晋卿）则负责撰写咸丰、同治朝大臣传[1]；与书札中所说的“弟认开国至康熙列传，闰枝接认雍乾，已去大半，晋卿从今世办起”，基本一致。

缪荃孙在《云自在龛随笔》中提到：“《清史》：《明遗臣传》三人一卷，附见五百人。《儒学传》上三十四人一卷，附七十三人。下六十三人三卷，附一百零一人。《文学传》九十二人五卷，附一百九十一人。”[2]这一记载与书札中所言相符。

《明遗臣传》后来未收入《清史稿》，具体可以参见上一通书札中的相关按语。在今《清史稿》中，《儒学传一》收录45人，附78人；《儒学传二》收录35人，附57人；《儒学传三》收录31，人附48人；《儒学传四》收录1人，附10人。《文苑传一》收录44人，附102人；《文苑传二》收录28人，附79人；《文苑传三》收录33人，附69人。说明最终定稿之分合及列传人物数量，与缪荃孙在书札中所提及的初稿有所出入。

从“方东树、吴汝纶等向所深恶，而彼党势大，不能不立传，然有分寸”之语，可以看出缪荃孙内心对方东树、吴汝纶这样的桐城派并不十分认可，但考虑到方、吴等影响颇大，又不得不立传，但强调需要把握分寸。笔者认为其重要原因是桐城派（尤其是方东树）对汉学之偏见，从而导致对汉学推崇备至的缪荃孙有上述建议。这一点可以与第十一通书札中的“可见桐城家之不足与谈汉学也，一征实，一蹈空，孰是孰非，学者自办之”，以及第四十八通书札中的“方、吴之传必在所去，特为完善”相互印证。

---

[1] 参见邹爱莲、韩永福、卢经：《〈清史稿〉纂修始末研究》，《清史研究》2007年第1期，第93页。

[2] 缪荃孙：《云自在龛随笔》卷二，载张廷银、朱玉麒主编《缪荃孙全集·笔记》，凤凰出版社，2013年，第33页。

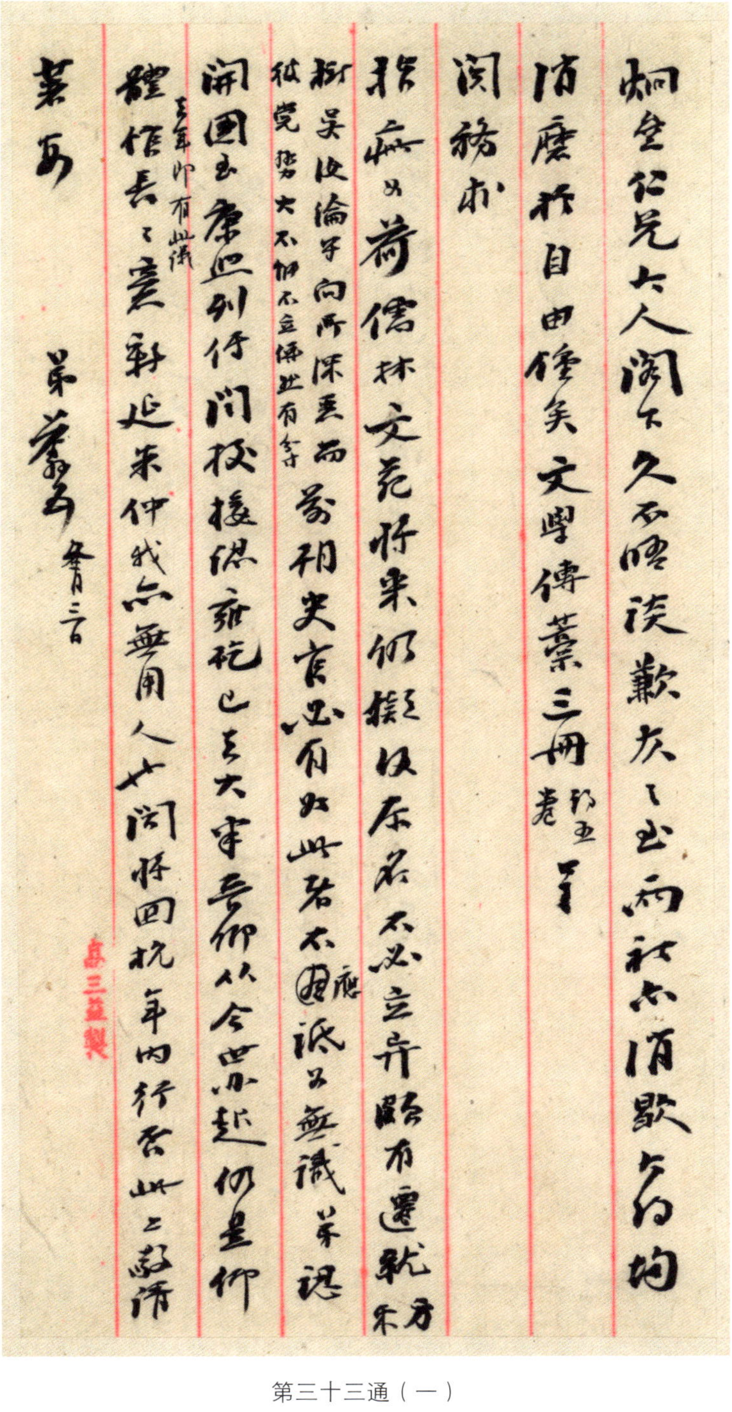

第三十三通（一）

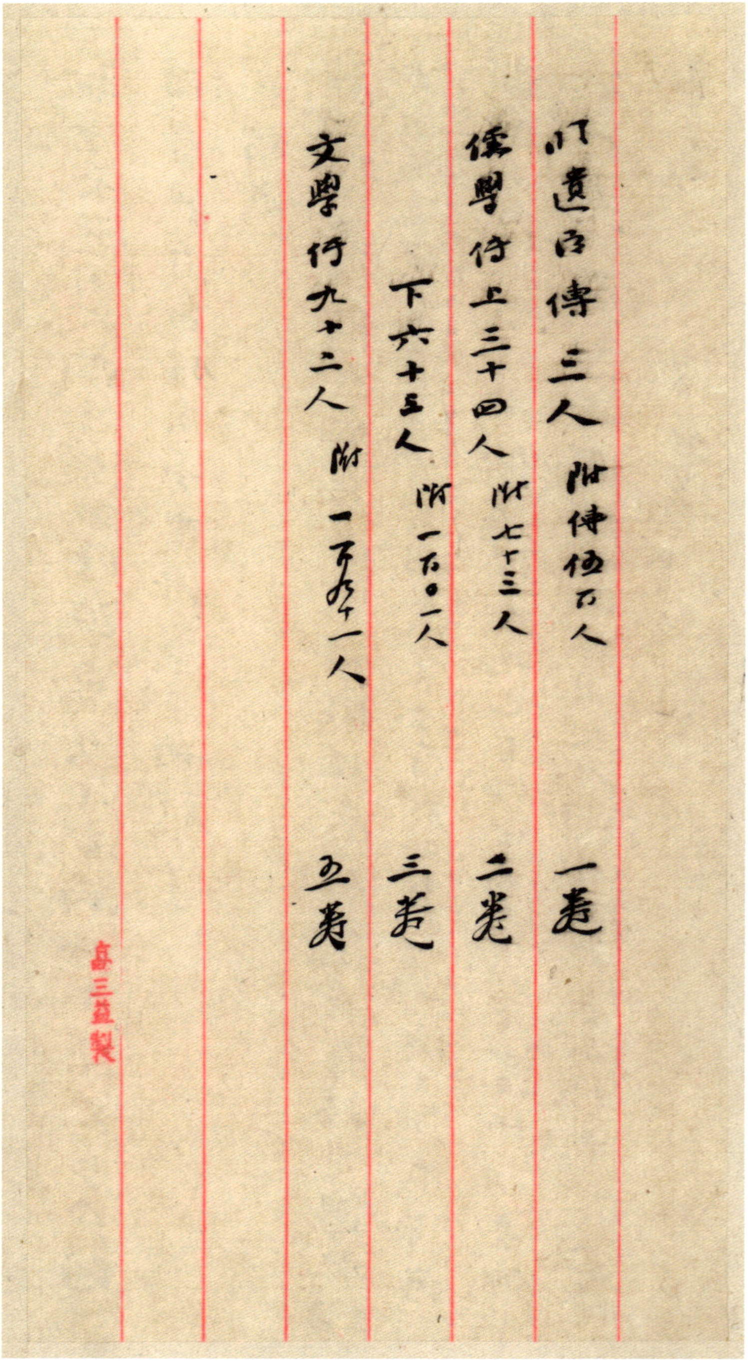
明遺民傳 三人 附傳伍百人 一卷
儒學傳上三十四人 附七十三人 二卷
下六十五人 附一百〇一人 三卷
文學傳九十二人 附一百廿一人 五卷
高三益製

第三十三通（二）

第三十四通

炯斋仁兄世大人阁下：

初间《文学传》写成，专呈勘订。方知驺从已旋珂里，不胜歆羡之至。近方知住处，维侍奉康娱，著述宏富为颂。弟为报馆混造谣言，全属子虚。闰枝信来，史馆改属政事堂，常度不改。馆长既不称臣，似无碍于办理。《孝子》一卷已成，《遗逸》略有更动。终日伏案。近周湘舲[1]办消寒一次，翰怡[2]已回，古微亦到，稍有走处。伯严[3]安住金陵，蒿庵亦归宝应。文集不送人，亦不发售，宗旨又别。手笺，敬请

著安！

弟荃孙顿首

十一月廿一日

尊大人处代为请安。前信呈阅，书再寄。

按，根据书札内容及《艺风老人日记》中的相关记载，本书札应该是乙卯年十一月廿一日（1915年12月27日）所书[4]。

---

[1] 周庆云（1866—1934），字景星，号湘舲（又作湘龄、湘陵），别号梦坡，浙江吴兴（今湖州）人。

[2] 即刘承幹。详见第十七通书札之脚注。

[3] 陈三立（1853—1937），字伯严，号散原，江西义宁（今修水）人。

[4] 根据《艺风老人日记》的记载，该日缪荃孙“发禄保信、炯斋信”（张廷银、朱玉麒主编：《缪荃孙全集·日记》第3册，凤凰出版社，2014年，第413页）。

炯堂仁兄世大人阁下

勋行方知

骖征已旋何里不胜歆羡之至近方知佳之绁

待奉康娱

著述宏富及颂弟子振馆昆远程会全康子庐门

教后来史作後房殴了堂常变不没馆长阮木徐

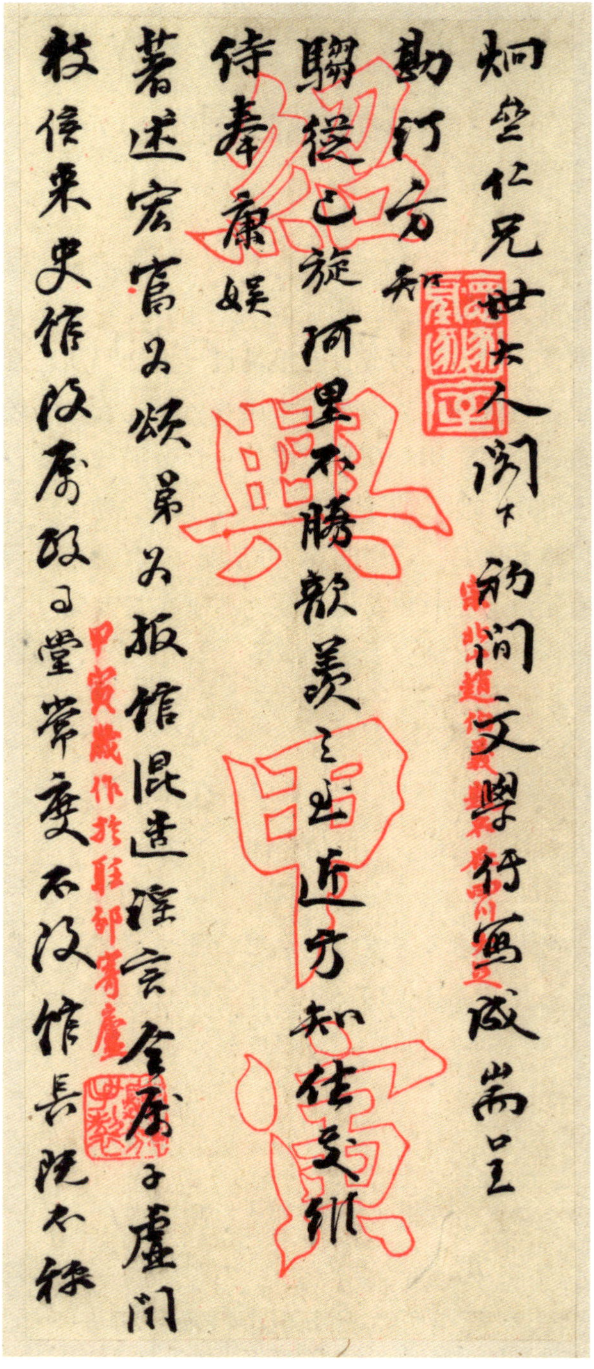

第三十四通（一）

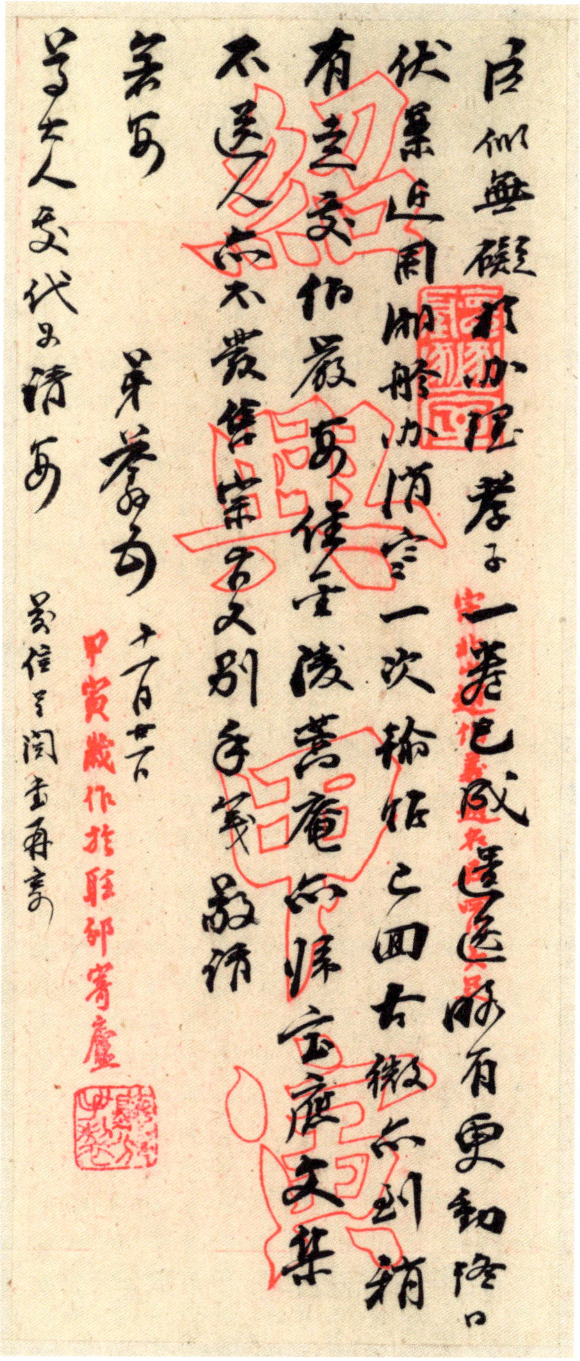

第三十四通（二）

第三十五通

印臣信、闰枝信均奉阅，如此有心人。去年因未交卷，要裁去混交卷之人，则答莫棠、姚仲实、叔绩、马通伯、式之、印臣、篯孙、闰枝、森玉、张孟劬、王树枏、柯凤孙、刘葆良均可联合，余听其自做，不必理他。幼蘅则外行也。

按，清史馆是于甲寅年（1914）成立并开始编纂《清史稿》的，根据书札中“去年因未交卷，要裁去混交卷之人”云云以及书札内容，本书札当为乙卯年（1915）撰写，但具体时间难以考证，故暂系于乙卯年之末。

书札中提及的莫棠（字楚孙，又作楚生，晚清著名学者莫友芝之弟莫祥芝之子）、姚永朴（字仲实）、姚永概（字叔节，又作叔绩）、马其昶（字通伯）、章钰（字式之）、吴昌绶（字印臣，又作印丞）、金兆蕃（字篯孙）、夏孙桐（字闰枝）、徐森玉（名鸿宝，字森玉，以字行）、张尔田（字孟劬）、王树枏（字晋卿）、柯劭忞（字凤孙）、刘树屏（字葆良）等人，均为《清史稿》纂修人员。味书札之文意，上述各位都是缪荃孙信任的学者，在与《清史稿》相关的编纂问题上可以跟缪荃孙保持一致。从用词和语气看，缪荃孙似乎对当时清史馆的某些做法并不赞成，心中有不满情绪。

值得注意的是，书札中特别强调了“幼蘅则外行也”。秦树声（字幼蘅）堪称神童，六岁即能背诵四书五经，曾于清光绪十二年（1886）、二十九年（1903）先后两中进士（后一次为经济科进士）。他是清末民初著名书法家，被清史馆聘为《地理志》总纂，直至全书完成，也算尽心尽责。然而秦树声不善社交，喜欢评论他人之长短，加上自视甚高，这样的个性使他得罪了不少人。从语气看，缪荃孙对秦树声评价颇低，甚至可以说有些厌恶，笔者认为秦氏之个性乃重要（甚至是主要）之原因。并且，秦树声不善作词，而这恰恰是缪荃孙之强项，更使得缪氏对其有些不屑。再则，缪荃孙的个性也比较强（可以参见第十四通书札中的“言弟高视阔步，弟气派向来如此，未之能改”等语）。而这两位颇有个性之士时有晤面之机会，如据《艺风老人日记》第3册第253页的记载，1913年4月4日，缪荃孙“赴小同春子培之约，梦华、古微、遂侪、寿平、子和、佑衡、橘农、闰枝同席”。诸如此类由他人做东，缪、秦共同参与之例子尚有不少，具体可以参见《艺风老人日记》的相关部分。也有缪荃孙做东，邀请秦树声一同出席的聚会，如据《艺风老人日记》第3册第196页的记载，壬子年四月十九日（1912年6月4日），缪荃孙“约夏闰枝、沈子封、子霖、秦幼衡、李橘农、朱古微小饮式式轩”；又据《艺风老人日记》第3册第333页的记载，甲寅年七月五日（1914年8月25日），缪荃孙“约古微、子韶、积余、幼衡、屏珊、橘农小酌悦宾楼”；又据《艺风老人日记》第3册第346页的记载，甲寅年十月六日（1914年11月22日），缪荃孙“请秦幼衡、张二田、闰枝小饮广和居，游陶然亭”；又据《艺风老人日记》第3册第442页的记载，1916年4月22日，缪荃孙“出门上车，至同和馆。又邀幼衡、印丞同席”。同时还有秦树声做东，邀请缪荃孙一起参加的聚会，如据《艺风老人日记》第3册第245页的记载，1913年2月14日，“幼衡招饮，左笏卿、鹿邃侪、菊农、寿平同席”。另据《艺风老人日记》第3册第344页的记载，甲寅年九月二十四日（1914年11月11日），当时缪荃孙为《清史稿》编纂之事到北京刚好一周，“罗叔玉、秦幼衡、金篯孙、俞阶青、邓孝先公请金谷香”，秦树声当时在清史馆任提调，与他人共同宴请缪荃孙，尽了地主之谊。尚有秦树声去缪荃孙住宅拜访的情况，如据《艺风老人日记》第3册第188页的记载，1912年3月3日，“震在廷、秦又衡来”；又据《艺风老人日记》第3册第215页的记载，1912年9月2日，“古微、橘农、佑衡来谈良久”；又据《艺风老人日记》第3册第332页的记载，甲寅年七月三日（1914年8月23日），“朱古微、王屏珊、秦幼衡来”。此外还有缪荃孙主动拜会秦树声的情况，如据《艺风老人日记》第3册第343页的记载，1914年9月17日，缪荃孙“十一点钟到京，寓金台饭店。饭后拜夏闰枝，见二女，又拜冯润田、杨仲昭、秦幼衡、恽薇孙、傅沅叔、吴荫臣”。再则，缪荃孙还曾致函秦树声并赠书，如据《艺风老人日记》第3册第94页的记载，1910年6月15日，缪荃孙“与秦幼衡一信，寄《文集》《四谱》《读书记》”。人际交往有时是十分复杂的，虽然由于种种原因不乏交往，同坐一桌，表面上看起来也算友朋，但如果常常话不投机，也容易使缪荃孙对秦树声产生反感。缪荃孙内心对秦树声的真实看法并不一定为外人（包括缪、秦各自的友人）所知晓。笔者觉得，只有如此分析，方能解释书札中的“幼蘅则外行也”之评价的缘由。缪札中对吴士鉴直言“幼蘅则外行也”之评价，足见二人交契之深。

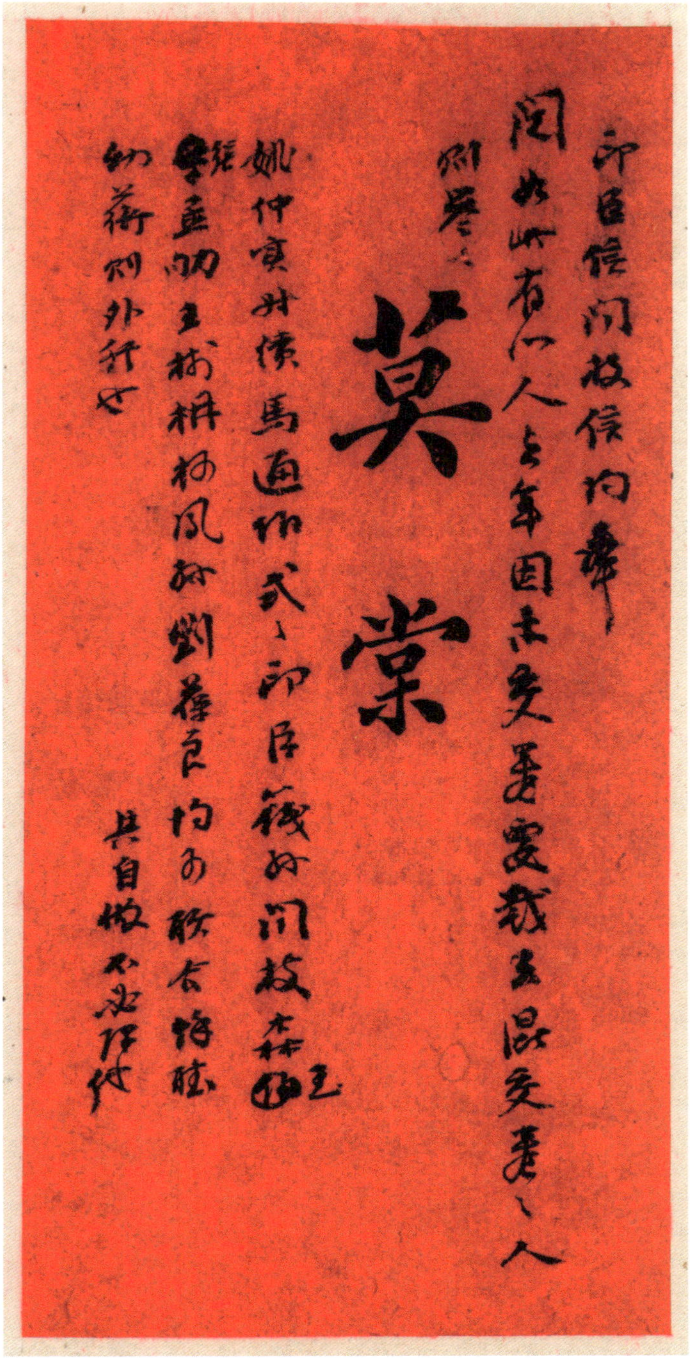

第三十五通

第三十六通

本朝史例，须奏请宣付，然徐荫轩中堂[1]尚有“如名实不相副之员（指刘绎、李元），进呈时以夹片申明之”之语。如今大臣可以去，典史、教官可以专传，何必又蹈故辙。去年曾告总裁，与国卿说明无能，何须以交清史馆核办了之。最好张啸山[2]早定《文苑》，无须诸公瞎忙也。现在人格，去修《明史》时远甚，可见退化（用新名词）之速。求入史者尚有，求轻减罪名者无有也。

按，根据书札中“去年曾告总裁”云云以及书札内容，本书札当为乙卯年撰写，但具体时间难以考证，故暂系于乙卯年之末。

“无须诸公瞎忙”，再次说明缪荃孙认为清史馆管理不善，浪费了编纂者大量时间与精力，他对此深感不满。

[1] 徐桐（1819—1900），字豫如，号荫轩，汉军正蓝旗人。曾任清廷协办大学士、体仁阁大学士等职，而协办大学士、体仁阁大学士又名中堂，故书札中称其为徐荫轩中堂。

[2] 张文虎（1808—1885），字孟彪，又字啸山，另有笔名天目山樵、华谷里民，江苏南汇（今上海浦东）人。

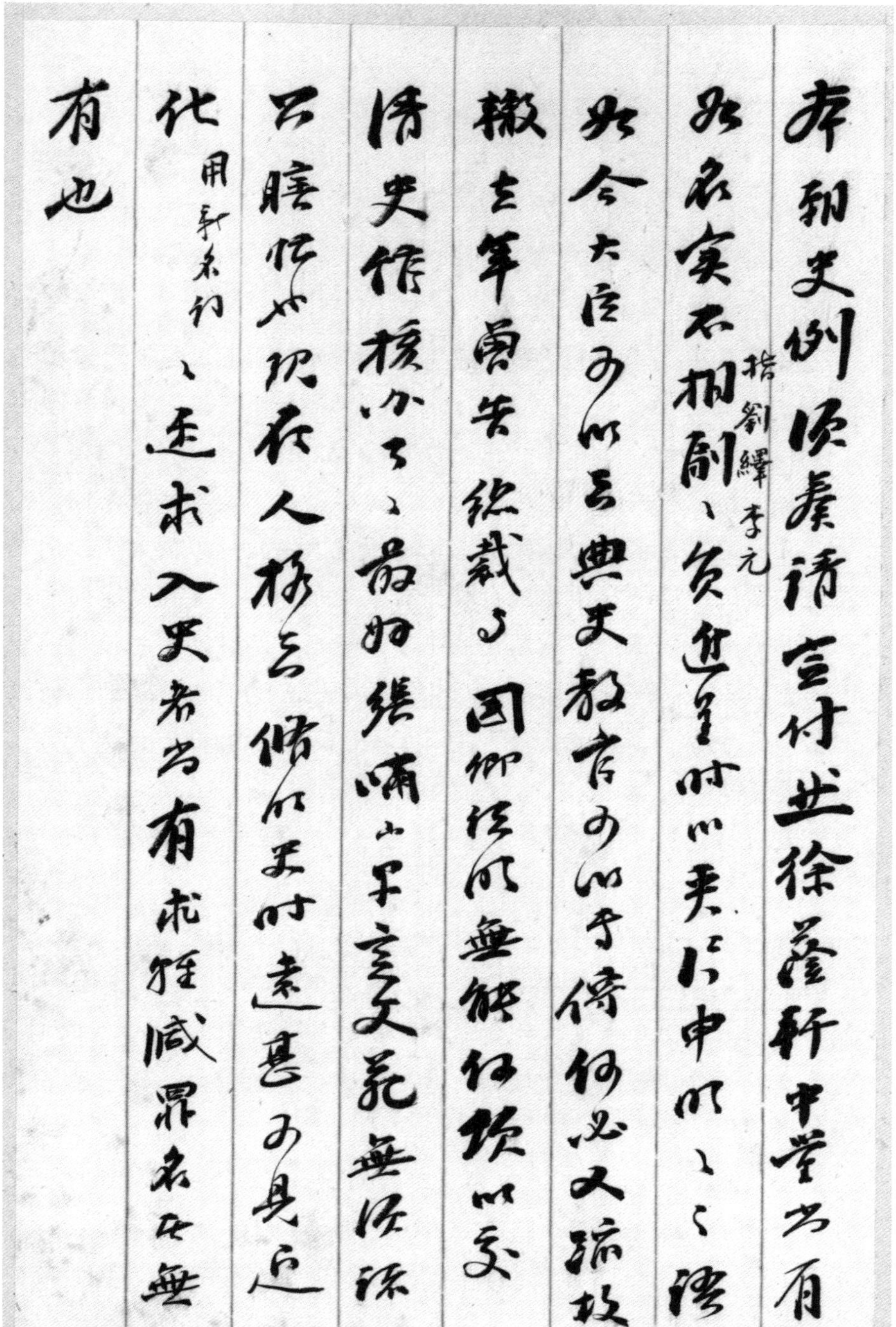
奉初史例須奏請宣付並徐蔭軒中堂為有
熟名實不相副、（指劉繹李元）負進呈時以來卜中所云云諸
外今大臣之所云典史教官之所等倚何必文苑校
撤去年曾告總裁之國史館所無能繼續以定
清史儒林文苑兩傳之最好張嘯山平生文苑無派系
只贍恬也現在人物之備有其時甚遠甚不具足之
化（用新名詞）之途求入史者尚有求狂減罪名之無
有也

第三十六通

第三十七通

炯斋仁兄世大人阁下：

前奉手书，藉谂侍奉康娱，箸馔精进，慰如远颂。滇黔告变，大局震惊。外省尚各安靖，而京师特露恐皇。实以财政不赀，人心摇动，即如史局，有议暂停者，有议减薪者。闰枝言赵总长如自己减去无用之员及浮费，得半已足，定须牺牲全局，殉此无用之员云云。弟以为赵总长平等视人，我门以为无用，他视之与我门一样翰林也，况有脚力者乎？从何删起。兄尚有何法，留此局为草稿地乎？减薪是意中事，更不必问其实。总长与弟皆七十以上人，未能睹厥成，只想留一规模，为后人着手地，藉以报效先朝耳。天又亢旱无雪，以天意观之，乱未已也。手笺，敬请

文安百益！

弟荃孙顿首

按，书札中的“滇黔告变”云云，应该是指乙卯岁末，为反对袁世凯称帝，云南、贵州先后独立之事，故本书札当为此时撰写。

本书札主要谈及清史馆减薪之事。应该说当时清史馆给予编纂者的报酬还是比较可观的。

根据《艺风老人日记》的记载，缪荃孙于乙卯年（1915）“入正月脩百元”“入史馆二、三、四、五月束脩一千〇廿八元”“入史馆脩六、七、八月七百七十三元”“入史馆脩九月二百六十元”“入史馆十月脩并钞资六百元”“入史馆十一月脩二百六十元”“入史馆

十二月、正月脩五百十四元”，另有“三月追加五十元”。[1]综合上述款项，该年缪荃孙共计收到清史馆之报酬多达3485元。相较于民国初年的一般薪资、稿费和物价，清史馆所支付的报酬应该是较高的。

作为清史馆总裁的赵尔巽之所以要减薪，笔者认为首先是由于清史馆经济紧张，其次应该是他觉得此前支付的报酬是偏高的（毕竟并非全职）。当然，缪荃孙作为年逾古稀的高水平学者，从事费时费力并且难度甚高的《清史稿》编纂工作，理应取得较高报酬。这应该也是缪荃孙难以接受减薪的原因（再加上他当时开支颇大，确实也需要钱）。

此后清史馆给予编纂者的报酬确实减了不少。例如，丙辰年（1916）缪荃孙从清史馆获取的收入，《艺风老人日记》中仅有以下两处记载：“入史馆六月半脩七十元”“入馆脩二百卅五元二角”。[2]

[1] 参见张廷银、朱玉麒主编：《缪荃孙全集·日记》第3册，凤凰出版社，2014年，第420—421页。

[2] 参见张廷银、朱玉麒主编：《缪荃孙全集·日记》第3册，凤凰出版社，2014年，第479—480页。

炯丞仁兄世大人閣下前奉

手書藉悉

竹奉康娛

籌餉精進懍如遠頒慎黔吉變城局雲驚

外有土各安靖而京師特露兰皇室以財

双不專人已摧勁卯如史局有議務停否有

議減某若聞投言趙總長以目己減专無用

三負及浮費乃畢已呈覷議擬擬銷金局殉此無

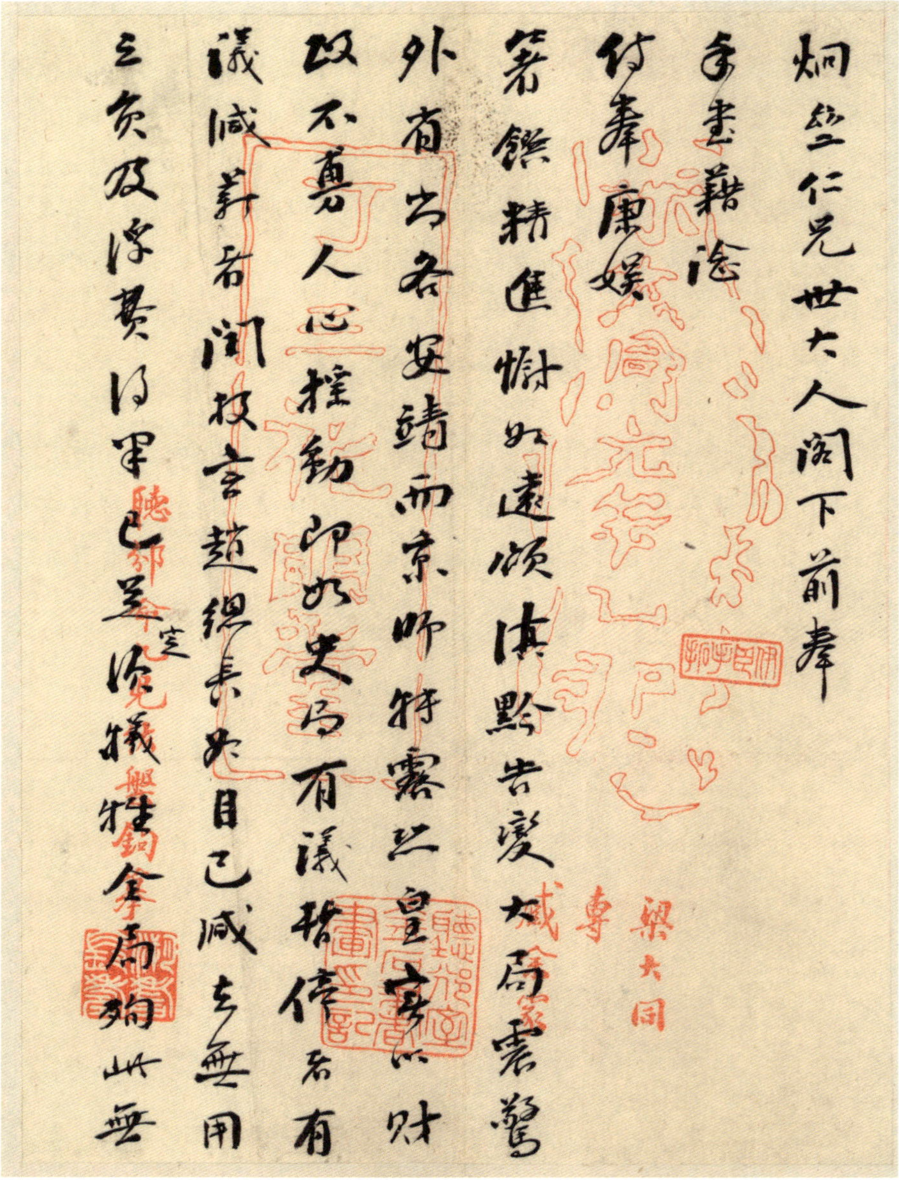

第三十七通（一）

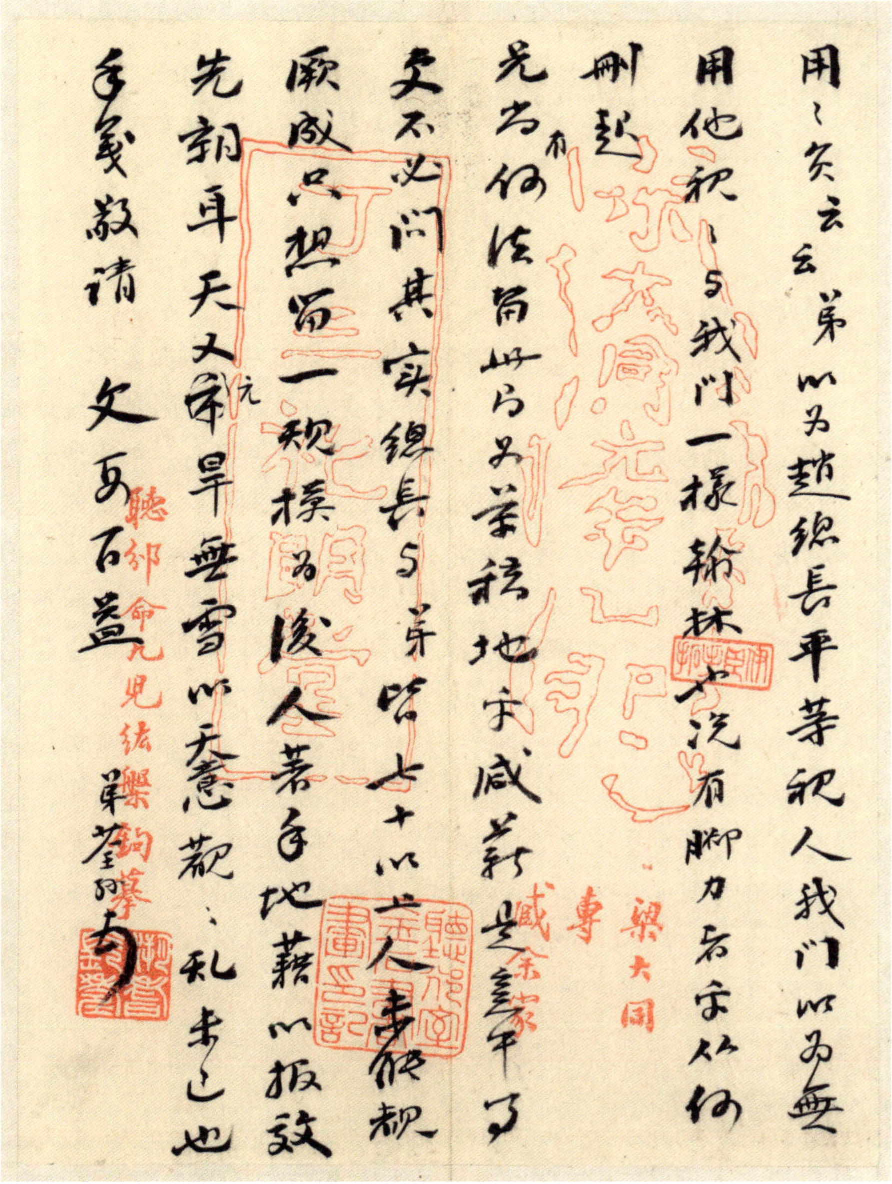
用々矣云云。弟以為趙總長平等視人，我們以為無用，他視々與我們一樣。翰林尤況有脚力否，乎似何删起。先君何法留此與弟以菜種地乎？咸薪是亳乎？又文不必問，其實總長與弟皆七十以上人，未能親厥成，只想留一規模，為後人着手地，藉以報效先朝耳。天文(元)卯旱，無雪，以天意觀々，私求之也。手覆，敬請
文安。百益
弟荃頓首

第三十七通（二）

第三十八通

炯斋仁兄世大人阁下：

前月奉到惠书，藉谂侍奉康娱，箸馔宏富，慰如远颂。史馆时闻添人，如王汉辅[1]、朱仲我[2]之类，不知何所用之。錢孙见过，方知开国群雄、关外诸臣均已撰稿，甚善甚善。弟所认五类亦全完，只《土司》须入馆翻南几省通志（湖北、湖南、四川、广西、云贵、甘肃）及实录。又《儒林》《文苑》尚有出《先正事略》《耆献类征》之外，《孝友》《遗逸》竟至不能。向不以为然者，今奉之为中流之一壶，可见不能乱骂人也。滇黔事起，初则蜀可危，现蜀事大定，转注于湘，虽报馆竭力铺张，然各省镇定，似不至决裂，此其中有天焉。弟俟阁下来沪同行最妥。贺松坡不知其人，向来奏交史传之人，徐荫相[3]均实可以申明，何况如今柯凤笙交来之人即未编入。逸社九月后未举行，人亦寥落，荫丞[4]、闰枝信亦不谈史事，授经[5]并无辞职之意，思缄[6]退位，特不揣摩过甚，亦不出京。手笺，敬请

著安百益！

---

[1] 王崇烈（1870—1919? ），字汉辅（又作翰甫），山东福山（今烟台市福山区）人，近代金石学家王懿荣次子，被聘为清史馆协修。

[2] 朱孔彰（1842—1919），字仲我，原名孔阳（字仲武），晚自署圣和老人，江苏长洲（今苏州）人，朱骏声之子，朱师辙之父，被聘为清史馆协修。

[3] 即徐桐。详见第三十六通书札之脚注。

[4] 李承绂（生卒年不详），字荫丞，河北常山（今属河北省正定县）人。

[5] 董康（1867—1947），字授经（又作绶经、授金、绶金），自署诵芬室主人，江苏武进（今常州）人。

[6] 庄蕴宽（1866—1932），字思缄，号抱闳（又作抱宏），晚号无碍居士，江苏武进（今常州）人。

弟荃孙顿首

尊大人前代请安。腰痛贴胡庆余[1]舒肝膏极效。

按，书札中的“滇黔告变”云云，应该是指乙卯岁末，为反对袁世凯称帝，云南、贵州先后独立之事，故本书札当为此时撰写。

袁世凯于1915年12月12日复辟帝制，是月25日，唐继尧、蔡锷等联名通电讨袁，云南宣告独立，贵州则于1916年1月27日宣布独立。1916年1月，东路护国黔军开始进军湖南，激战两个月，连胜十余仗。1916年4月26日，护国军湖南人民代表大会在位于湘西的靖县公署召开。书札中的“滇黔事起，初则蜀可危，现蜀事大定，转注于湘”云云，应该是指上述之事，故本书札当为东路护国黔军开始进军湖南之后撰写。

《艺风堂友朋书札》收有王崇烈致缪荃孙书札三通[2]、朱孔彰致缪荃孙书札二通[3]。

[1] 指杭州胡庆余堂，此乃晚清“红顶商人”胡雪岩创办的著名中药店。

[2] 参见钱伯城、郭群一整理，顾廷龙校阅：《艺风堂友朋书札》，上海人民出版社，2018年，第784—787页。

[3] 参见钱伯城、郭群一整理，顾廷龙校阅：《艺风堂友朋书札》，上海人民出版社，2018年，第860—861页。

桐齋仁兄世大人閣下 前日奉見

患畫籍論

待奉康娛

箋撰宏富嫻於遠頓史館時聞添人如王闓

輔朱仲我之數不知何所用之 籛孫見過方

知開國羣雄關外諸臣均已撰稿甚叢茸

所認五數六全完口土司頃入館儒南武省通

志廣西雲貴甘肅及賓餘文儒林文苑名有去无正

了眵者獻歟徵之外孝友遺逸党出石佩肉不以

尊処各今奉、お中流之一壺子是尸解礼罝人

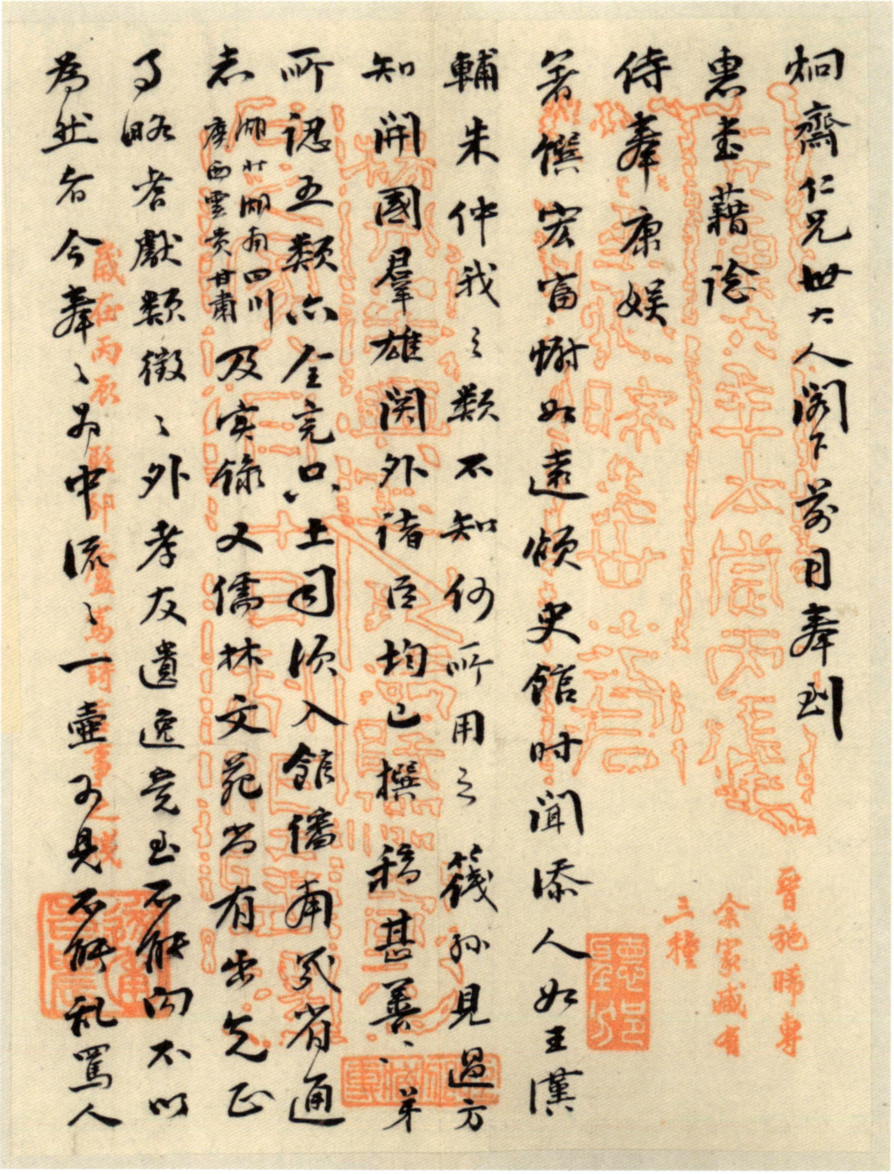

第三十八通（一）

此淇黔日起頓刷蜀日危規蜀日大定特住於關那

報惜鰭力備張世希有傳定似不必須製此其中有

天台弟姨

闕下來處日行最受貸松坡不知其人向來舉受

史俾人徐蓉相約言日以申明何沉以今初風

至文來言人即未編入逸社九月後來舉引人

以察蔭呸閈校信不石役買摸任蓋無

辭戚言思減足但特不摶摩過甚似石至手

手箋歎詩

著無可益 在兩衣 芊荅的島詩言軍之歲

字大人芳代詩字 腰痛怡胡廈恨針肝青扡致

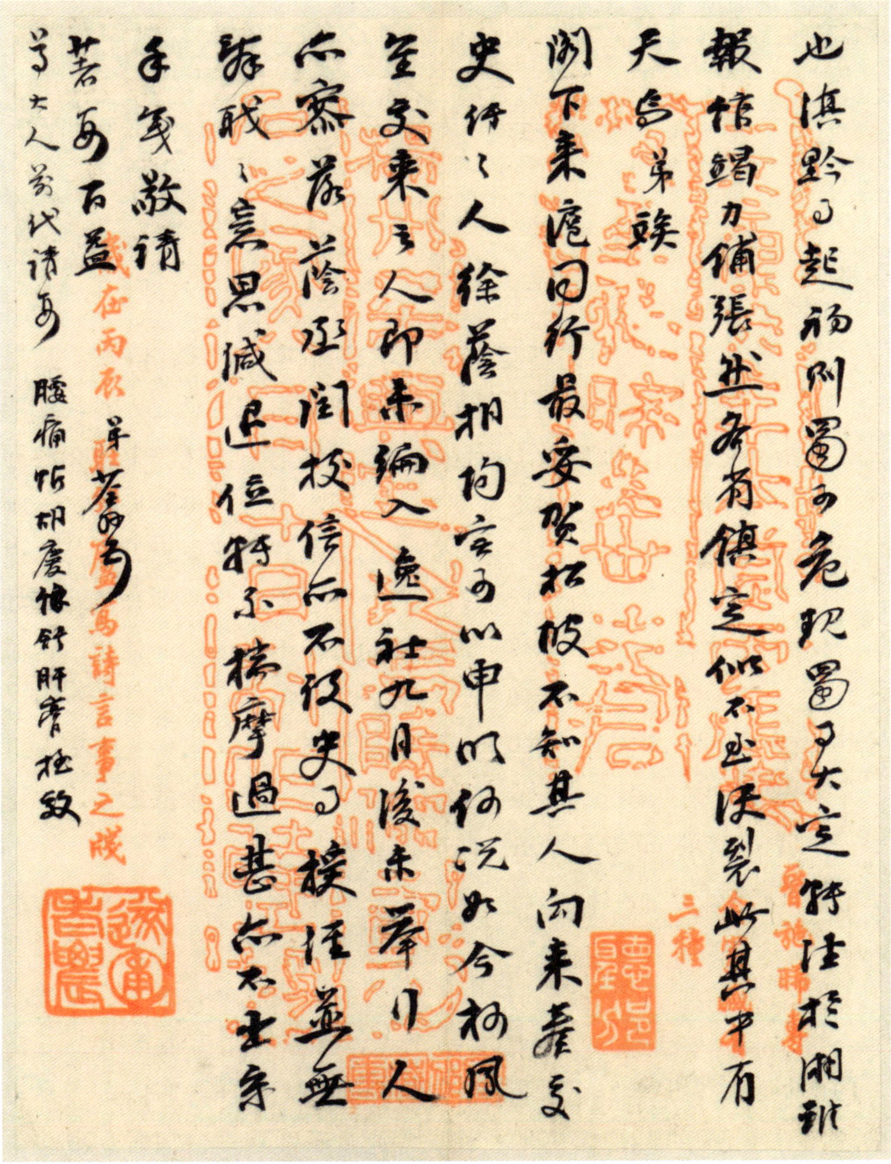

第三十八通（二）

第三十九通

炯斋仁兄世大人左右：

京师变态，如此不测，万事均难预料。印丞有信来，嘱送阅，今呈上。苦心孤诣，真非馆长能知。馆长所延之人，大似四角招募之杠夫，取其人多而已。昨与孟劬言，俟兄北上，相约同去，先与同志一谈，即定某朝某人，写出一目，再同见馆长，画定朝代分办，顷刻即可定见。如函询馆长，必征集意见，与狐谋皮，事必不行，而分定后杂人仍旧办传，唯须归一人合并。（如康熙朝之传，统交荃孙。）饭碗不动可以不必反对，杜其不再添人。二年中将各朝列传理起，再修表、志何如？列传已交馆目，（盛宫保奏议刻起已交印丞。）写呈乞指示。又附传《明史》直下，《宋史》另起，《范书》有直下，有另起，今从之一。总论在后，直暗揭同卷之意尔。此上，敬请

侍安百益！

弟缪荃孙顿首

按，根据《艺风老人日记》的记载，缪荃孙于丙辰年元月廿三（1916年2月25日）收到吴印臣信，元月廿八（1916年3月1日）拜会张二田（字孟劬）[1]，因此本书札或为此后不久所书。同时，书札中的"俟兄北上，相约同去"云云，与下一通书札按语中提及的"吾辈宜稍缓再入都门"和"拟入都门看花"也有呼应，故暂系本书札

[1] 参见张廷银、朱玉麒主编：《缪荃孙全集·日记》第3册，凤凰出版社，2014年，第430页。

于此。

“苦心孤诣，真非馆长能知”，说明缪荃孙认为自己为《清史稿》的编纂付出了巨大心血，而这些并不为清史馆馆长赵尔巽所知晓和理解，因此十分苦闷，也十分无奈。这一点可以跟第五十七通和第五十九通书札中的“与馆长总不能合”相互印证。“馆长所延之人，大似四角招募之杠夫，取其人多而已”，缪荃孙不满之情绪，溢于言表。当然，笔者认为缪荃孙此语，明显偏激，有特定背景下的牢骚之嫌，不足为凭。

“饭碗不动可以不必反对，杜其不再添人”云云，应该是跟缪荃孙担心因此而导致清史馆进一步减薪相关。

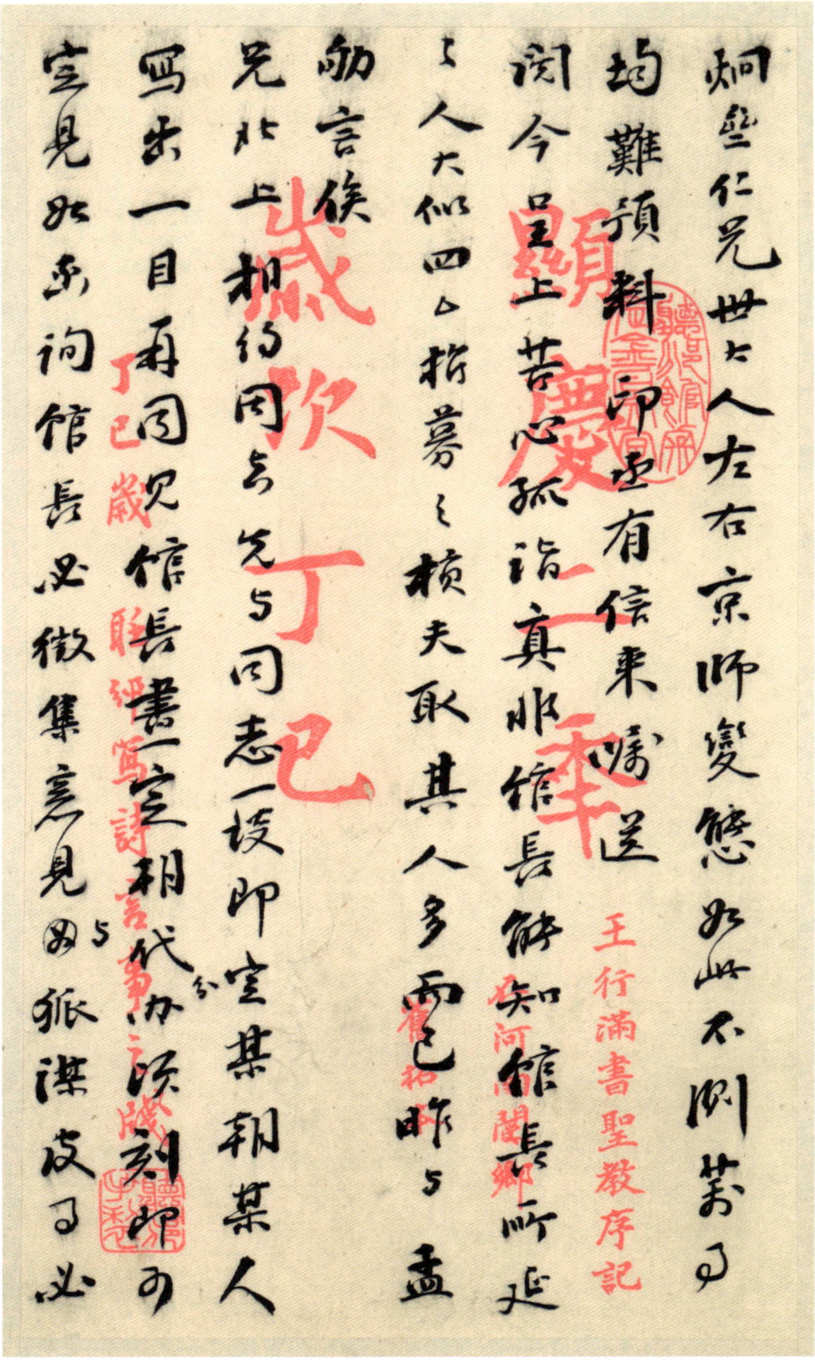

絅齋仁兄世大人左右：京師變態如此，不測若何，均難預料。節後有信來，請送閱。今呈上苦心孤詣，真非館長能知。館長所延之人，大似四五指，募之横夫，取其人多而已。昨之盡勵言，候兄北上相約同去，先與同志一談，即定某翔某人寫出一目，再同見館長，書定相代辦法，刻即可定。見如所詢館長，必徹集意見，因與張謀改，及必

第三十九通（一）

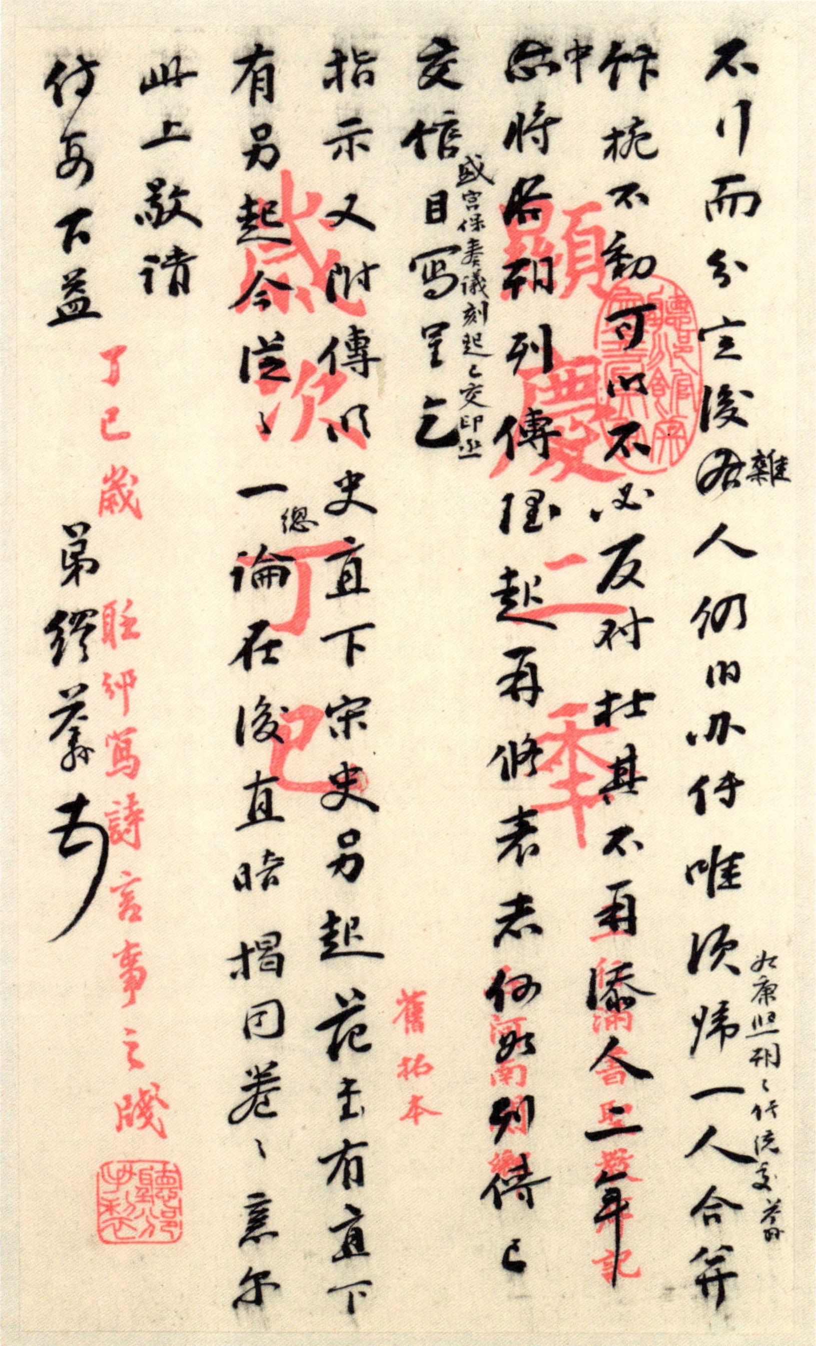
不則而分定後雜人例由以付唯須歸一人合并（如康熙朝之修史等局）
作稿不動可以不必反對杜其不再添人二年
（中）必將各朝列傳從起再從表志何所列傳々
交館目寫呈之（盛宮保奏議刻起乙亥印正）
指示又附傳以史直下宋史另起卷去有直下
有另起今從之一（總）論在後直接揭同卷々意尔
此上款請
付安不盡　弟繆荃孫首

第三十九通（二）

第四十通

炯斋仁兄世大人阁下：

昨奉手书，知拙稿业已察入，尚求增减，分析不厌深求。盖我辈数人路数合辙，恐一人之力有见不到处，他山之助，断不可少，亦不遍示馆中人也。《孝友》《遗逸》两传附呈，《孝友》不能减，《遗逸》不愿增，向意如此。所认止《土司》一传未办，近日研究，须与《明史》不同，渐次在消灭之数，归流即止。（虽有土千把总世职，可不问。）四川、云南、广西尚有大者，两湖、贵州极少。天气和暖，拟入都门看花。印臣窘极，式之亦意兴不佳。（沅叔[1]来谈。）王汉甫[2]系大力者荐来，月止百元，亦何必问事。平日便不读书，作官二十年，反能动笔乎？然馆中新收此等人，闻颇不少，于史事毫无益处也。沪上日日抢劫，金陵杌陧更甚，无承平日，无安乐土，天下皆然，奈何！手笺，敬请

侍安。诸希朗照百益！

弟缪荃孙顿首

按，从内容来看，本书札当为《艺风堂友朋书札》所收录的吴士鉴致缪荃孙书札第二十八通之复函[3]。吴士鉴在函中曰："王汉

[1] 即傅增湘（1872—1949），字叔和（又字润沅），号沅叔（又作元叔），别署双鉴楼主人、藏园居士、藏园老人、清泉逸叟、长春室主人等，四川江安人。

[2] 即王汉辅（？—1918），又作王翰甫，字崇烈，乃近代金石学家王懿荣长子。

[3] 参见钱伯城、郭群一整理，顾廷龙校阅：《艺风堂友朋书札》，上海人民出版社，2018年，第575页。

甫闲居津门，乃就此事，此君应官廿载，忽来修史，不知是何人奥援也？”又曰：“此数月中政局纷纭，吾辈宜稍缓再入都门。”与本书札中的“天气和暖，拟入都门看花”云云相对应。“此数月中政局纷纭”，应该指由于袁世凯在1915年12月称帝而导致的政局动荡。综合上述线索及《艺风老人日记》中的相关记载，本书札当为丙辰年三月一日（1916年4月3日）所书[1]。本年二月二十八日，缪荃孙曾与傅增湘聚饮[2]，正与札中“沅叔来谈”相合，亦可佐证。

王汉辅乃近代金石学家王懿荣之子，在缪荃孙看来，像王汉辅这样“平日便不读书，作官二十年”的人，是难以担当《清史稿》编纂之重任的，故有“馆中新收此等人，闻颇不少，于史事毫无益处也”之感慨。书札末尾提到的上海日日抢劫，南京动荡不安，反映出民国初年的社会现状，也说明作为前清遗老的缪荃孙并非两耳不闻窗外事，但他对这些现状也无可奈何。

---

[1] 根据《艺风老人日记》的记载，该日缪荃孙“带去吴炯斋信”（张廷银、朱玉麒主编：《缪荃孙全集·日记》第3册，凤凰出版社，2014年，第435页），并于此前的丙辰年二月二十五日（1916年3月28日）“接吴炯斋信”（张廷银、朱玉麒主编：《缪荃孙全集·日记》第3册，凤凰出版社，2014年，第434页）。

[2] 参见张廷银、朱玉麒主编：《缪荃孙全集·日记》第3册，凤凰出版社，2014年，第435页。

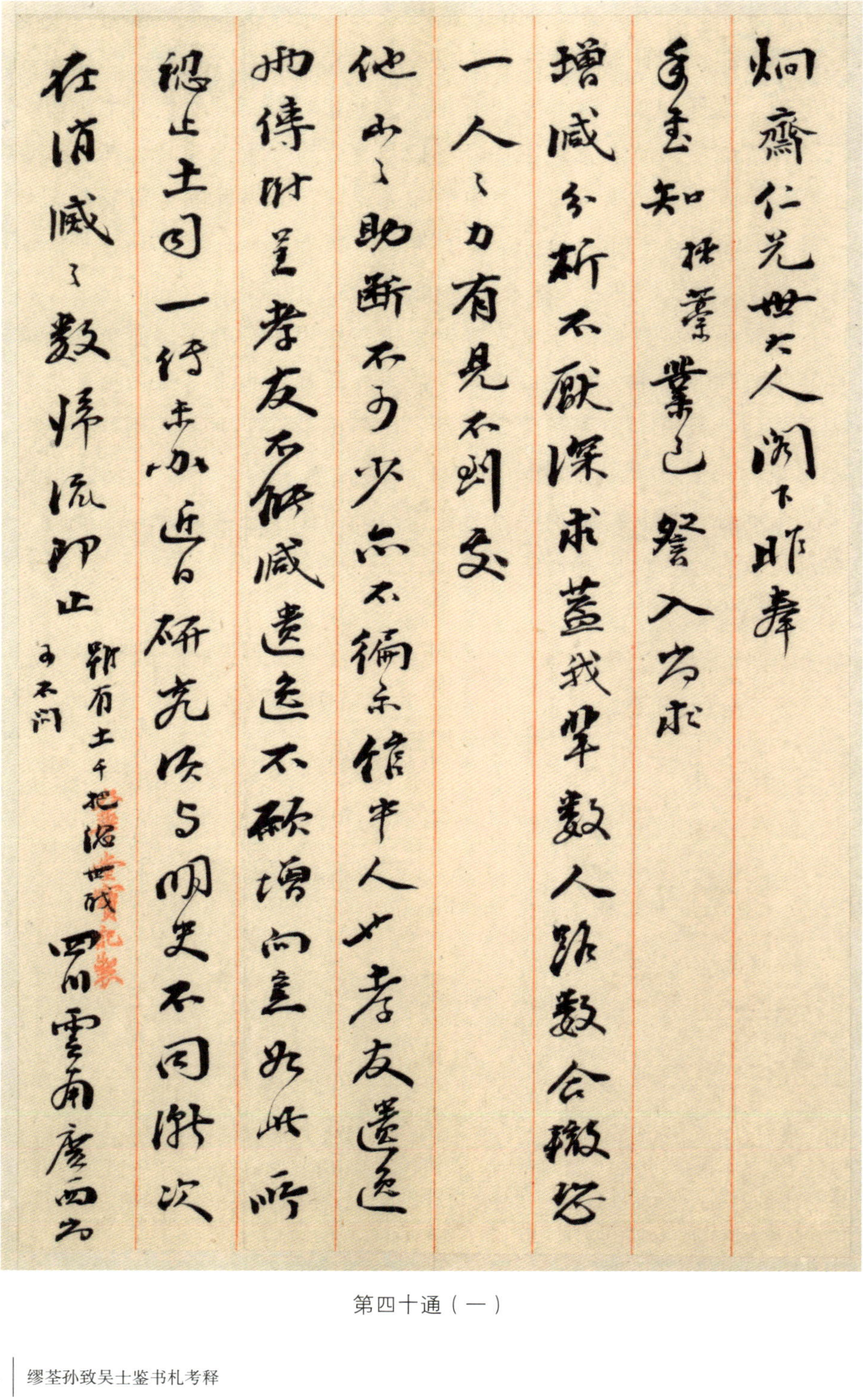
炯齋仁兄世大人閣下：昨奉
手書，知拙著業已登入，尚求
增減分析，不厭深求。蓋我輩數人雖數合撰，恐
一人之力有見不到處。
他山之助，斷不可少，亦不徧采館中人。如孝友、遺逸
附傳附見孝友，不能減；遺逸不欲增，向意如此，所
總土司一傳，未成，近日研究頗與明史不同，微次
在消減之數，歸流即止。即有土千把總世職，可不問。
□雲甫處函□

第四十通（一）

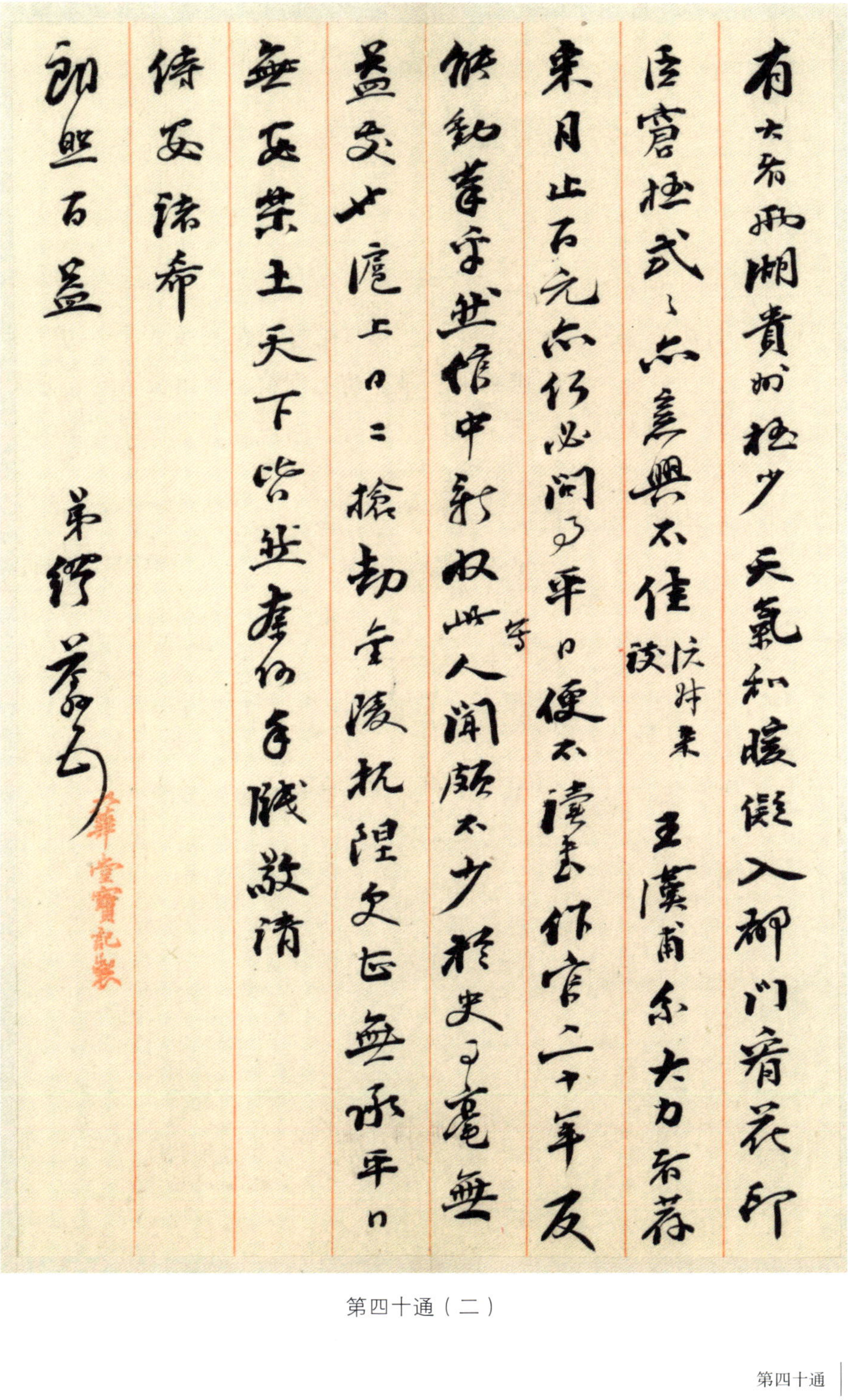
有大帋兩湘貴州極少　天氣和暖從入柳門脊花印
臣宦極式式亦意興不佳　談沈時來　王漢甫亦大力布蓊
來月止百元亦仍必閒了平日便不讀書作官二十年反
饑動葉字此館中新收此等人聞顧太少於史子毫無
益變甚遽上日日擒劫金陵杭浬史亡無承平日
無安業天下皆然孝將手賤敬請
侍安諸希
朗照不盡
弟繆荃孫頓首
華堂寶記製

第四十通（二）

第四十一通

炯斋仁兄世大人阁下：

时势一变，至此实在意料之外。弟趁今春未病，遂于初五到京，住西城根中华饭店第十三号。初七到馆，与馆长晤面，亦无任交派。同人到馆寥寥。惟前呈拙著，尚在尊处，乞即交邮政寄弟为荷。（拟交卷。）余面谈。此上，敬请

著安。诸希爱照百益！

弟缪荃孙顿首

初八日

按，根据《艺风老人日记》的记载，缪荃孙于丙辰年四月五日（1916年5月6日）“午刻入都，住中华饭店”，四月八日（1916年5月9日）“发家信，附吴炯斋信”[1]，故本书札当为该日所书。

[1] 参见张廷银、朱玉麒主编：《缪荃孙全集·日记》第3册，凤凰出版社，2014年，第439—440页。

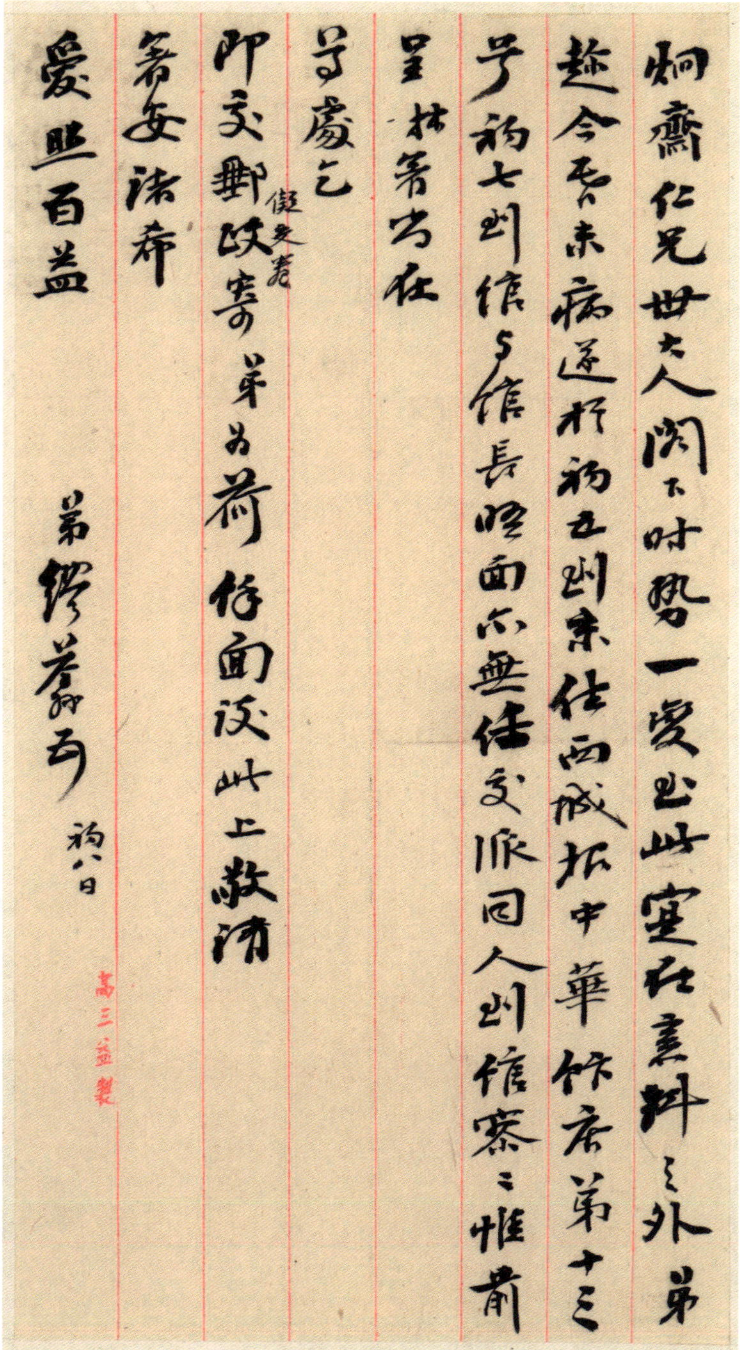
炯齋仁兄世大人閣下：時勢一變，出此實在意料之外。弟趁今春未病，遂於初五日來往西城，抵中華飯店第十三號。初七日信與館長晤面，亦無任受派回人出信察之，惟肯呈林箸尚在尊處乞即交郵政寄（擬更寄）弟為荷，餘面談，此上，敬請箸安，諸希愛照，百益。
弟繆荃孫頓首　初八日
嵩三益製

第四十一通

第四十二通

炯斋仁兄大人阁下：

前奉一椷，想尘签阁。入都何日，望兄示知。弟思入都即有酬应。（必有覆勘他人所著之事。）《文苑》拟传先行，寄上求细核，内覃溪一传尚未补入，并无碑传，殊可怪异。贺松坡未见其集，略知梗概。桐城三家，刘亦不称《孝友传》。有方望溪二篇，文极佳，一无事实，竟不能收。连恽子居、戴文端公志铭，均无可采，空论派之害人如是如是。手笺，敬请

文安百益！

弟荃孙顿首

按，本书札云"《文苑》拟传先行"，而下一通书札称"《文苑传》添翁覃溪、戴名世二人"，则提示本书札次第在前，故暂系于此。

书札中的"刘亦不称《孝友传》"中的刘，是指刘大櫆（字才甫，又字耕南，号海峰）。

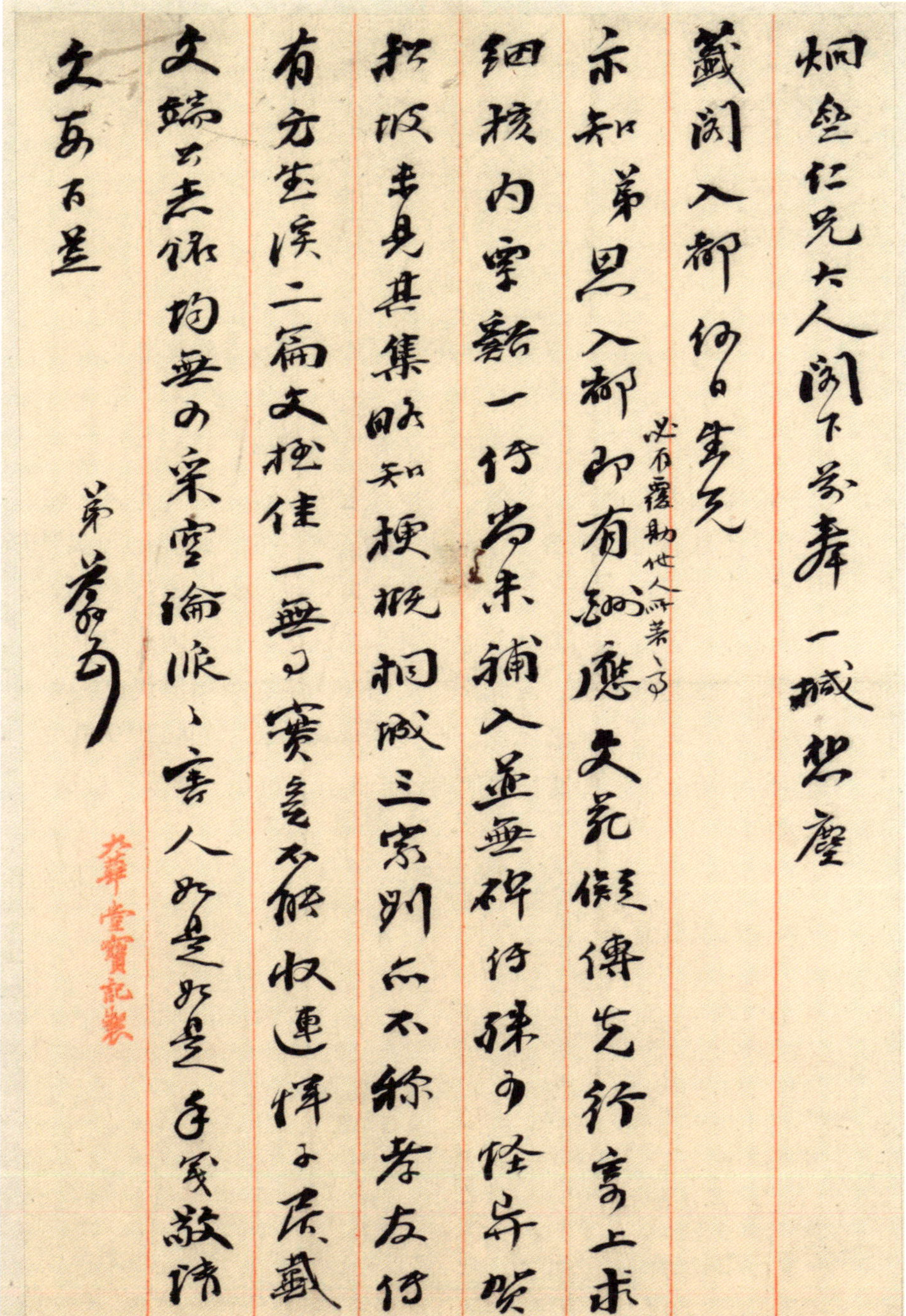
炯堂仁兄大人閣下：前奉一緘，想塵
鑒。閣入都何日，望先
示知。弟思入都即有紛應。必有覆勘他人無弟ゝ了 文苑儒傳先行寄上，求
細核內容。點一行尚未補入，並無碑傳，殊可怪異。緣
於收未見其集，頃知梗概。桐城三宗則亦不稱孝友，行
有方苞溪二篇文極佳，一無可實，甚不能收。惟擇子居藏
文端公志銘，均無可采，空論泯泯。善人如是如是。手箋敬請
文安，不具。
弟 葉□
大華堂寶記製

第四十二通

第四十三通

炯斋仁兄世大人阁下：

《文苑传》添翁覃溪、戴名世二人，陈梦雷附见李文贞传，似乎第一流人无所遗。凤孙[1]所举之米人[2]，冒寉亭[3]所举之五周先生[4]，昨又有人举赵㧑叔[5]，并有举汪子渊者，只好全胡应允，决不能羼入也。例言例会校，又申义乞阅一过，再寄印臣。此人虽于发论殊属自减声价，于弟之声价无所损也。印臣、葆良[6]均为之不平。馆长如明白，应将所勘是者录出，贴于弟稿上，余捺下，最省口舌，无如愦愦。恺成又恐南北之见，今即痛加辨难，亦不能分谁是谁非也。况此事应属馆长动笔，弟越俎代谋，太不自量，然亦无一毫私意私念。此人推重晦若，不知晦若与弟极合辄。私信附阅，便知馆长亦信晦若。此人真可惜。手笺，敬请

文安！

荃孙顿首

乞代呈尊大人一阅。

---

[1] 柯劭忞（1848—1933），字仲勉，又字凤孙（又作凤荪、凤笙、奉生等），晚号蓼园，室名岁寒阁，山东胶州人，被聘为清史馆总纂兼代馆长。

[2] 杨瑛昶（1753—1809），字米人，别署净香居主人，安徽桐城人。

[3] 冒广生（1873—1959），字鹤亭，号疚斋，江苏如皋人。

[4] 指周沐润（字文之，号柯亭）和周源绪（字复之，号切庵，沐润第三弟）、周星譼（字涑人，号神素，沐润第五弟）、周星誉（字畇叔，一字叔云，号鸥公，沐润第七弟）、周星诒（字季贶，一字曼嘉，号巳翁，一号窳翁，沐润第八弟）五兄弟。周氏兄弟系河南祥符（今开封市祥符区）人，祖籍浙江山阴（今绍兴）。

[5] 赵之谦（1829—1884），初字益甫，号冷君，后改字㧑叔，号悲庵、梅庵、无闷等，浙江会稽（今绍兴）人，清代著名书画家、篆刻家。

[6] 刘树屏（1857—1917），字葆良（又作宝梁），江苏武进（今常州市武进区）人。

按，上一通书札云“《文苑》拟传先行”，而本书札称“《文苑传》添翁覃溪、戴名世二人”，则提示本书札次第在后。

根据《艺风老人日记》的记载，缪荃孙于丙辰年八月七日（1916年9月4日）“撰《戴名世传》”[1]，故本书札当为此时前后所书，暂系于此。

《艺风堂友朋书札》所收录的吴士鉴致缪荃孙书札第二十四通当为本书札的复函[2]，可相互参看。

[1] 参见张廷银、朱玉麒主编：《缪荃孙全集·日记》第3册，凤凰出版社，2014年，第458页。

[2] 参见钱伯城、郭群一整理，顾廷龙校阅：《艺风堂友朋书札》，上海人民出版社，2018年，第573页。

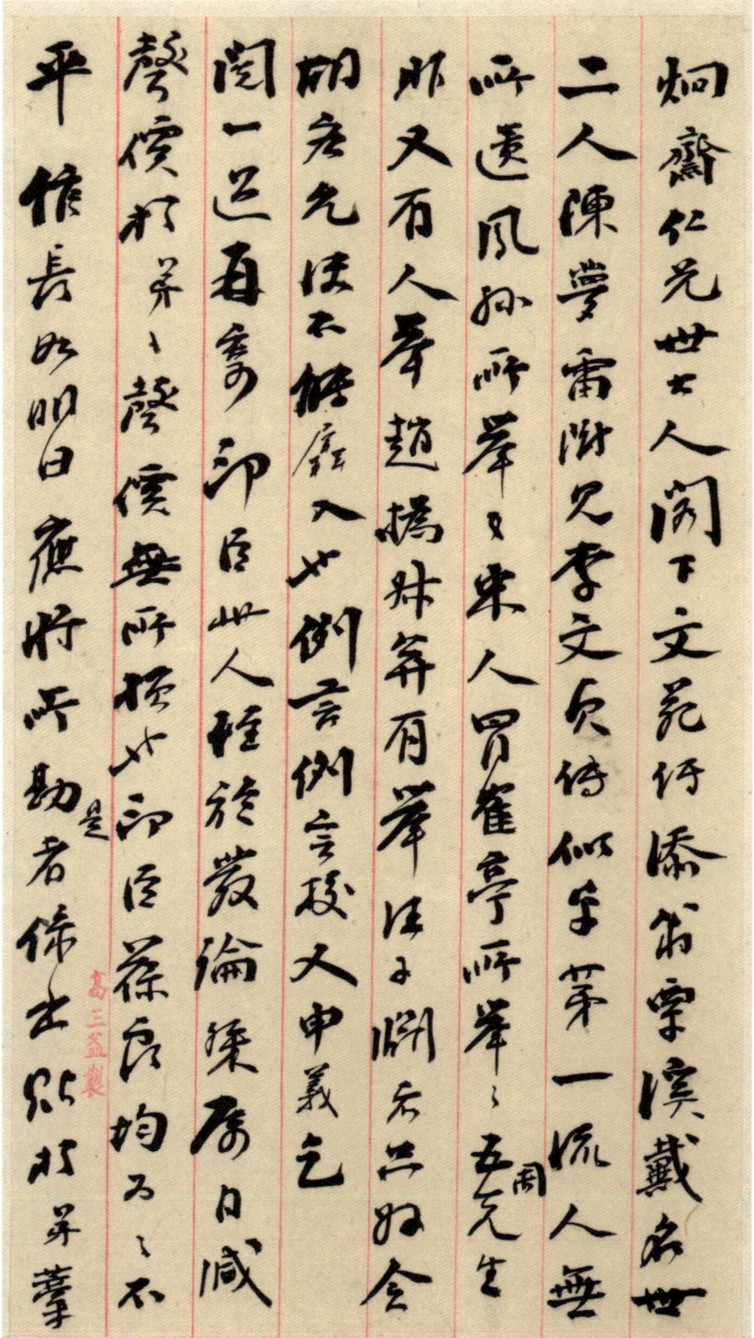
炯齋仁兄世大人閣下：文苑傳添[illegible][illegible]溪、戴名世二人，陳學霖附見李文貞傳，似是第一流人，無所遺風[illegible]所著又未入，朱人買崔亭所著之五周先生耶？又有人著趙撝叔年譜，[illegible]子開示之，好令[illegible]先生[illegible]不能[illegible]入也。例言例言校文中義乞閱一過。有意印，且此人經於發論，[illegible]康日減聲價，於其聲價無所損也。印且[illegible]良，均乞不是平。惟長此明日庶將所勸者佈出，然此外奉[illegible]

高三益製

第四十三通（一）

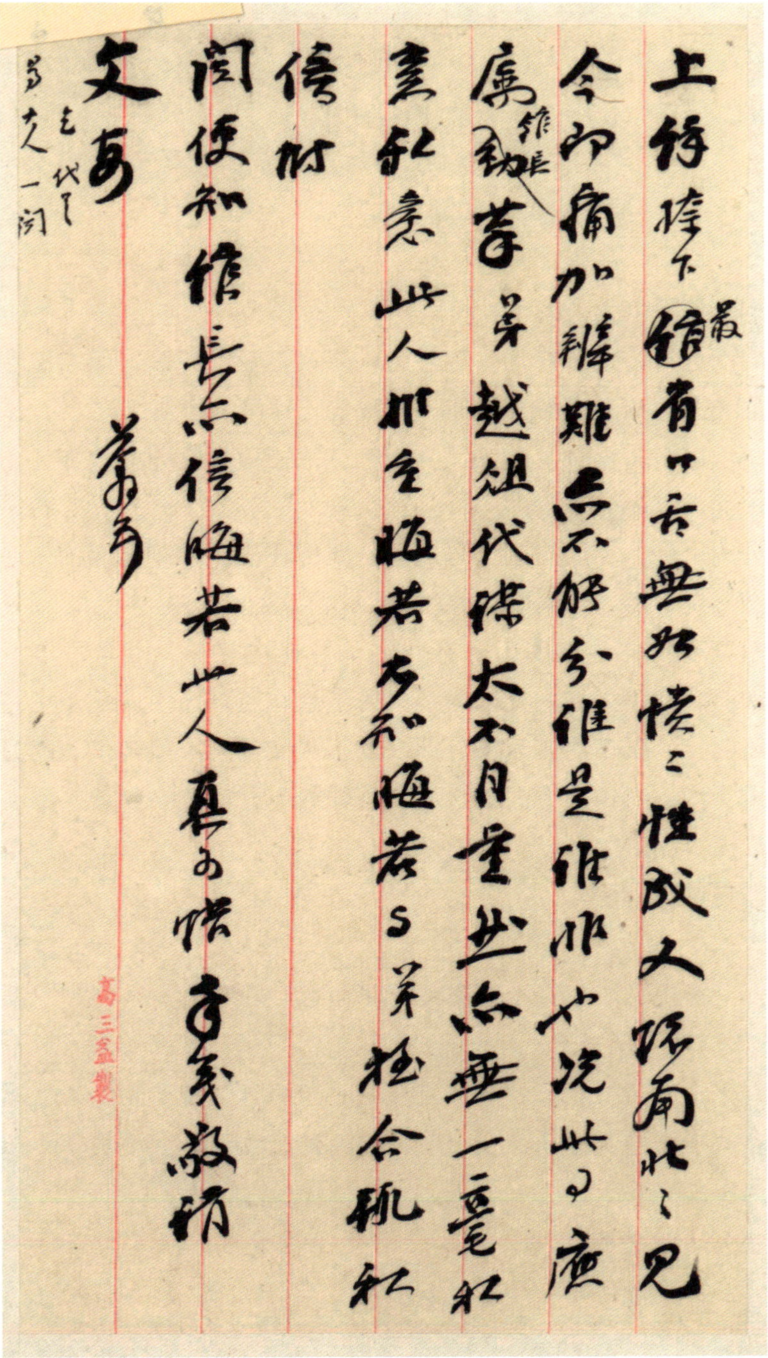

第四十三通（二）

第四十四通

炯斋仁兄世大人阁下：

近日将四传修饰。尊签悉中肯綮，业已照改，敬谢敬谢！弟最疏漏之事，莫如张石洲[1]传漏去《延昌地形志》之名，该责。胡承诺由《儒林》改入《文苑》，徐夜由《文苑》改入《隐逸》（徐波、潘高已添入），吴鸿锡撤入《卓行传》。丁瑜传附入《闵贞传》，同是画父母之象。龚传移改，惟刺讽两语未涂去。经学毛、崔，文学袁、龚，略示微意，余均有褒无贬。齐孝孙一篇改传体，《明史》有此式（各史均有）。既系汇传，又系末篇，似乎无妨。此次入都，宋学添官献瑶（附庄亨阳）、宋次琦两传，汉学附崔东壁、邹汉勋，《文学》添戴名世、翁方纲两传，均讫。馆中有改动之议，不知如何，静候。秋暑甚酷，诸祈珍摄。此请

著安百益！

荃孙顿首

嘉庆平苗、道光平猺，似宜入《土司传》。

按，上一通书札云"《文苑传》添翁覃溪、戴名世二人"，而本书札称"《文学》添戴名世、翁方纲两传，均讫"，则提示本书札次第在后，故暂系于此。

在今《清史稿》中，徐波、徐夜、胡承诺列入《文苑传一》，

[1] 张穆（1805—1849），谱名瀛暹，字蓬仙，后名穆，字诵风，又字石州（又作石洲）、石舟、硕州（又作硕洲）等，自署殷斋居士，晚号靖阳亭长，山西平定（今阳泉）人。今《清史稿》列传二百七十二《文苑传二》中有《张穆传》。

吴鸿锡列入《孝义传三》，并无潘高传（《清史列传》中有）、闵贞传、丁瑜传，与本书札所言出入较大。因此，本书札可以作为研究《清史稿》成书过程的重要参考资料。

炯垒仁先世大人閣下 近白將四行俯忻

尊箋某甲有繁業之业 攻歇徐、举最疏俪之□莱蚯

張石洲待俪云 延吕地形志之 衣復責胡承諾由儒枝後

入文苑徐夜由文茂陂入淩逸　徐阪陵高已係人吴鴨傷

撤入乎行行 丁稌待附入閣負行同是画父母之家 聖

得稷攸惟刺佩雨禂末徐吉往宅毛崔文學志龍與姝

示徽意侍匀有襄無筏　齋孝升一篇攸待侍以史有

此式阮示棠行又示末偏似字無坊　此改入郡宋學倦

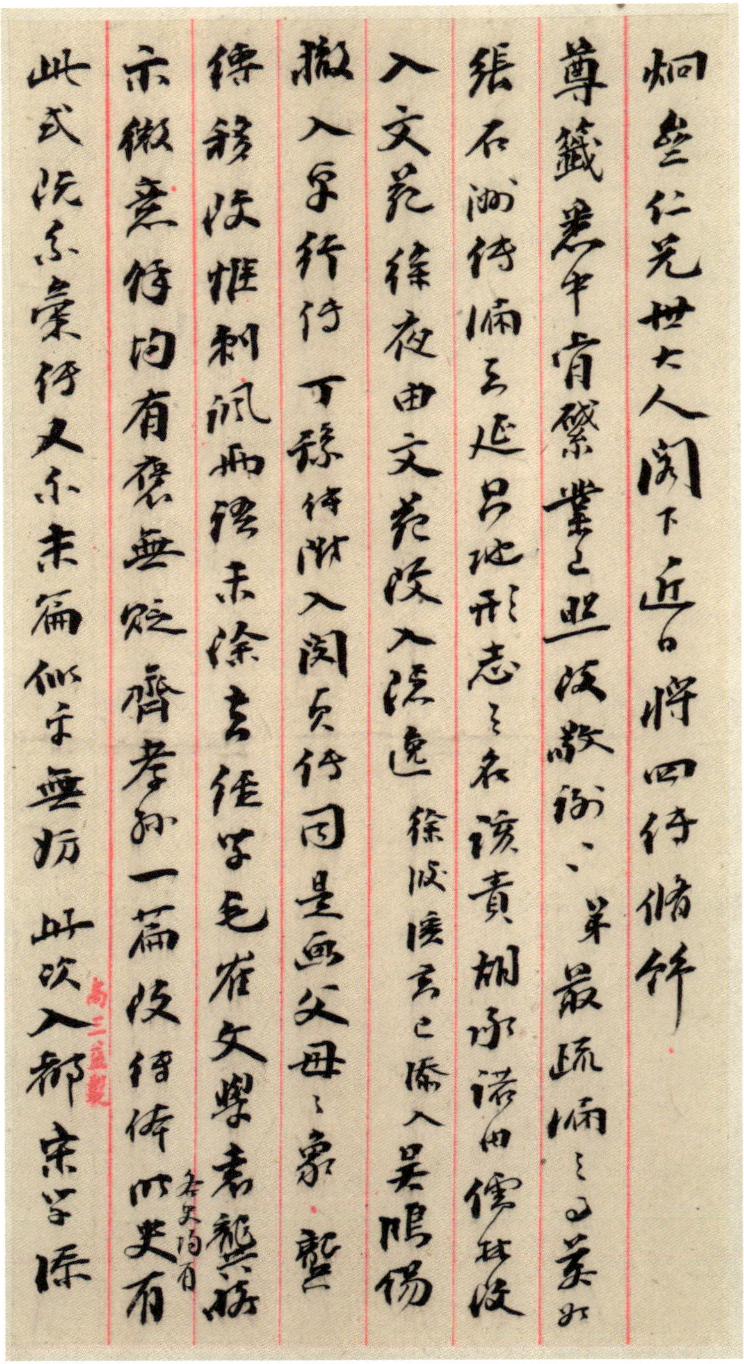

第四十四通（一）

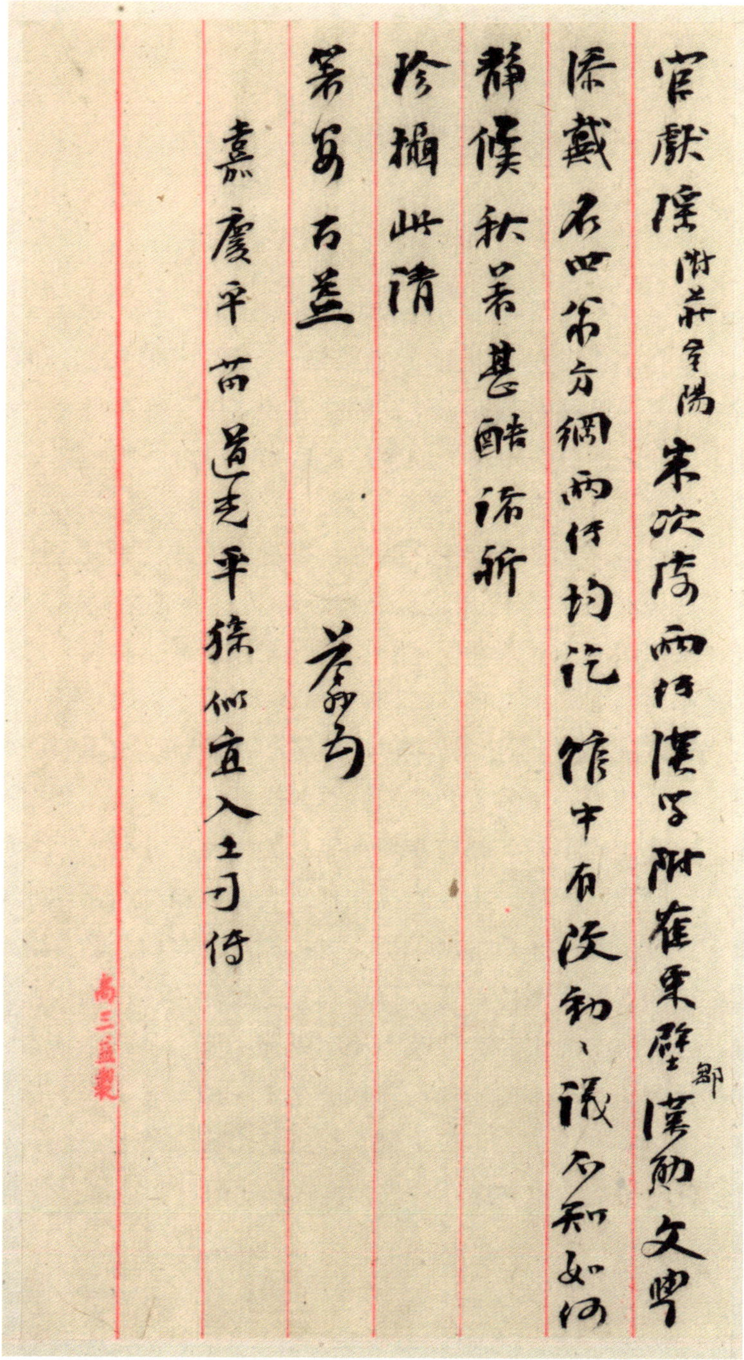

官獻瑤附莊亨陽、宋次度兩帖併寫，附崔東壁、鄒漢勳文學，添藏名四帋，方綱兩件均託。惟中有汲汲議，不知如何核定。候秋冬甚酷諾所珍攝。此請
箸安不盡
荃孫白
嘉慶平苗、道光平猺，似宜入土司傳。

高三益製

第四十四通（二）

第四十五通

炯斋仁兄世大人阁下：

昨奉环云，仰承指示，心感曷已。弟于湖广、贵州两省，湖南以《平苗纪略》五十卷，约之五叶之中，正在得意，贵州苗号，教回各匪分合不一（如发捻之后半），合办则不应分，出苗疆则不可，正在为难，得兄一言，豁然而解。湖广至改土归流为止，红苗事前半福康安之骄纵，毕沅之失计，姜晟之无能，收功于傅鼐，各归本传。赵金龙归卢坤传，雷再浩归江忠源传，石观保归翟浩传，则湖广一卷，篇叶无多。贵州乱至十八年蒋霨远之养痈，继坏于毛鸣宾之忮克，三坏于邓子垣之轻敌，幸刘岳昭、周达武之清上游，席宝田之清下游，而首逆玄禾、张秀眉，周、席各获其一，黔省乃定。湘军两志专归功于席，周军一字不提，向来为周不平。先君在黔十年，先入蒋玉龙营，后尝回兴恕幕府，因教案罢官，再入周达武幕，收案两箱均在，亦非两卷不能毕。今由此案，拟拆出单行，再扩充之，名曰《黔事纪略》，凡黎土高者载入本传单言，群苗则置之以合传体，惟雍正改土归流，亦言群苗无主名，然改土原案不能不要，其终则终言之以定郡县号为止，幸不闹出笑话。教匪是王三槐、齐王氏、徐添德为首。国事种种无定，不仅史馆，报纸瞎说康、梁要总统、总理，谁要此冷生活。重九逸社一叙，再叙未知何日。手复，敬请

侍安百益！

弟荃孙顿首

按，根据《艺风老人日记》的记载，缪荃孙于丙辰年九月六日

（1916年10月2日）“办《土司传》、湖广苗事”，九月十日（1916年10月6日）“发吴炯斋信”[1]，故本书札当为该日所书。

书札中的“报纸瞎说康、梁要总统、总理”云云，是指因1916年9月20日康有为在《时报》发表致总统总理书而引发的种种议论。书札中的“先君在黔十年”云云，是指缪荃孙之父缪焕章（字仲英，号云樵）曾任贵州候补道。

[1] 参见张廷银、朱玉麒主编：《缪荃孙全集·日记》第3册，凤凰出版社，2014年，第462页。

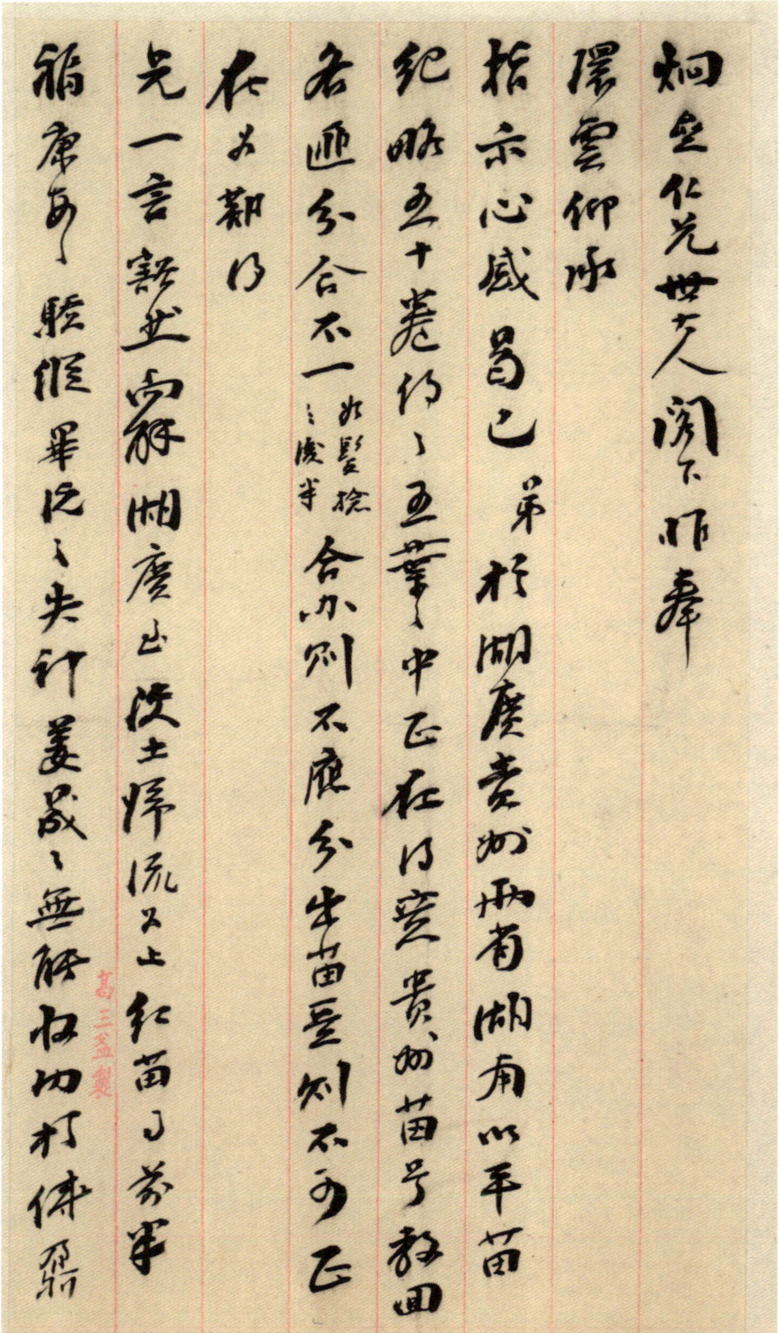

炯堂仁兄世大人閣下：昨奉
還雲，仰承
指示，心感曷已。弟於湖廣黔蜀兩省、湖南以平苗
紀略五十卷內五葉中已在何處，貴州苗匪數回
名匯分合不一，此緊接之後半合亦則不應分，苗匪則不可已
在爲翻印
先一言。鄙並寄湘廣志，改土歸流及上紅苗之苗事
籍，庶可騰挪。畢沅之失計，姜晟之無能，收功於傅鼐
高三益製

第四十五通（一）

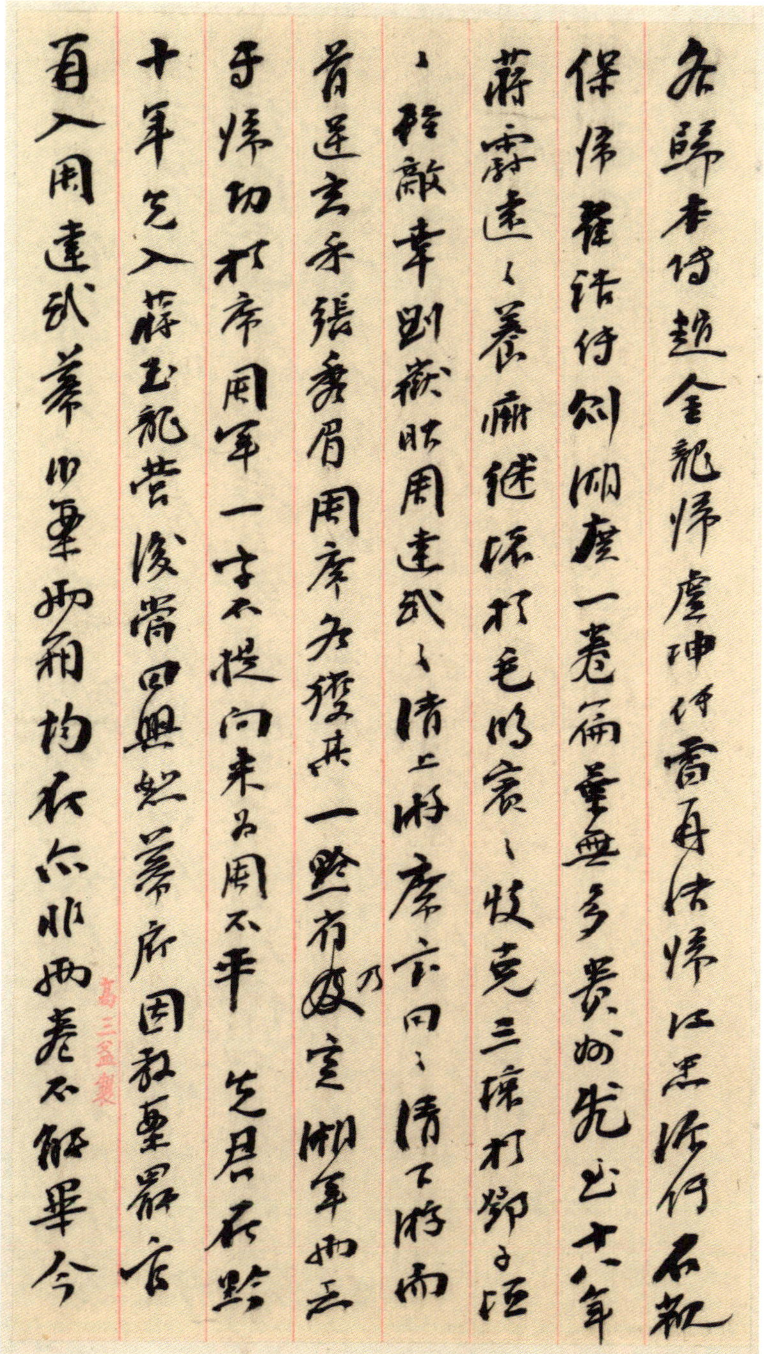

各歸本傳趙金龍歸盧坤傳雷再浩歸江忠源傳石敬
保歸羅繞典傳劉湘底一卷篇幅無多貴於先出十八年
蔣霨遠之養廉繼添於毛鴻賓之後竟三條於鄧子垣
之黔撫章劉嶽昭周達武之請上將席亦同之請下將兩
省遂去矣張秉眉周席先獲此一點市乃度之湘軍而云
手歸功於席周軍一字不提向來為周不平先君於黔
十年先入蔣玉龍營後嘗思無怨蕭席因敦奠罪言
自入周達武幕此事兩兩均於亦非所養不能畢今

第四十五通（二）

由此彙鈔拆出單行百餘卷自黔中起凡縣

土子各載入黔言屋每列置必令待律惟雍正間 本行

土碑源流言屬而無主名此後土庫本輝不要其後列 細

終言以當瓣和著為止率不學書美話都直是五三槐

塵建氏筆徐征之言固可耼無言不但史館報低睠

泛康呆實即絕織江惟實此吟生張光元迄社一

鈥百鈥来知何口至及欷詝

侍馬不宣

缪荃孙

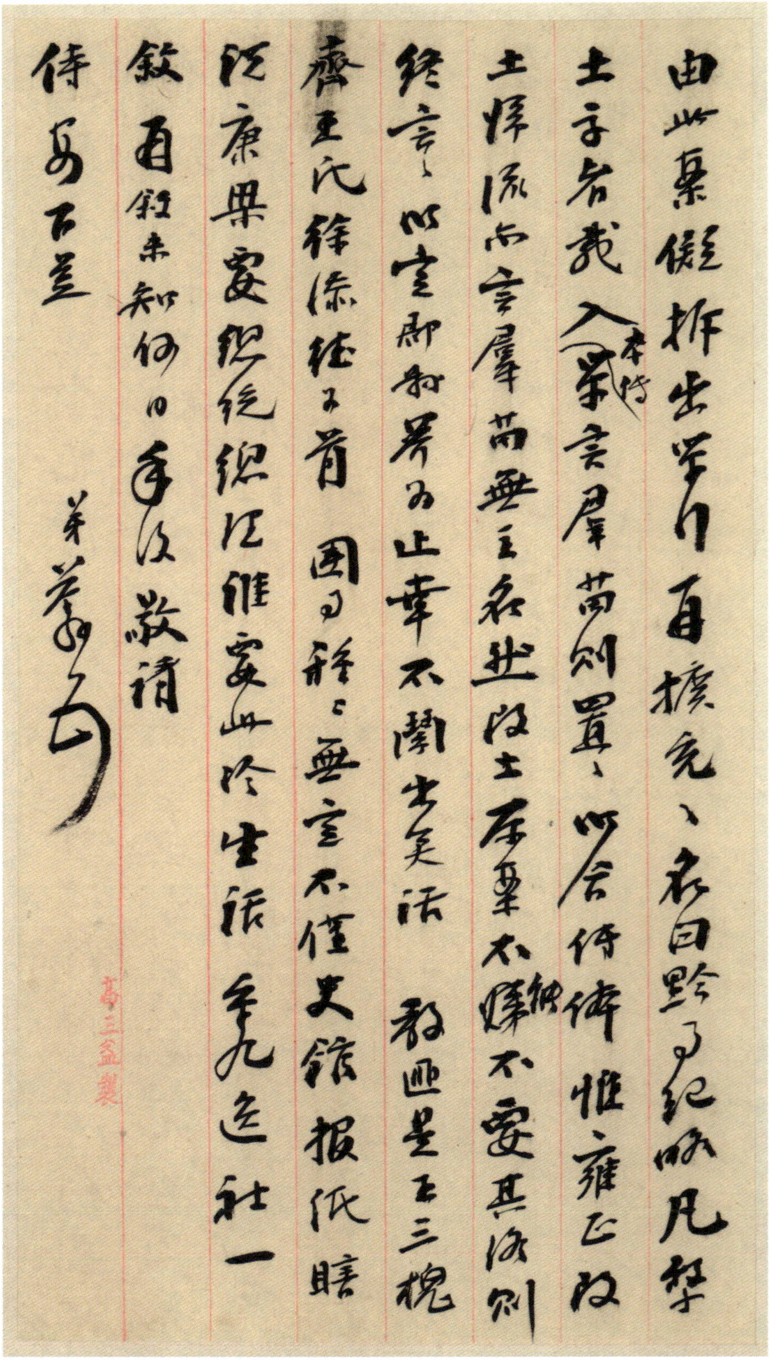

第四十六通

炯斋仁兄大人阁下：

昨奉手书，方知驺从已返杭城，并谂侍奉康娱，著述宏富，殊堪艳羡。弟近日整理《土司传》，又有数事相商。本朝土司除水西、大小金川、瞻对的是土司用兵，如雍正古州之苗、乾隆镇筸之苗、道光桂阳之猺、冕宁之猓，咸、同贵州之苗，援《明史》例，应入此篇，叙于各省篇首。至土司之无事者，单详世系而已。又《明史》湖广土司首篇有事迹，无世系，便与别篇不同。至于夏包子（三藩有主名），事详于徐治都传，台湾初变详于满保传，再变详于福康安、李侍尧传，征缅、征越南详外藩及明瑞、孙士毅传，乾隆叛回详于阿桂传，王伦详于舒兴阿传，英夷详《外交志》。止三省教匪、粤匪、捻匪，只可另立流贼传，云南、甘肃、新疆之回附之，碍难包括也，敬求指示为是。史馆既去留未定，如云改组（不必还），或云抵制。闰支来函，阅之自悉，只可听之。孟劬进京之说亦未确，式之请帖乞察入。手笺，敬请

著安百益！

弟荃孙顿首

按，《土司传》乃缪荃孙编纂《清史稿》的重点内容之一，《艺风老人日记》中曾多次提及。根据《艺风老人日记》的记载，丁巳年正月八日（1917年1月30日）至二月七日（2月28日），缪荃孙一直在整理《土司传》，与书札中的“弟近日整理《土司传》”之记载相

符。[1]

从内容来看，《艺风堂友朋书札》所收录的吴士鉴致缪荃孙书札第二十五通当为本书札的复函[2]，可相互参看。

袁世凯在位时，拨给清史馆的经费比较充足，每月拨款十多万银圆。袁世凯于1916年6月去世之后，北洋政府财政维艰，拨给清史馆的经费骤减，从而导致清史馆人心不稳，编纂工作陷入困境[3]，故书札中有“史馆既去留未定”云云。

---

[1] 参见张廷银、朱玉麒主编：《缪荃孙全集·日记》第4册，凤凰出版社，2014年，第6—9页。

[2] 参见钱伯城、郭群一整理，顾廷龙校阅：《艺风堂友朋书札》，上海人民出版社，2018年，第573—574页。

[3] 参见邹爱莲、韩永福、卢经：《〈清史稿〉纂修始末研究》，《清史研究》2007年第1期。

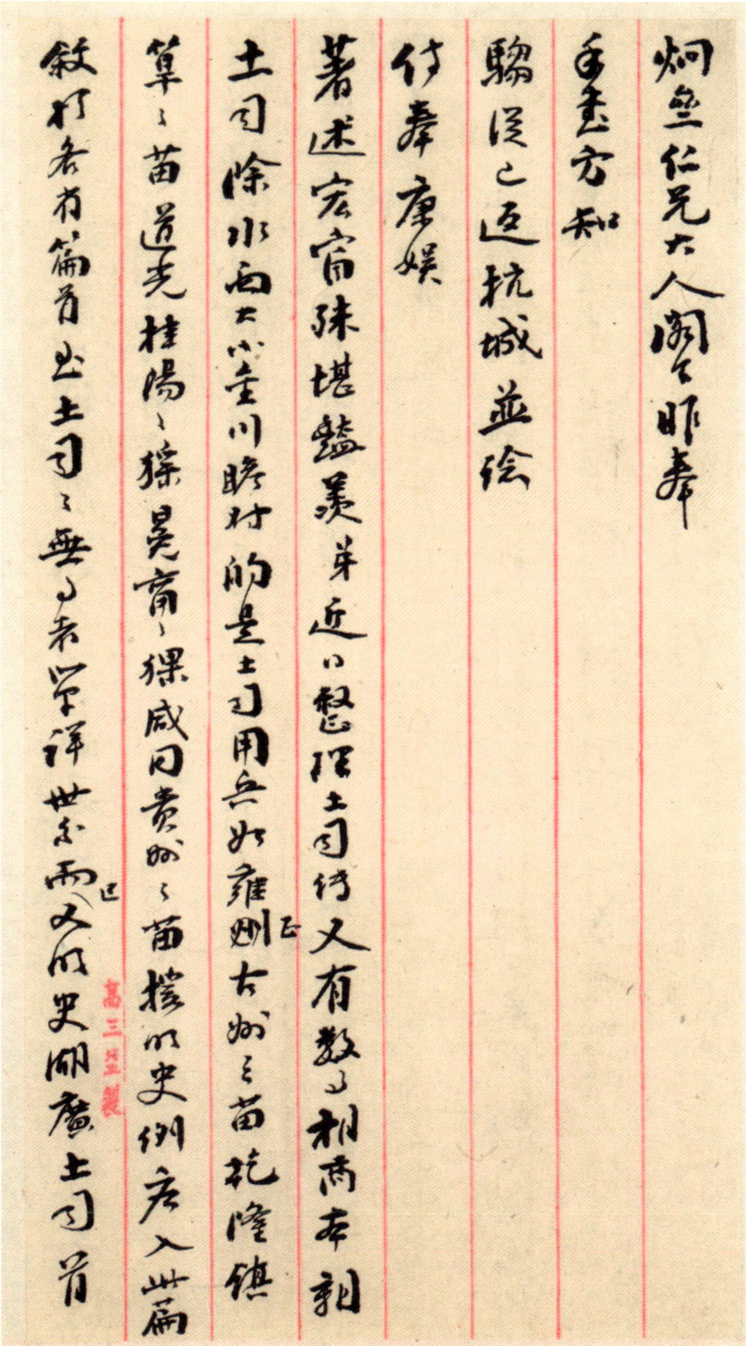
炯堂仁兄大人閣下：昨奉
手書，方知
騶從已返杭城，並諗
侍奉康娛，
著述宏富，殊堪欽羡。弟近以整理土司傳，又有數事相商者，請
土司除水西、大小金川、瞻對，的是土司用兵外，雍正古州之苗、乾隆鎮
筸之苗、道光桂陽之猺、[illegible]之猓、咸同貴州之苗，據以史例，應入此篇
敘列者。有篇首出土司之無可表，罕詳世系而已，又依史例廣土司首

第四十六通（一）

篇有可[議]無[荣]便另[篇太可]出[於�8色&可][三位法有主者]

[彿變]譯於滿佳[侈再變]譯於福康[安李侈竞侈詑細伍越雨]譯[外藩][譯於徐侈都侈台灣]

[各]碑瑞孤士[敦佳花隆報回]譯[於阿桂侈三倫]譯[於舒興汕侈英禾]譯[外]

[受走]此三[者敦些粤迤捡迎罔]的[弟亭流賦侈雲雨内朝射量函附之碑]

[翔色倚此樣礼]

[招束子是史館院王石朱定整敗組成去抵制門文来出閱目然只][不必匠]

[力騶孟動进来泛案研成儔侈色簦以重義敬儕]

[弟莪再兰　呆荃首]

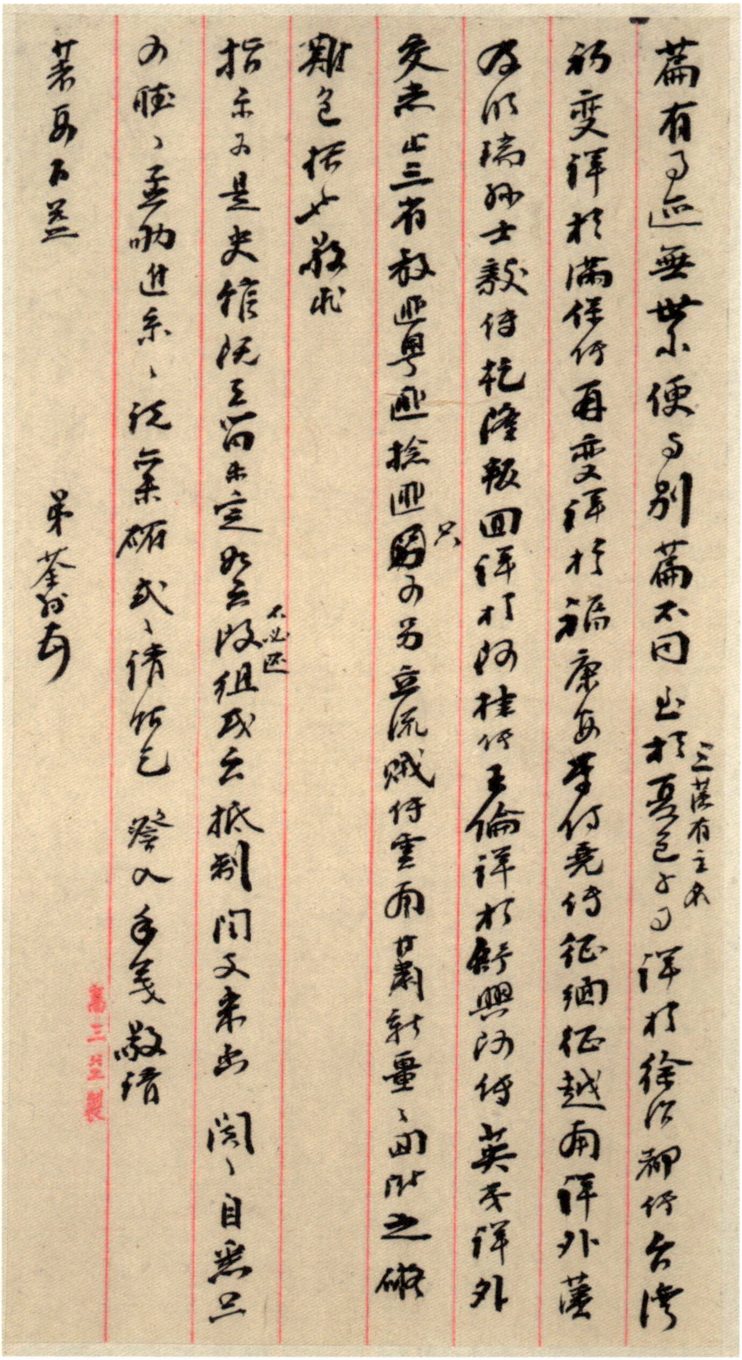

第四十六通（二）

第四十七通

再，史目止执政与内阁表两样，办法不能不争，如交通俟办好定目时再议，争名不争书也。又如川楚教匪、粤匪、捻匪、回匪，消纳不了，必得专篇纪之，仍以流贼为名，不必为太平天国作战纪也。俟私编好再呈总裁，一言而决，现在安静，决不声张。又史例尚无，问刘笙叔认定之门，自拟其例，可看各处征集而执衷之，亦不宜迟。

三藩归《逆臣》。台湾两次，一入满保传，一入福康安传。（或台湾写成一篇。）回匪两次，入阿文成传。赵金龙入罗思举传，洋匪入李长庚传，或仍分作，乞酌。至教匪、粤、捻、回，消纳不了。我门私商之，并问筱孙。

按，本书札中的“川楚教匪、粤匪、捻匪、回匪”等内容，与上一通书札有关联，故暂系本书札于后。

三藩是指平西王吴三桂、平南王尚可喜、靖南王耿精忠。今《清史稿》中，并未像《清史列传》那样有专门的《逆臣传》，吴三桂等传在列传二百六十一，耿精忠传附于吴三桂等传之下，而尚可喜传则在列传二十一。觉罗满保曾出兵台湾镇压朱一贵起义，觉罗满保传在列传七十一。福康安曾率大军赴台湾镇压农民起义，福康安传在列传一百十七。阿桂（谥号“文成”）传在列传一百五，其传记中包括了阿桂先后两次督师镇压甘肃回民起义之内容。罗思举传在列传一百三十四，其传记中包括了罗思举率军镇压楚粤瑶族民众起义领袖赵金龙之内容。李长庚传在列传一百三十七，其传记中包括了李长庚多次率军出击洋匪之内容。由此可见，本书札中提到的缪荃孙当时的建议大多未被采纳。

“我门私商之，并问钱孙”，再一次印证了缪荃孙十分信任金兆蕃。

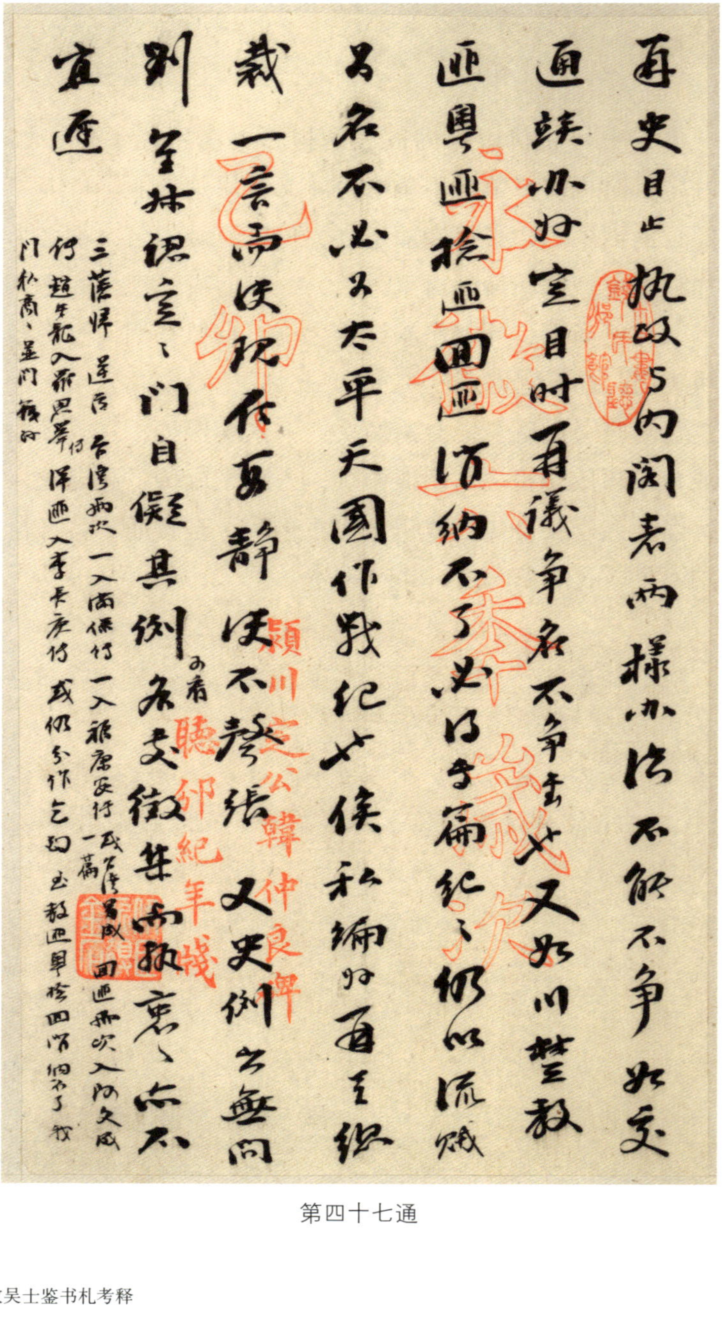

第四十七通

第四十八通

国朝文苑，自以桐城文、归愚诗为正宗，推重之至。只桐城派诋斥汉学之语，一语不登，如史馆停则为私书，而方、吴之传必在所去，特为完善。印丞窘况已露，其撰《后妃传》（均为其难）与兄《诸王传》皆可留稿入文集。《明史》诸传均收入文集也。

按，本书札中的“如史馆停则为私书”云云，与第四十六通书札有关联，故暂系本书札于此。

桐城派在文学领域颇有建树，缪荃孙对其“推重之至”，但同时桐城派（尤其是方东树）对汉学极力攻击，缪荃孙认为在《清史稿》中应该实事求是地反映这一情况，给桐城派以全面而客观的评价，因此对清史馆全部删除自己原稿中的“桐城派诋斥汉学之语”，表示非常不满。“如史馆停则为私书，而方、吴之传必在所去，特为完善”，充分表明了缪荃孙在此问题上的坚定立场。关于这一点，笔者赞同缪荃孙之主张。

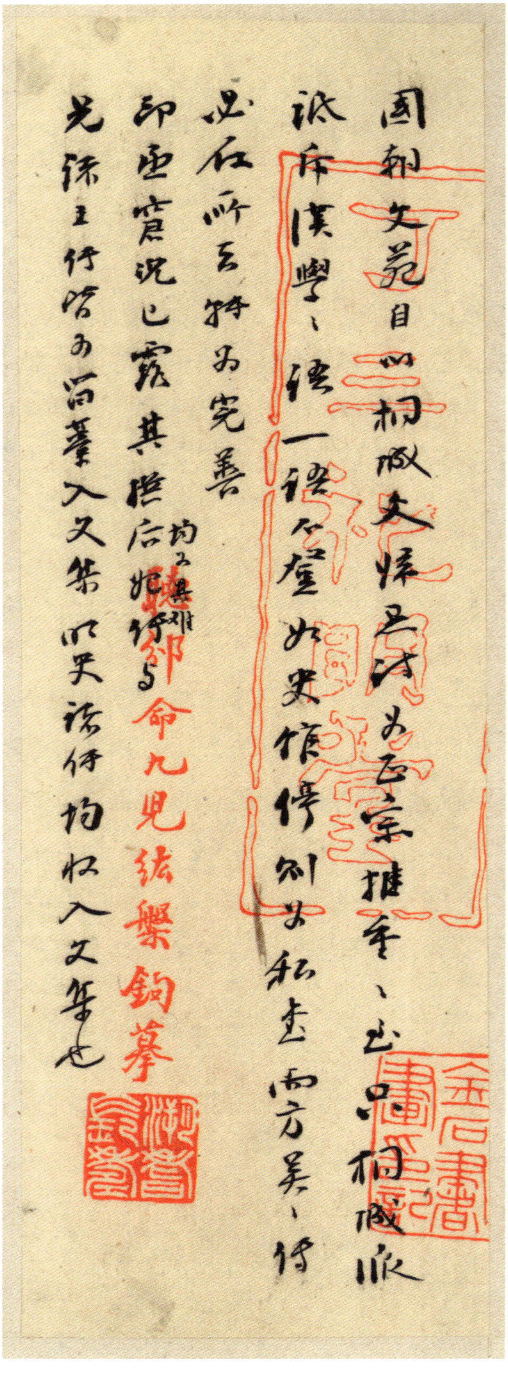

第四十八通

第四十九通

手书谨悉，例亦收到，内全在征实，不争意气。琳贵太妃尊为贵太妃，无可再崇。印臣已言之，尚不知延未长春宫也。志和有劾案，前亦未知皂保已得都统，然武一品亦请从。兄阅后仍须删润，再寄印臣。如史馆可延长（恐须议员议准），即将《土司传》整理约八卷书也。抱经楼自往看一回，又为翰怡挑书一次。书极佳。《修文殿御览》确是伪本。此书有两种，一是节写《御览》，不失原样；一是节写《英华》，尤为无理。此即节写《英华》者，第一叶次行彭叔夏校正，葛龚未去，尤为可笑。价亦极贵，非我辈所能问津，惟有艳羡而已。手复，敬请
文安。诸希朗鉴百益！

弟荃孙顿首

按，本书札称“即将《土司传》整理约八卷书也”，而下一通书札云“《土司传》小作结束”，则提示本书札次第在前，故暂系于此。

在今《清史稿》中，《土司传》共计六卷。

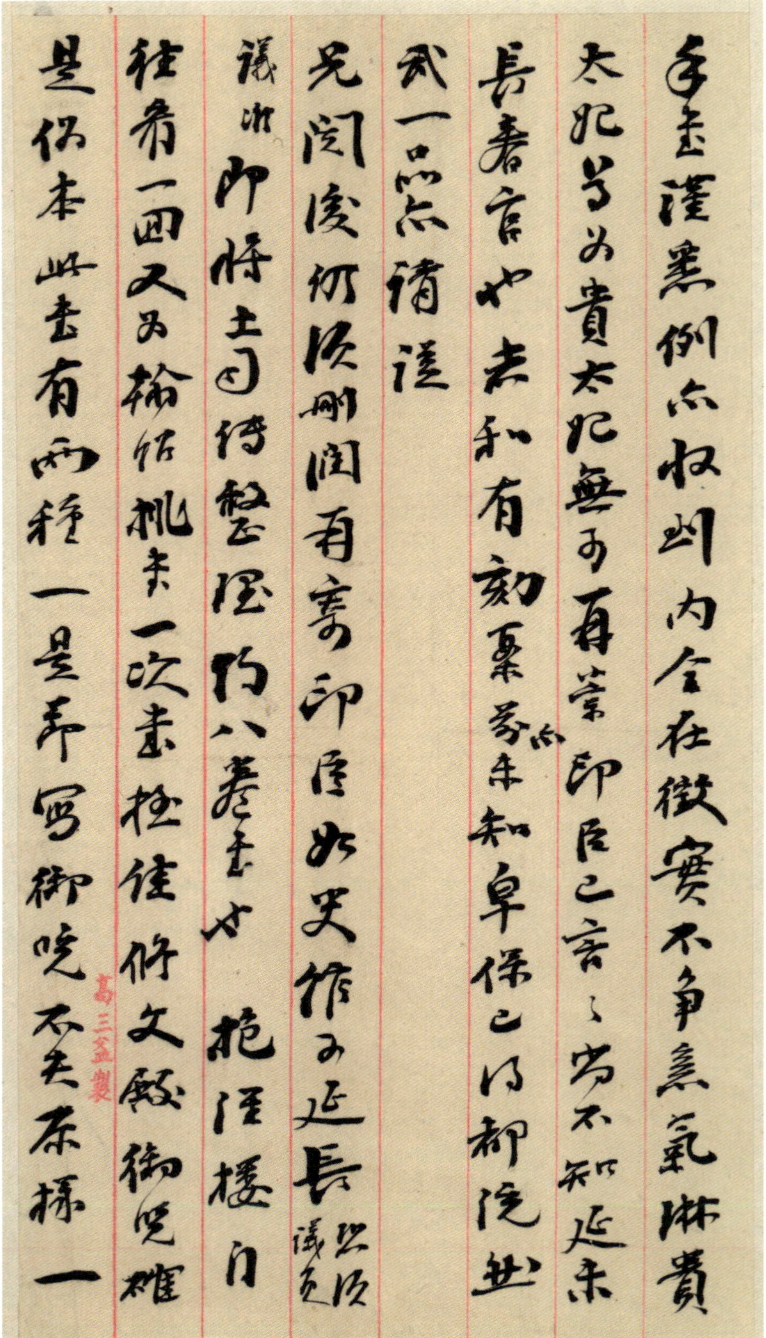

第四十九通（一）

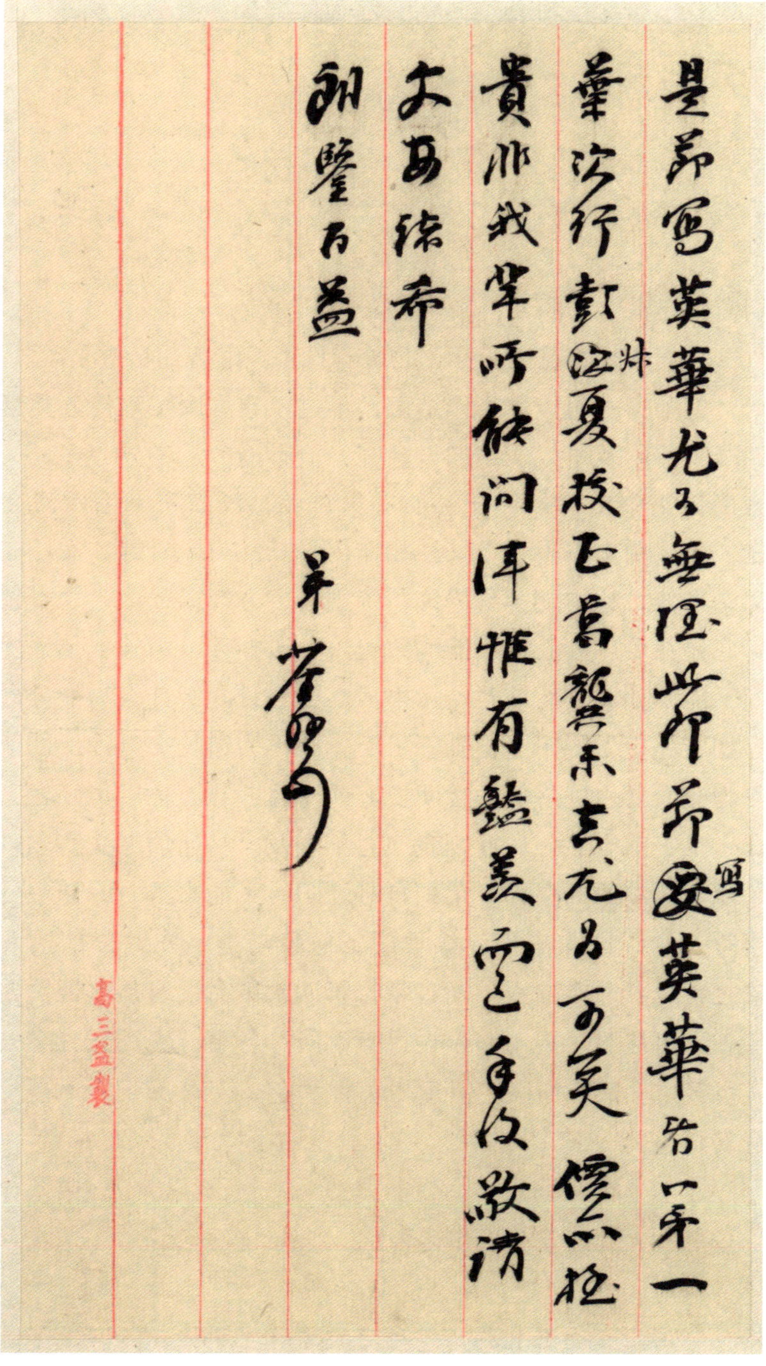
是節寫英華尤不無怪此節寫英華皆以手一
筆湊行款炸夏校正書頗不甚尤為可笑儻以拙
貴州我輩所缺間俾惟有籃羨靈之手段敬請
大安餘希
朗鑒不盡
弟 [illegible]

第四十九通（二）

第五十通

炯斋仁兄世大人阁下：

天气渐暖，花事萌芽，北游有日否？继著述精进是颂。

荃孙《土司传》小作结束，不过三卷。康熙列传分类纂述，四藩一传附及卅人，约四十余叶，恰不能分，考异亦多。又将鸿博诸公集中史传，如汪钝翁、朱竹垞、汤潜庵、毛西河文均读之。与《明史》不合，又互相作传，其乱与今日等。文佳亦由其实录本佳，比本朝容易修饰，统观之，方知横云山人之本领。季野底稿在可庄处，惜不能购致也。分段办传，馆长不足语此，我门不能不如此办。前致印丞书云，为今日吃饭计，为他日刻稿计（如秦先生做的不是史则不可），并不为馆长交卷计，馆臣亦自不为交卷计也。一笑。《明史》前半佳，昔人称后半好者，事实真，文字前半尤好。此则我门万不能及。马通伯考文官亦以此为荣耶？西湖游人骆驿，弟即日赴江阴，不能来游。昨梦华就花近楼举逸社，同人毕集，颇思阁下何日来也。齐省长是熟人否？攻之者以其非本地人。浙省举行第四次革命，有是事否？人心皇皇，不可终日。近来事事说民意，所办各事，去民意二字太远，实可笑也。天祸斯民，伊于胡底。手笺，敬请

侍安百益！

弟荃孙顿首

尊大人处请安。近作诗否？

按，第四十六通书札称“弟近日整理《土司传》”，上一通书札称“即将《土司传》整理约八卷书也”，而本书札云“《土司传》小

作结束”，并且“天气渐暖，花事萌芽”，则提示本书札次第在后。书札中有“昨梦华就花近楼举逸社”云云，而根据《艺风老人日记》的记载，丁巳年闰二月十五日（1917年4月6日）“梦华在花近楼举逸社第一集”，十六日（1917年4月7日）“发齐省长振岩信、杭州吴炯斋信”[1]，故本书札当为该日所书。

《艺风堂友朋书札》所收录的吴士鉴致缪荃孙书札第二通，似是对缪氏此札的回复[2]，可相互参看。

---

[1] 参见张廷银、朱玉麒主编：《缪荃孙全集·日记》第4册，凤凰出版社，2014年，第14页。

[2] 参见钱伯城、郭群一整理，顾廷龙校阅：《艺风堂友朋书札》，上海人民出版社，2018年，第557页。

絅齋仁兄世大人閣下天氣漸暖花已萌芽
北游有日否繼
著述精進是頌尊著土司傳作法來不過
三卷康熙列傳分類纂述四薦一傳附及
卅人約四十餘葉恰不敷分考異亦多又將
將鳴博諸公集史傳如注術朱竹垞湯
潛庵毛西河文拘讀之所史不合又互相作付
其亂與今日等文佳亦由其實飾者佳比者

第五十通（一）

朝寒易俯仰统郗〻方知挨雲山人〻本领孝

野庇秤衣の莊受惜不能贖畝地分毅亦持谁

為令口吃作计为他日刻業计並不為馆長受業

计作吕六自不為交老计〻一笑以史為車佳耆人

稣浚雪如有于實真文字蒙中尤如此刻我以為

不解及馬通伯考文官以以此为荣耶西卿游

人駝驛�ハ卯日赴心陰不解来游昨夢華

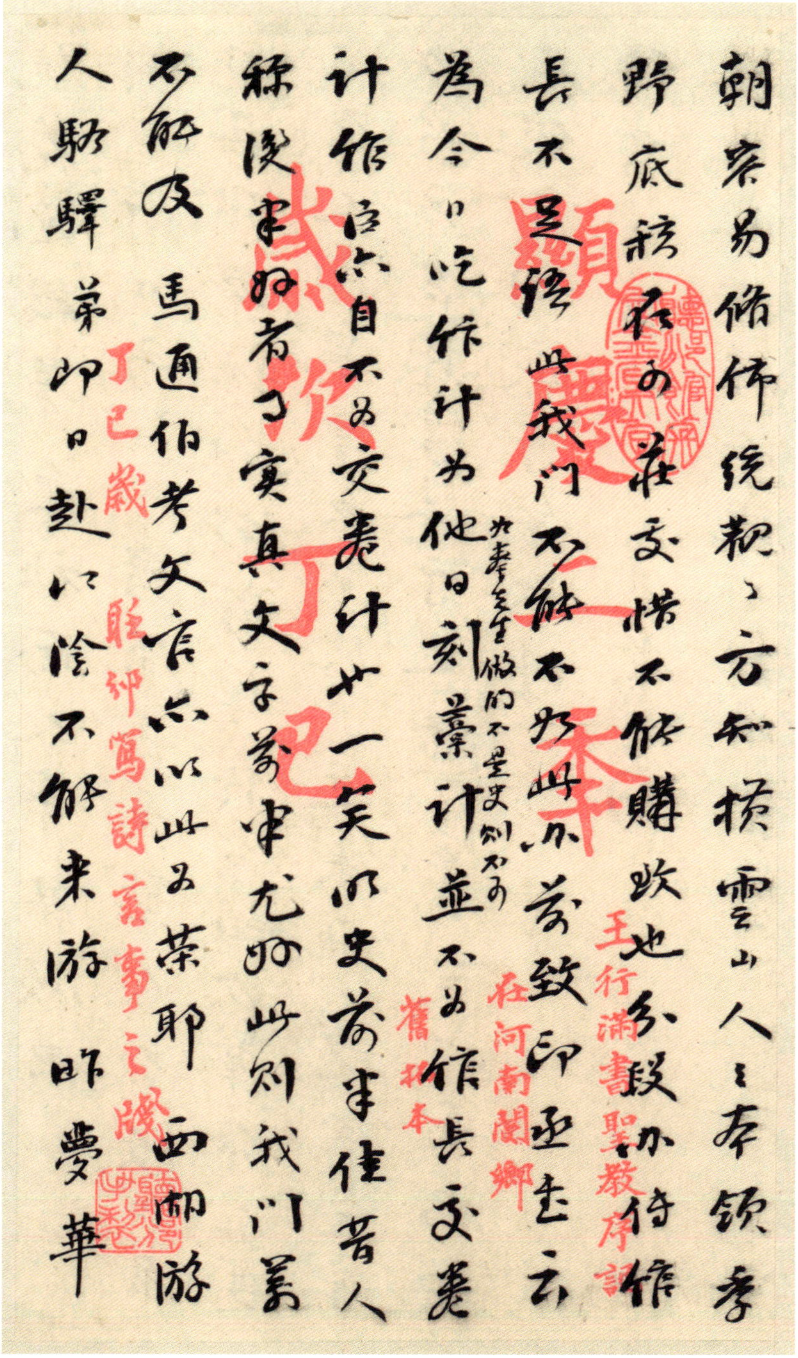

第五十通（二）

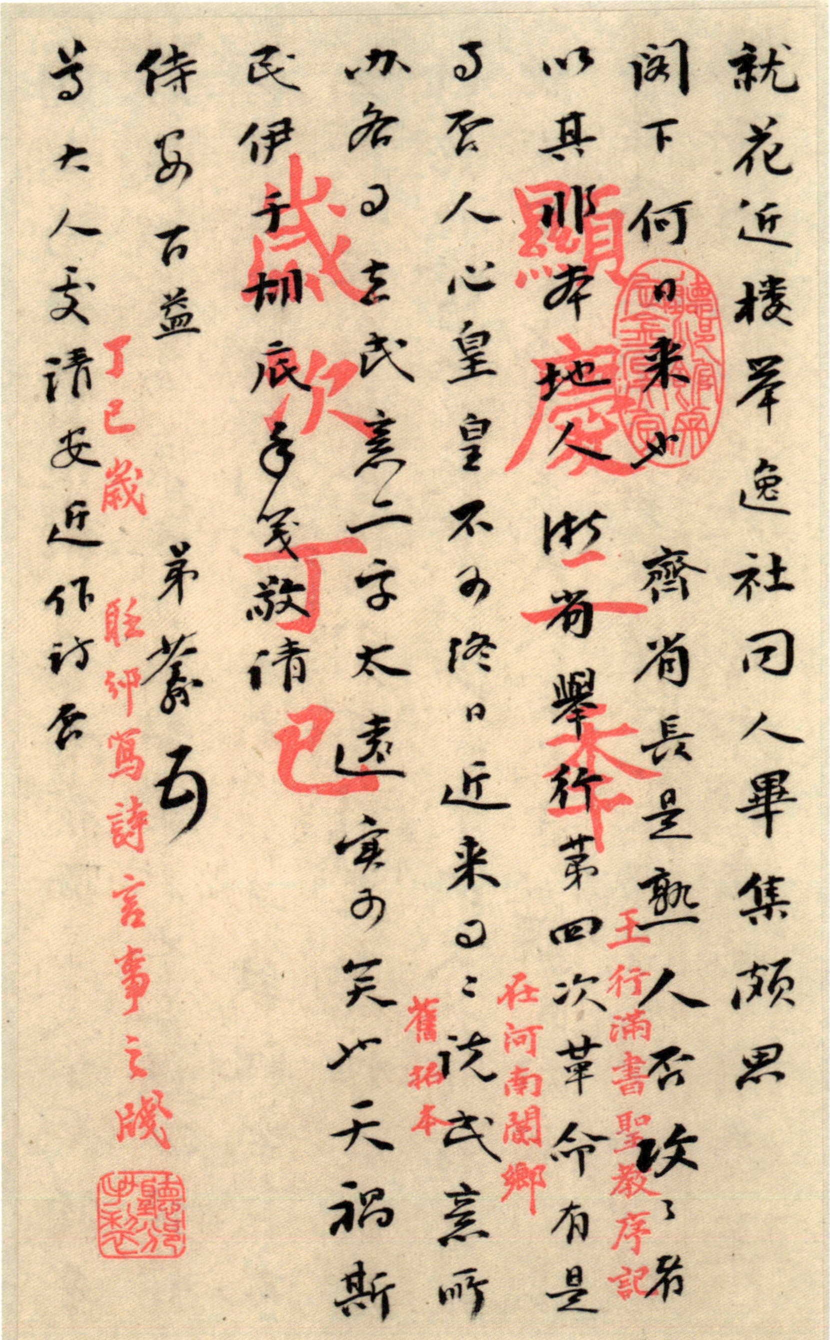

就花近楼举逸社同人毕集颇思
阁下何日来少 齐头尚长是熟人否 昨了弟
以其非本地人 於前举行第四次革命有是
事 吾人心皇皇不可终日 近来之说 武熹所
以名之者 武熹二字太远 实可笑也 天祸斯
民 伊于胡底 手笺敬请
侍安 不益
弟荃孙顿首
考大人前请安 近作讨袁

顯慶一本 歲次丁巳
王行滿書聖教序記 在河南閿鄉 舊拓本
丁巳歲 胜卿寫詩言事之牋

第五十通（三）

第五十一通

炯斋仁兄世大人阁下：

三次大会，勉强赴席，实已力尽筋疲，恳兄不必再聚，辱承雅爱。约式之、印臣、箴孙、二田[1]，人约六七，寻一致美斋等小馆，可以谈，随饮随吃，犹胜广筵大会也。此上，敬请
文安！

弟荃孙顿首

海上消寒极乐，分韵均可。后来诗钟大会则苦矣，不能谈，不能吃矣。

按，根据朱兴和对逸社社集活动的详细考证[2]，以及《艺风老人日记》中的相关记载，书札中的“三次大会”，应该指逸社重开活动后，于丁巳年闰二月十五日（1917年4月6日）、三月三日（1917年4月23日）、三月三十日（1917年5月20日）举行的三次雅集[3]，因此本书札当为三次聚会之后不久所书，暂系于此。

由本书札可知，这样的聚会对于年老体弱的缪荃孙来说是一种极大的负担。然而，从“随饮随吃，犹胜广筵大会也”之语来看，缪氏也并非完全不能或不乐意参加好友聚会之类的社会活动，主要原因恐怕在于“分韵均可。后来诗钟大会则苦矣”。这些史料对于研究缪荃孙晚年之心境等具有重要价值。

---

[1] 张尔田（1874—1945），又作张二田，字孟劬，浙江钱塘（今杭州）人。

[2] 参见朱兴和：《现代中国的斯文骨肉：超社逸社诗人群体研究》，上海三联书店，2014年，第377—378页。

[3] 参见张廷银、朱玉麒主编：《缪荃孙全集·日记》第4册，凤凰出版社，2014年，第16页。

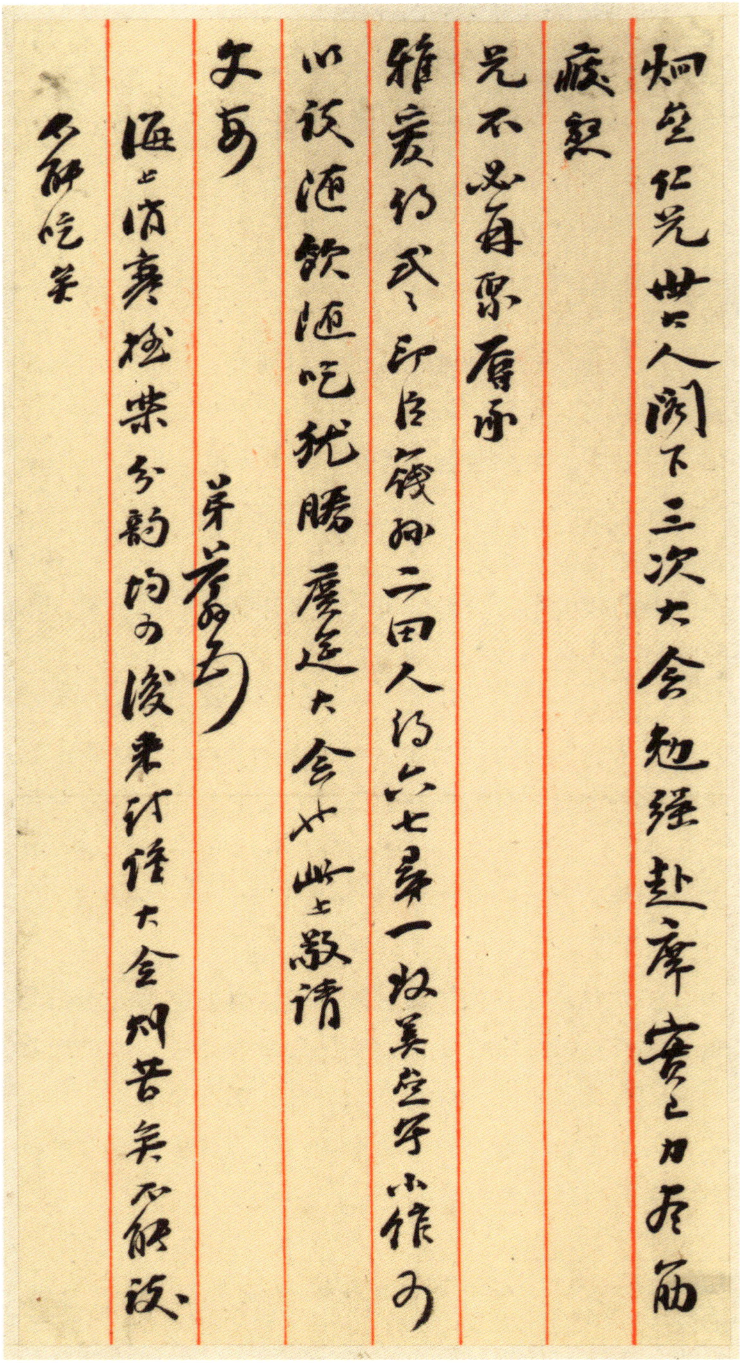

炯堂仁兄世大人阁下：三次大会勉强赴席，实已力尽筋疲矣。
兄不必再票屡承
雅爱，约式式印台钱办二回人约六七弟一枚，吴堂写小作了，
以诉酒饮酒吃犹胜屡过大会也。此上，敬请
文安
弟荃孙顿首
酒以消寒，拟柴分韵均可，后来补陆大会则苦矣，不能设也。
不能吃矣

第五十一通

第五十二通

絅斋仁兄世大人阁下：

前接明片，正值病发昏瞀之时，缠绵四十许日，方才复原，然尚未敢出门。尊大人远寄殉难事实，史传又成两卷。正拟作函，又奉手书，轩然大波，孤注一掷，又涉万分危险之地，兄作书时尚稍安也。今日不知明日事，可为太息。旧友纷纷入都，弟至此只可停滞。兄大约亦看光景，如入都给一字。史馆只消去一日。《汉书》亦后汉时修成。上海商民闻裁印花税、废新刑律，乐不可支，并不愿共和劫于若辈，还要发反对电，伤哉！只要北边服从，南人无能为力，亦被人看穿矣。冯左右足为轻重，意在观望耳。手笺，敬请

文安！

弟荃孙顿首

尊大人前代请安，身体好否？

按，书札中的“上海商民闻裁印花税、废新刑律，乐不可支，并不愿共和劫于若辈”云云，是指丁巳年五月十三日（1917年7月1日），张勋拥戴业已退位的前清末代皇帝溥仪复辟，同日颁布新政九条，其中第六条曰：“民国所行印花税一项，应即废止，以纾民国；其余苛细杂捐，并着各省督抚查明，奏请分别裁撤。”第七条曰：“民国刑律不适国情，应即废除，暂以宣统初年颁定《现行刑律》为准。”另据《艺风老人日记》记载，缪荃孙于丁巳年五月十七日（1917年7月5日）“发炯斋信”[1]，故本书札当为该日所书。

[1] 参见张廷银、朱玉麒主编：《缪荃孙全集·日记》第4册，凤凰出版社，2014年，第26页。

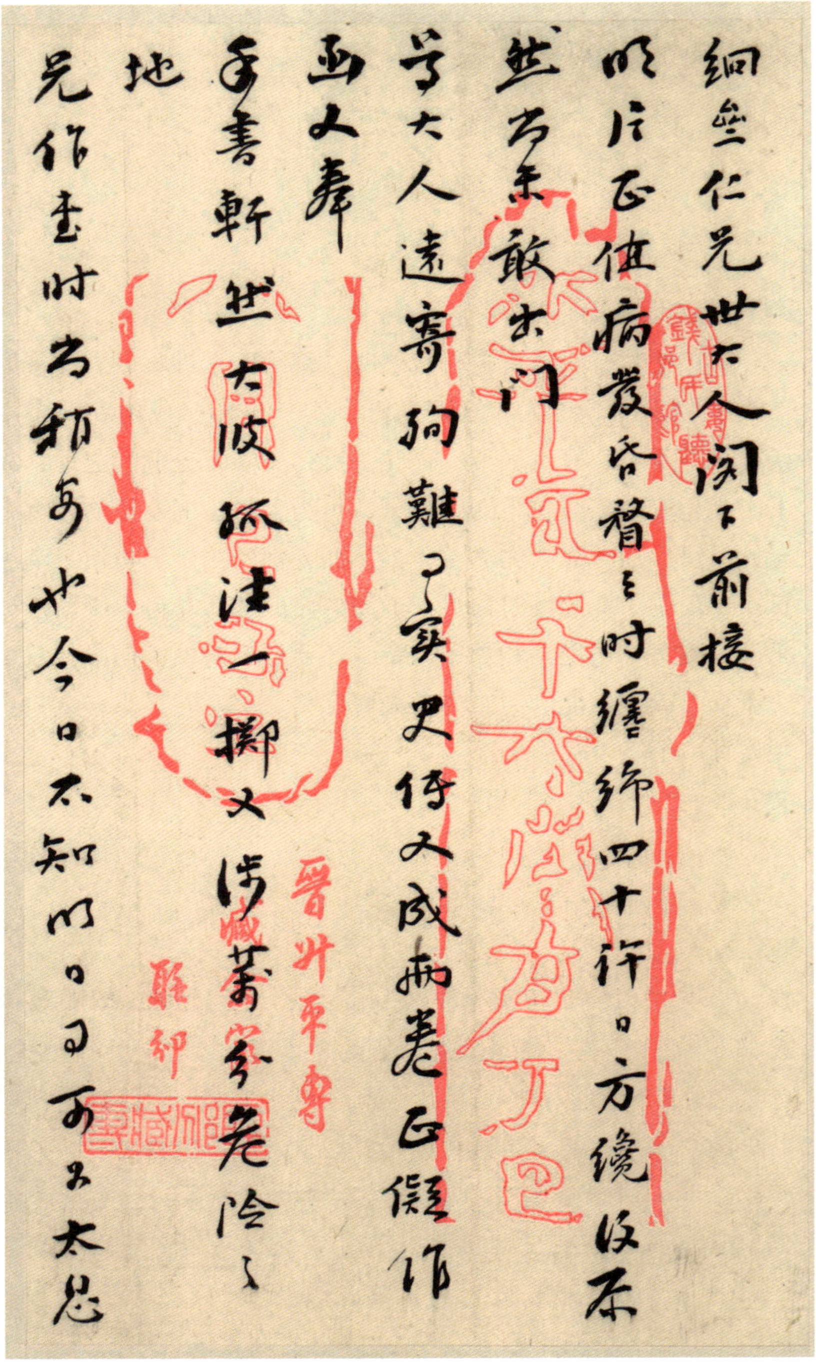
絅齋仁兄世大人閣下前接
明片正值病發昏瞀之時纏綿四十許日方纔復原
然而未敢出門
尊大人遠寄狗雞子實是侍文成兩卷正擬作
函奉
手書軒然大波孫法一擲文步蕭家老陰之
地
兄作畫時為頓挫也今日不知何日可出太忌

第五十二通（一）

旧友钧兰入都弟此此只可停泊

先大约不着光景如入都给一字史馆只消去一字

漢意不後漢处修成上海高氏间裁即民租废新

刑律堂石为文並不领共和劫于若半还當

发友付电傥飞只要此几服徒雨人無解み力六

被人希宴無馮左右呈る理全藏意茶稅去耳

手笺敬储

文丐

茅大人尊代讳安年体好否

弟　景お弓

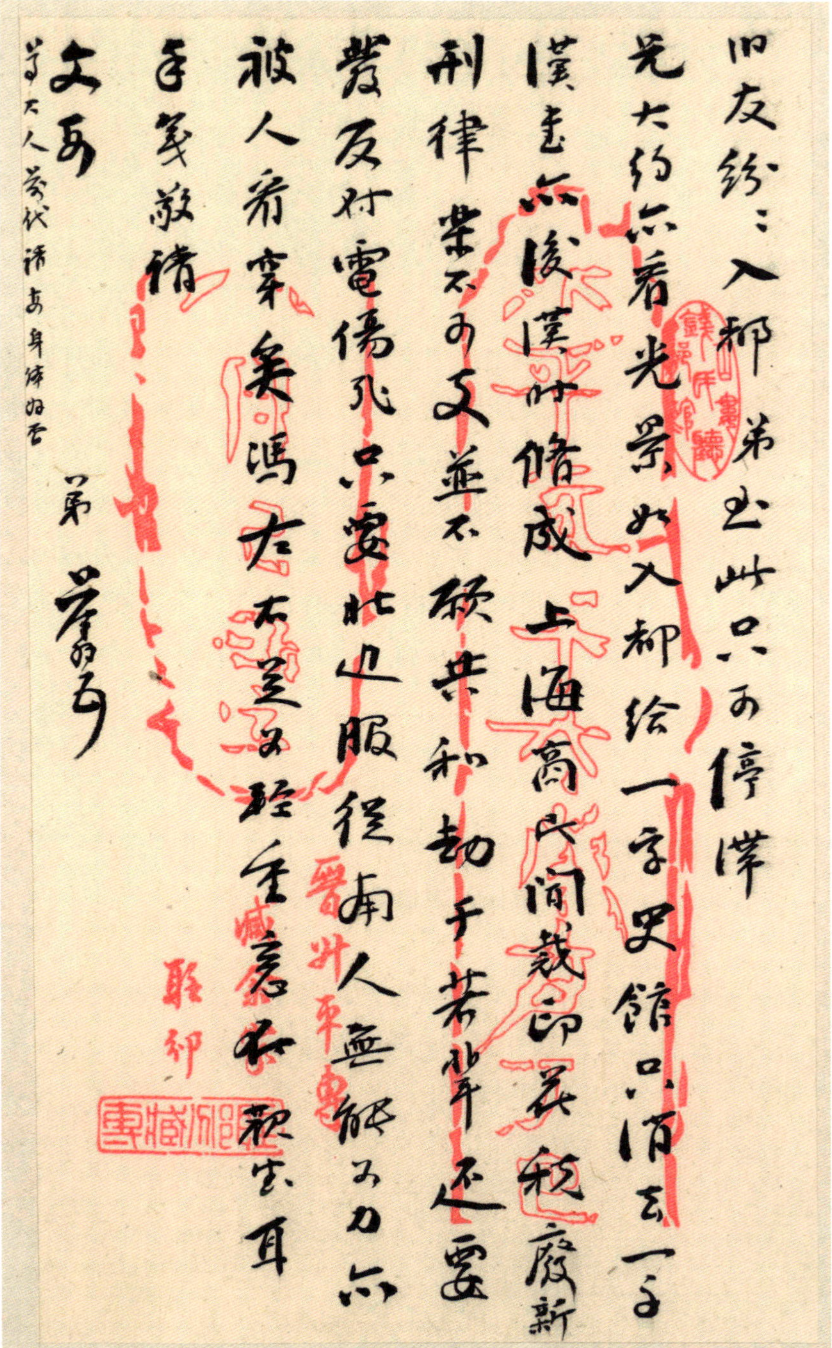

第五十三通

絅斋仁兄大人阁下：

入秋以来，炎热无比。比维侍奉万福为颂。子培即日回来，兄来沪否？史馆先来通函催进京，又得馆长专函（接到），催兄与弟往商办法，并云于阳历九月初开会。兄意云何？弟夏间常病，天又如此热，如何能上路？拟先函覆，须俟中秋后再往可否？先示以意，或单说候秋凉，俟还云再发。沪上只有孟劬、孟符[1]二人（刘宝梁归道山，可惜少一明白人），余不甚知。

浙亹安否？仲恕在内有信否？此上，敬请

文安百益！

荃孙顿首

十六日

拟先办列传分段，近二十年传人人怕办，可否定目，公拈阄（一人数篇），成一草稿，再修志、表、纪。

按，刘树屏（宝梁）于1917年去世，书札中有“入秋以来”“阳历九月初开会”云云，而根据《艺风老人日记》的记载，缪荃孙于丁巳年七月十六日（1917年9月2日）“发禄保明片、吴印臣信、吴炯斋信”[2]，故本书札当为该日所书。

[1] 李岳瑞（1862—1927），字孟符，号小郢，陕西咸阳人。

[2] 参见张廷银、朱玉麒主编：《缪荃孙全集·日记》第4册，凤凰出版社，2014年，第34页。

绢色仁兄世大人阁下入秋以来炎热无比比旌侍寿万福为颂子培昨日四来兄来庇吾史馆先来函催遝宗又乃馆长专函催兄与弟往商小郎还莘荟栖阳一麻九月初开会先意云何弟夏间常病天又如此奴一奴何能上

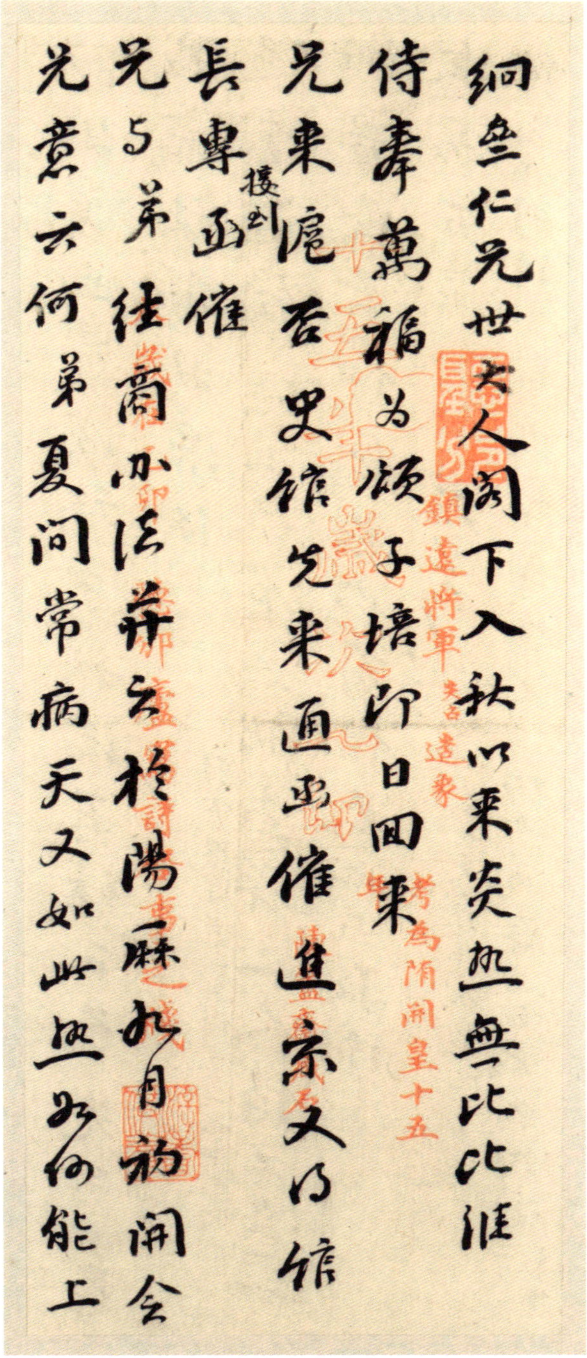

踟躇先函霉顷跌中秋後再往乃否先示以意

或望後候秋凉候鎮遠將軍吳□遠象考為隋洲皇十五

還雲再發庵上只有盡助盡符一人館不甚知劉賓樂揮近山乃惜十一以白人陳□藏

浙疊安吾仲如乃内有信云岫上敬備

文安百盖歲在□□蒙□□盧寫詩啟事之歲成一筆葦再俯正卷札

儼之州伊分段近二十年傳人三惜加乃吾言酬乃枌闇一人

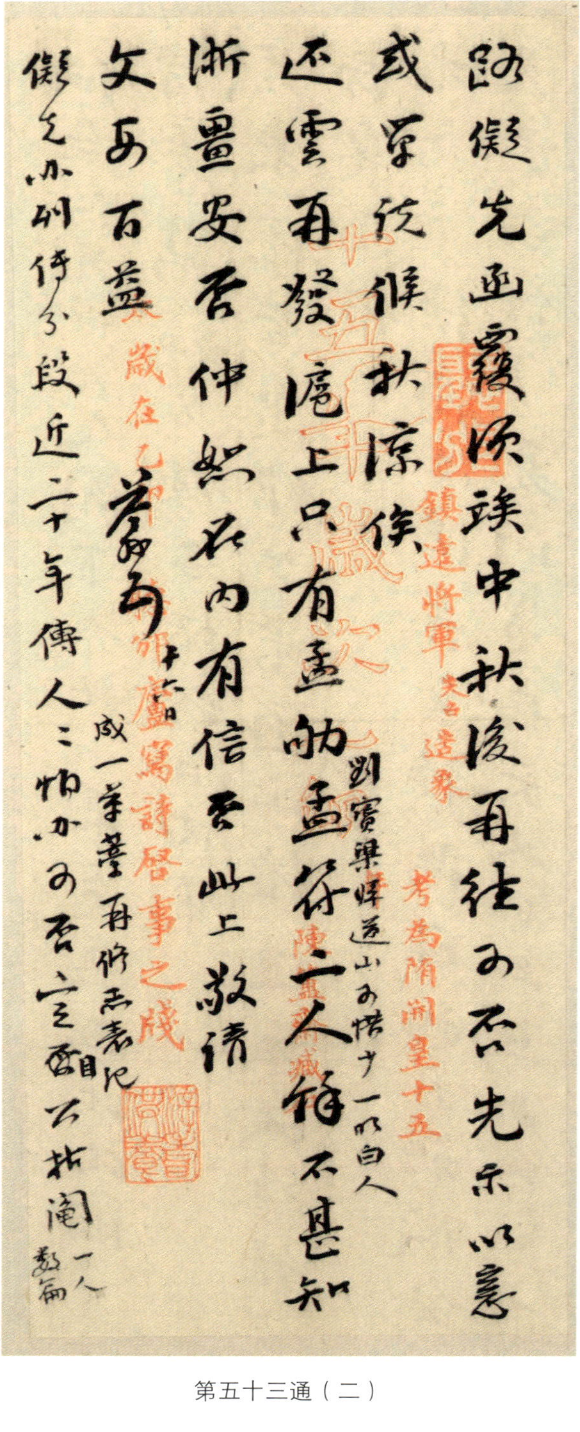

第五十四通

䌹斋仁兄大人阁下：

印臣专人送新刻，嘱转呈一部，察入示复为幸。现又刻《雀山长短句》《竹屋诗余》[1]，非由宋刻、毛钞者不刻，愿力宏大。大约已得十余种。《草堂诗余》是洪武本[2]，《凤林词选》是元本[3]，总集聊降格耳。手笺，敬颂
著福！

荃孙顿首

按，吴昌绶工诗词，善书法，喜好刻书，曾于1911—1917年编刻了被后人誉为书林珍品的《仁和吴氏双照楼景刊宋元本词》十七种，其中就包括书札中提及的影宋本《重校鹤山先生大全文集长短句》三卷和影宋本《梅屋诗余》一卷，但这两部书中并无具体刊刻时间，因此只能推断本书札乃1917年之前所书，暂系于此。

关于缪荃孙与吴昌绶之交游，杨洪升已作了较为详细的考述。[4]

[1] 吴昌绶所刻书中，无《竹屋诗余》而有《梅屋诗余》，并且各种古籍目录中也没有记载曾有《竹屋诗余》这样一部书，因此“竹”当为“梅”之笔误。

[2] 指明洪武二十五年（1392）遵正书堂刻《增修笺注妙选群英草堂诗余前集》二卷、《后集》二卷。

[3] 指元庐陵（今江西吉安）凤林书院辑《精选名儒草堂诗余》三卷。

[4] 参见杨洪升：《缪荃孙研究》，上海古籍出版社，2008年，第62—64页。

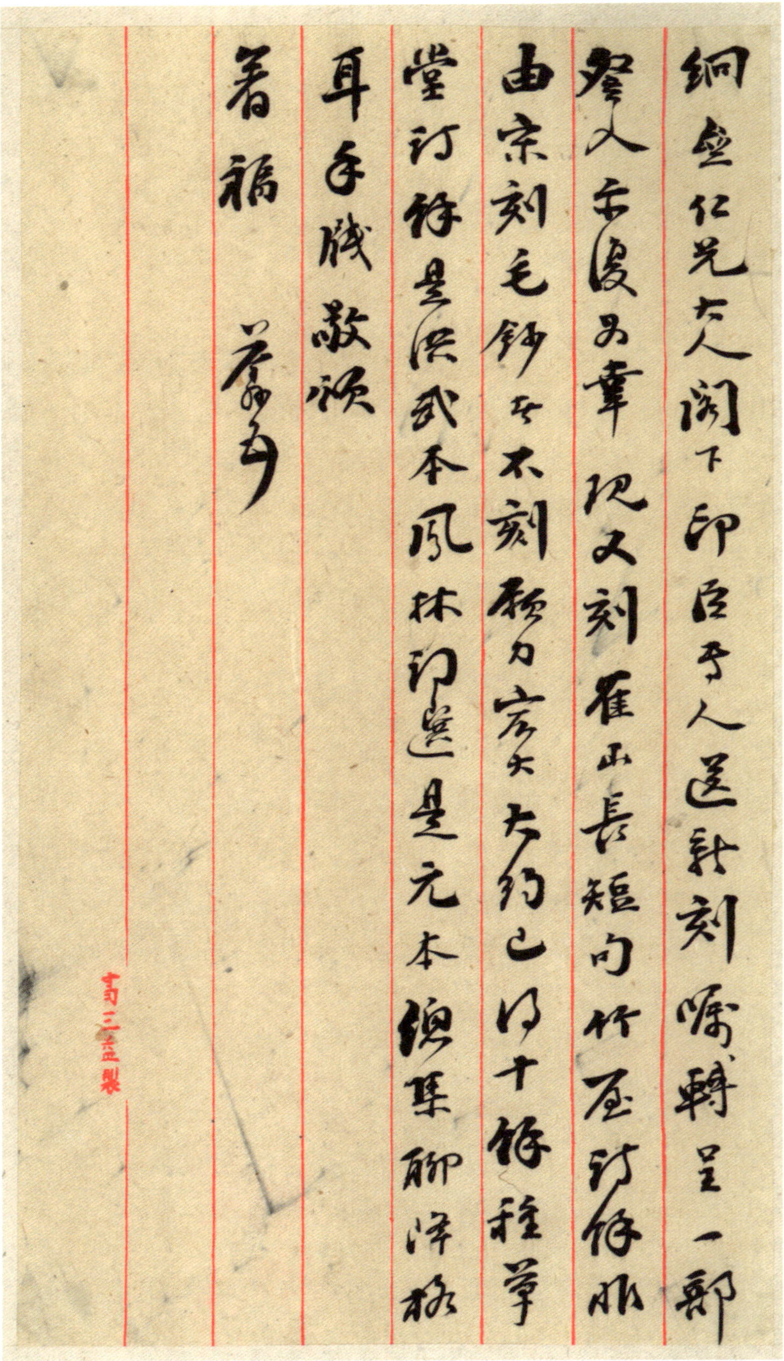

絅盦仁兄大人阁下：印臣专人送新刻，嘱转呈一部，[illegible]文[illegible]复五章，现又刻崔正长短句、竹屋[illegible]，由宗刻毛钞本不刻，[illegible]力宏实，大约已得十余种。程草堂订补是洪武本，凤林印选是元本，总集聊详板耳。手此，敬颂著祺。荃孙顿首

第五十四通

第五十五通

炯斋仁兄大人阁下：

前奉手书，藉知京寓无恙。世兄辈想已回京，然东华门未开，次山仍在津也。闰枝亦到津，近始回旧寓。印臣未动，仍如兄所料。小儿亦未走，在顺治门东海波寺街饱听炮声，幸未落子耳。现在少定，珂乡消息能持久否？民国幸福，然福者止数人，祸者已无纪极。现成列传数篇，聊以消遣永日。渔洋山人言其先人象乾，汪钝翁（集内）、倪闇公（未见）均作传，万季野又添著数事，甚满意。《明史稿》去其《和西虏》一疏（因其屡称大金也），今《明史》已无传，不知何意，可见殊无宗旨。小诗《当哭》呈政，《景皇后事略》、新刊《士礼居跋》奉阅。此请升安！

弟荃孙顿首

按，书札中有“《景皇后事略》、新刊《士礼居跋》奉阅”云云，而根据《艺风老人日记》的记载，缪荃孙于戊午年二月九日（1918年3月21日）“校新刻《士礼居题跋》”[1]，因此本书札应该是此后不久所书，暂系于此。

[1] 参见张廷银、朱玉麒主编：《缪荃孙全集·日记》第4册，凤凰出版社，2014年，第67页。

炯垒仁兄大人閣下 前辈

手書藉知

宗齋無恙世兄辈契深荄京此东華門未

開次山仍在洋山間拟六到津近始開口

廣印臣赤齋鈔象仍好院長老和尚舍利塔記 在曲陽北六十里王子寺新尋得

兄所料 小兒六未走在順治門東海波寺街住

艱風钞聽邻毂

駐炬声華未嘗g了次在少室

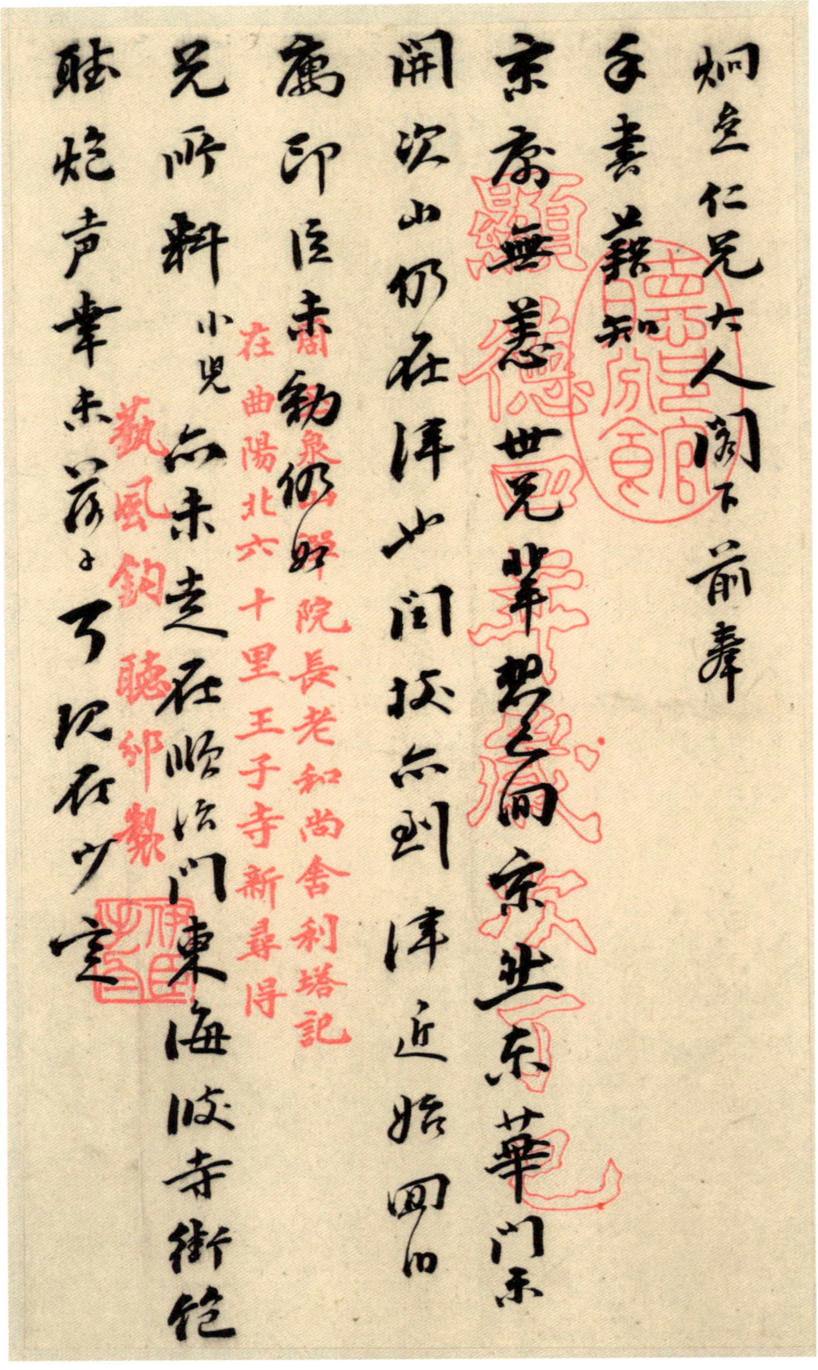

阿卿内息解材久吾武國幸禍世禍數

人稿者已無紀極況成列行數篇聊以情

遣永日逭澤言其它人言者花甚江純弟便閱

乃均作行茅季野又係著數甚滿矣以史葉云

其和西廬一疏國其廉絑今以史已無行不知何意可

見蛛無宗言以討常奖耳改景室取司以針刊士礼氏

跋壽閎此清卅安県崇卿馬

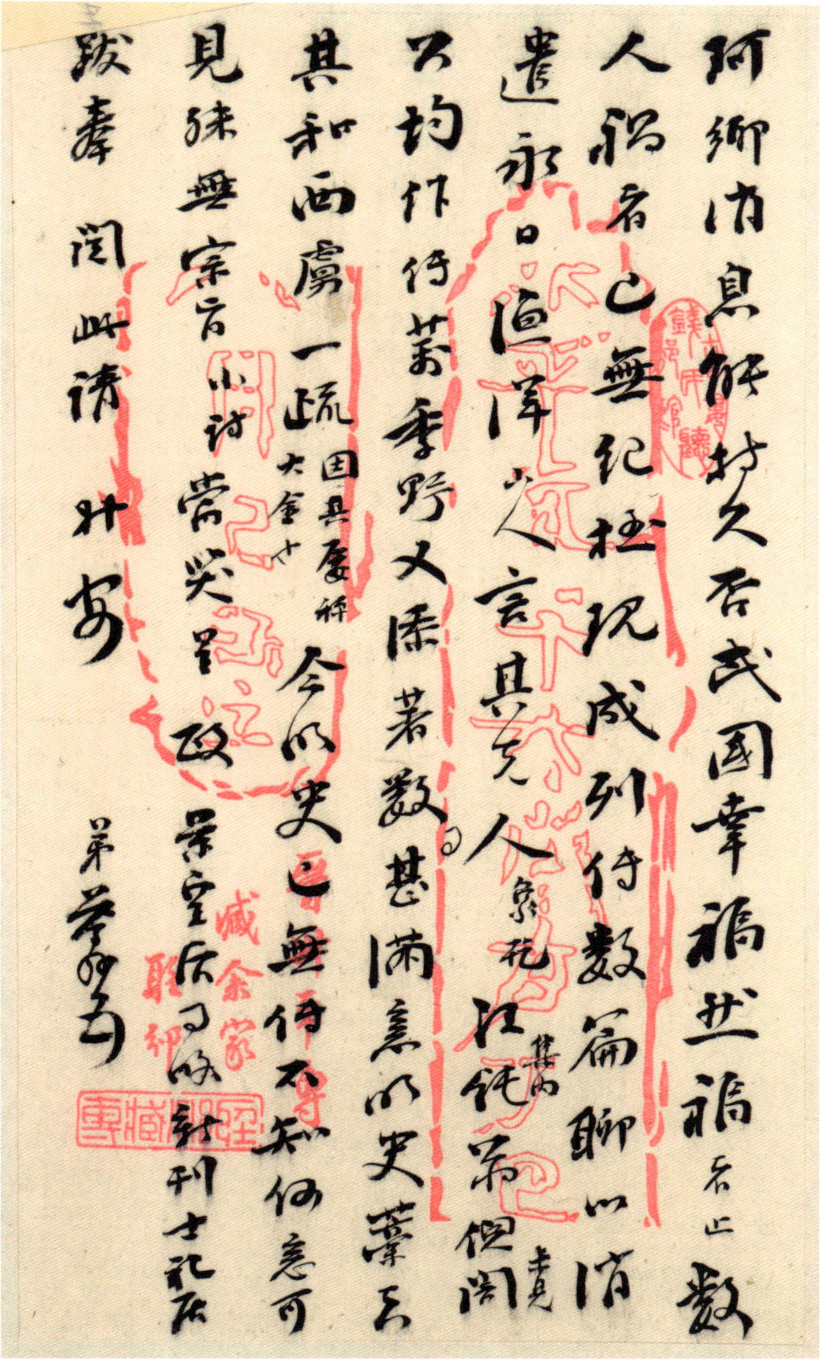

第五十六通

炯斋仁兄世大人阁下：

今春天气寒多和少，惟侍奉安康，著述精采为颂。弟烤火过多，遂有头晕之症，不敢出门。《土司》一传草草完卷，馆长不寄，其弟[1]办瞻对事，又巴塘、里塘改流无年月，俟馆上补，颇与地志、兵志相关甚多，不办不知也。接办列传，拟办四大臣一卷、四王一卷。脱皮衣后再入都一行，兄能去否？印丞窘甚，馆中又减脩，刻词极佳，又售板于陶兰泉[2]，藉以过年。逸社阒寂，专闻钟声。弟自丙寅即与斯会，现在不愿入会矣。又刻《士礼居题跋》十卷，刻《书跋》一卷，今年亦未必成。《江苏通志》弟谢去后，梦华主政，书名《续江苏通志》（以前名《江南通志》）便不通，又恭维太平天国（黄兴大王），必可观也。其话说与《清史》一样难，不敢与闻。约小儿僧保[3]专任金石一门，尚无妨，从前搜拓，此时恐不能也。手笺，敬请

侍安百益！

弟缪荃孙顿首

廿八日

按，缪荃孙最后一次参加逸社活动是在丁巳年八月十七日（1917

[1] 指赵尔巽之弟赵尔丰（1845—1911），字季和，清末汉军正蓝旗人，祖籍奉天铁岭（今属辽宁省）。在巴塘改土归流时，赵尔丰拟定了《巴塘善后章程》。

[2] 陶湘（1871—1940），字兰泉，号涉园，江苏武进人，晚清民国时期著名藏书家和刻书家。

[3] 即缪荃孙第三子缪僧保（字子彬）。

年10月2日）[1]。本书札称“逸社阒寂”，则当作于此后。《续江苏通志》是从1918年3月开始编纂的，加上书札中的“今春天气寒多和少”“脱皮衣后再入都一行”云云，因此本书札或为1918年春天所书，暂系于此。

从“印丞窘甚，馆中又减脩，刻词极佳，又售板于陶兰泉，藉以过年”之语，可以想见清史稿减薪对吴昌绶等人经济状况之影响，由此也可以解释此前书札中缪荃孙为何对清史稿减薪甚为不满。

“弟自丙寅即与斯会，现在不愿入会矣”，说明缪荃孙由于身体每况愈下以及经济状况不佳等原因，已经没有兴趣参加逸社之类的活动了。这一点可以与《艺风老人日记》中的有关内容相互印证。

[1] 参见张廷银、朱玉麒主编：《缪荃孙全集·日记》第4册，凤凰出版社，2014年，第38页。

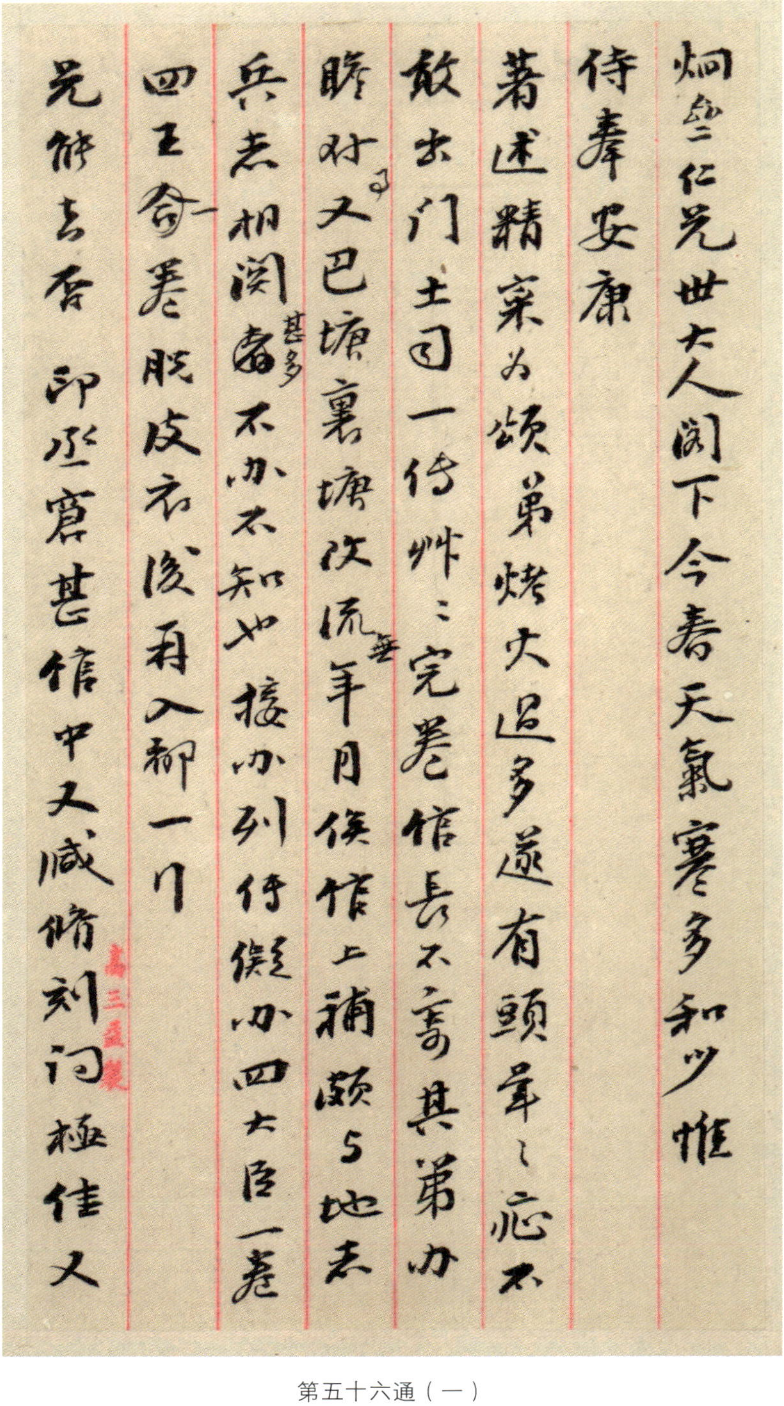
炯堂仁兄世大人閣下：今春天氣寒多和少，惟
侍奉安康，
著述精審為頌。弟烤火過多，遂有頭暈之病，不
敢出門。土司一傳草草完卷，館長不喜，其第办
聯對了，又已搪塞。搪改流無年月，候館上補藝文與地志、
兵志相閱，甚多畫不办不知也。接办列傳，擬办四大臣一卷，
四王合一卷，脱皮衣後再入柳一門。
兄能去否？印丞寓甚佳，中又減備刻詞極佳人
高三益製

第五十六通（一）

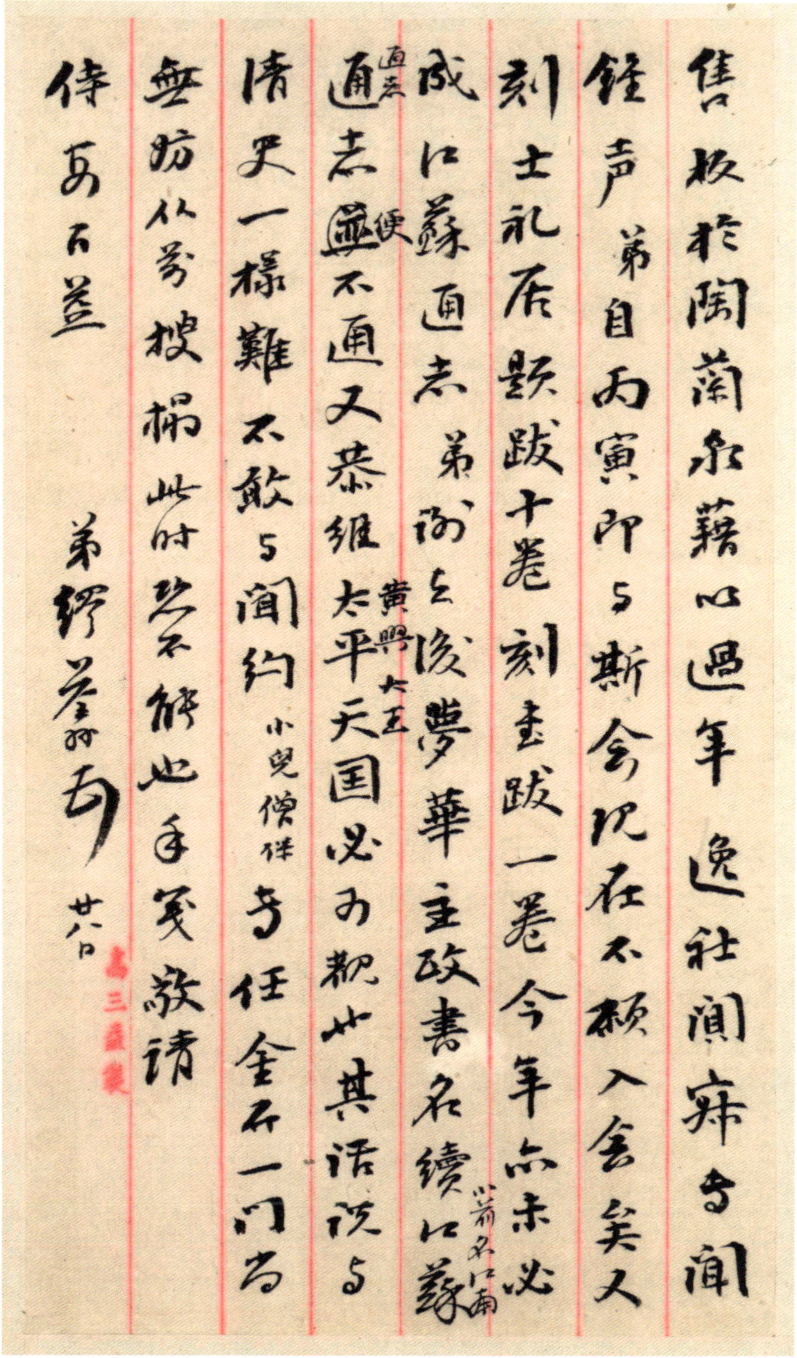
售板於閩蘭亦藉以過年逸社聞舜寺聞
鍾聲 弟自丙寅即与斯会現在不願入会矣人
刻士禮居題跋十卷刻圭跋一卷今年亦未必
成江蘇通志 弟謝去後夢華主政書名續江蘇（以前名江南）
通志（通志）便不通又恭維太平天國（黃興大王）必爲欺世其語決与
清史一樣難不敢与聞約（小兒僕僕）寺任金石一門爲
無妨從前搜揭此時衰不能出手奚敢請
侍安不一 弟繆荃孫頓首 廿八日

第五十六通（二）

第五十七通

纲斋仁兄大人阁下：

前读还云，备悉壹是。节后本拟登程，津浦路断，总须候其修复，大约仍候阁下，即前后亦不过一二日。天气渐寒，多带冬服而已，谅不能以爽约见怪。弟今年新添之病，动辄眩晕呕逆，实不能由轮船行（顷见《日报》，轮船亦停，马头不能下货），况主意甚多，言谈甚拙，须候阁下方可与馆长谈也。石铭书亦截止。翰怡尚刻新发《刑统》《类林杂说》，均系不传之本。子培已回，《通志》何如？苏省为梦华所误，似允似不允，不知其宗旨。齐省长[1]如调任，从所阒绝矣。各表成否分否，与列传有关系，亦已函询馆长，于先后缓急，均不能辨，奈何！手笺，敬请节安！

弟荃孙顿首

尊公身体好，近来作何消遣？

按，本书札与上一通书札一样，亦提及从1918年3月开始编纂的《续江苏通志》。同时，书札中的“齐省长”，是指齐耀珊，他于1917年1月至1920年6月任浙江省长。另外，书札中有“节后本拟登程”“天气渐寒，多带冬服而已”云云。综合上述线索，本书札当为1918年中秋节之后所书，暂系于此。

[1] 齐耀珊（1865—1946？），字照岩，吉林伊通人，祖籍山东昌邑。

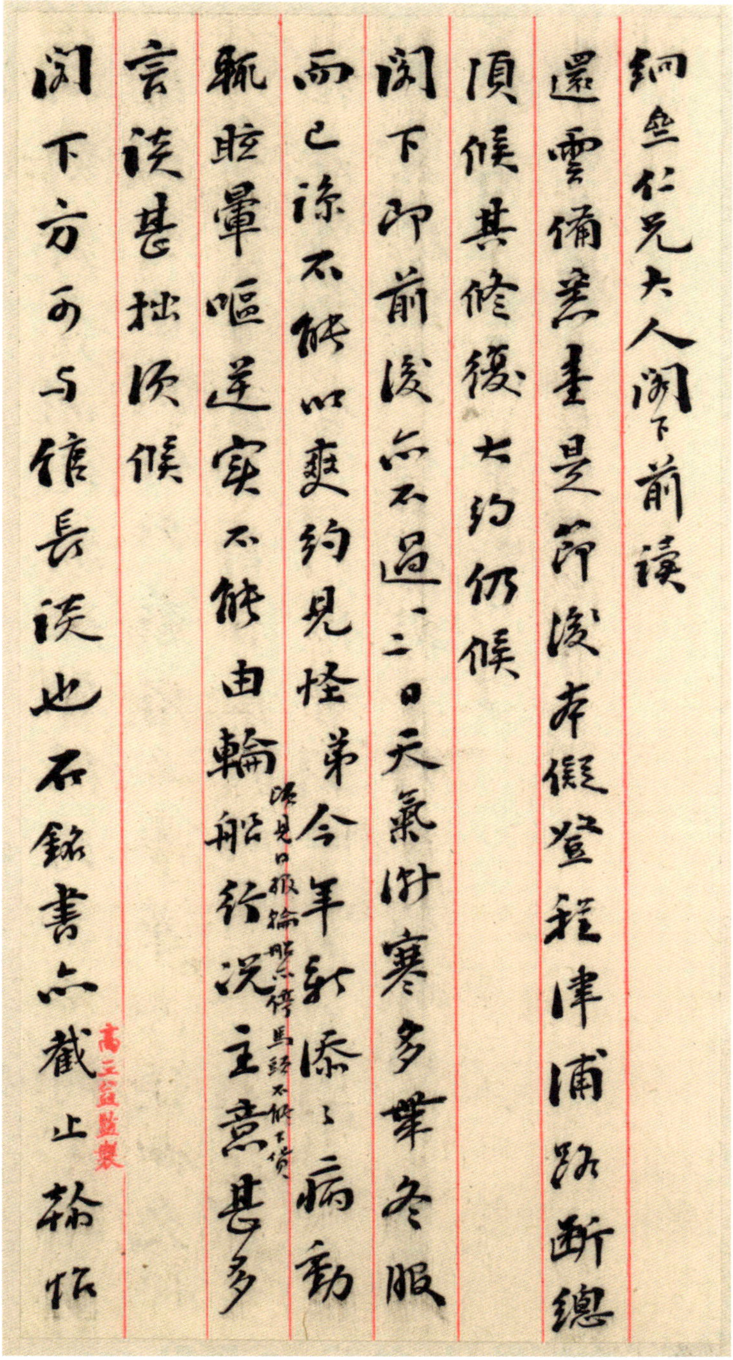
絅盦仁兄大人閣下：前讀
還雲，備悉壹是。即從本縣登程，津浦路斷，總
須候其修復，大約仍候
閣下，即前後亦不過一二日。天氣附寒，多著冬服
而已。孫不能以爽約見怪。弟今年新添一病，動
輒眩暈嘔逆，實不能由輪船行（滬是日報輪船亦停馬頭不能下貨），況主意甚多，
言談甚拙，須候
閣下方可與館長談也。不錄。書亦截止。恭怀
高二適鑒藏

第五十七通（一）

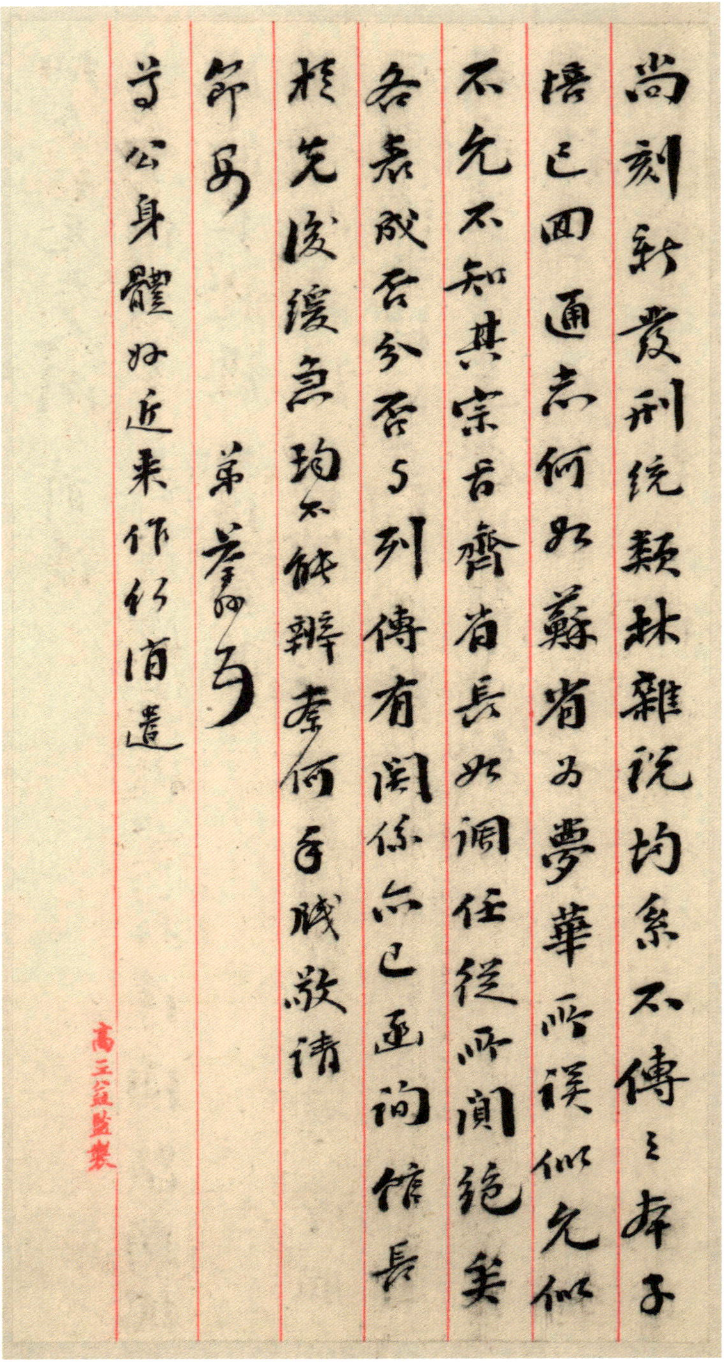

尚刻新豐刊統類林雜說均系不傳之本子
墳已四通志何如蘇省乃夢華所誤似允似
不允不知其宗旨齊省長如涸任從所聞絕矣
各表成否分否与列傳有關係亦已函詢館長
於先後緩急均不能辨奈何手牋敬請
節安　弟荃孫頓首
蔚公身體好近來作何消遣

高二適鑒藏

第五十七通（二）

第五十八通

细斋仁兄世大人阁下：

荃孙日昨由宁旋沪，捧读手书，聆悉种种，惟侍奉多福为颂。

荃孙本拟由宁入都，在江阴因开河耽阁半月，适接闰枝手函，馆事如此，去亦何益，即便折回。拟将各门功课汇寄阅看，可否拟一公函，先呈馆长，或同时入都，悉听尊裁。惟荃孙须徐州住一夜，天津住一夜，稍养脚力耳。馆长所云画一，恐是从前馆中所谓画一，非修史也。即如《贰臣》《逆臣》两传一事，人人言之，并有不必列传，特因《贰臣》《逆臣》而得传者。康熙朝荃孙已编一目，四大臣、四藩之后，即办宰辅直下，能与同心数人画段办理。即光绪末年最难，或另作商酌亦可，如桐城派不与荃孙合，然读过《史》《汉》，胜于坐井不见者，未尝不合。刘葆良之《外交志》，岂反不如吴凤子广霈[1]特志（外交为各国作传），葆良尚知黑白乎？仲庶[2]何时入都，为馆中不可少之人，何事回杭。尊藏之《永宪录》能整理否？浙志何时成？苏志亦动手，推梦华主政，然尚未去。荃孙力辞，以任《清史》故，而荐第三子僧保为分纂金石一门（计卷授脩）。此门不如浙江书多，而拓本惟收藏最富，恐亦不能派人采访矣。《续江苏通志》

[1] 吴广霈（1855—1919），字剑华，号汉涛（又作瀚涛），又号剑华道人、琴溪道士等，安徽泾县人，清末外交家、文学家。

[2] 关于仲庶，未查到相关信息，不知具体指何人。

开口便贻笑方家，以张安圃[1]奏办为端午桥[2]，错到如此，如何措手？鼎甲中丞或有良法也。近来人不谙掌故，至于如此，可叹！

手笺布臆，敬请

文安百益！

弟荃孙顿首

按，书札中的“日昨由宁旋沪”，是指戊午年十月廿八日（1918年12月1日），缪荃孙由南京回到上海，故本书札当为戊午年十月廿九日（1918年12月2日）所书。

[1] 张人骏（1846—1927），原字健庵，后改字千里，号安圃，晚号湛存居士，直隶丰润（今河北省唐山市丰润区）人，清末政治家。

[2] 端方（1861—1911），字午桥，号匋斋，满洲正白旗人，清末政治家、金石学家。

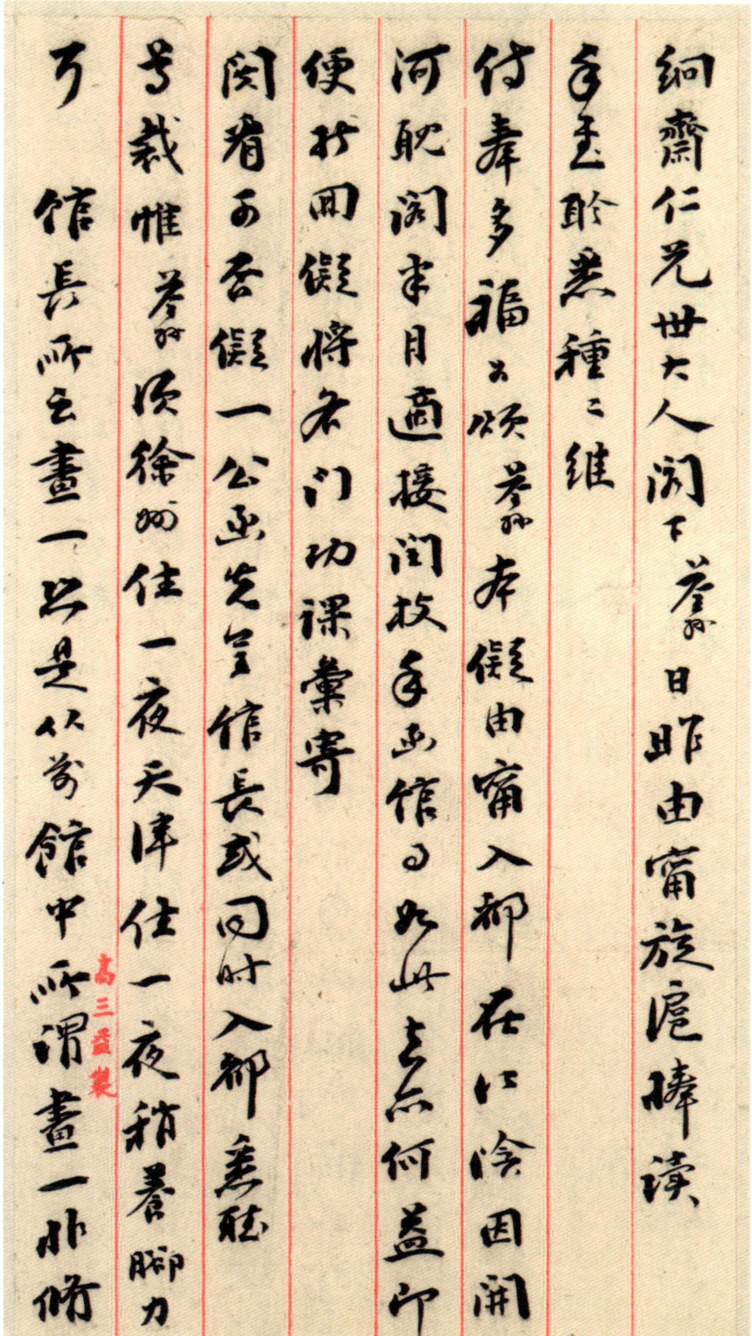
絅齋仁兄世大人閣下：敬啓者，日昨由甯旋扈，捧讀
手書，聆悉種種。維
侍奉多福為頌。弟本擬由甯入都，在江陰因聞
河冰閣半月，適接閩校手函，館已如此，來亦何益耶，
便於回擬將各門功課彙寄
閱看，可否擬一公函先呈館長，或同時入都為妥，
卓裁。惟弟須徐州住一夜，天津住一夜，稍養腳力
可。館長所云畫一，是以前館中所謂畫一，非附

第五十八通（一）

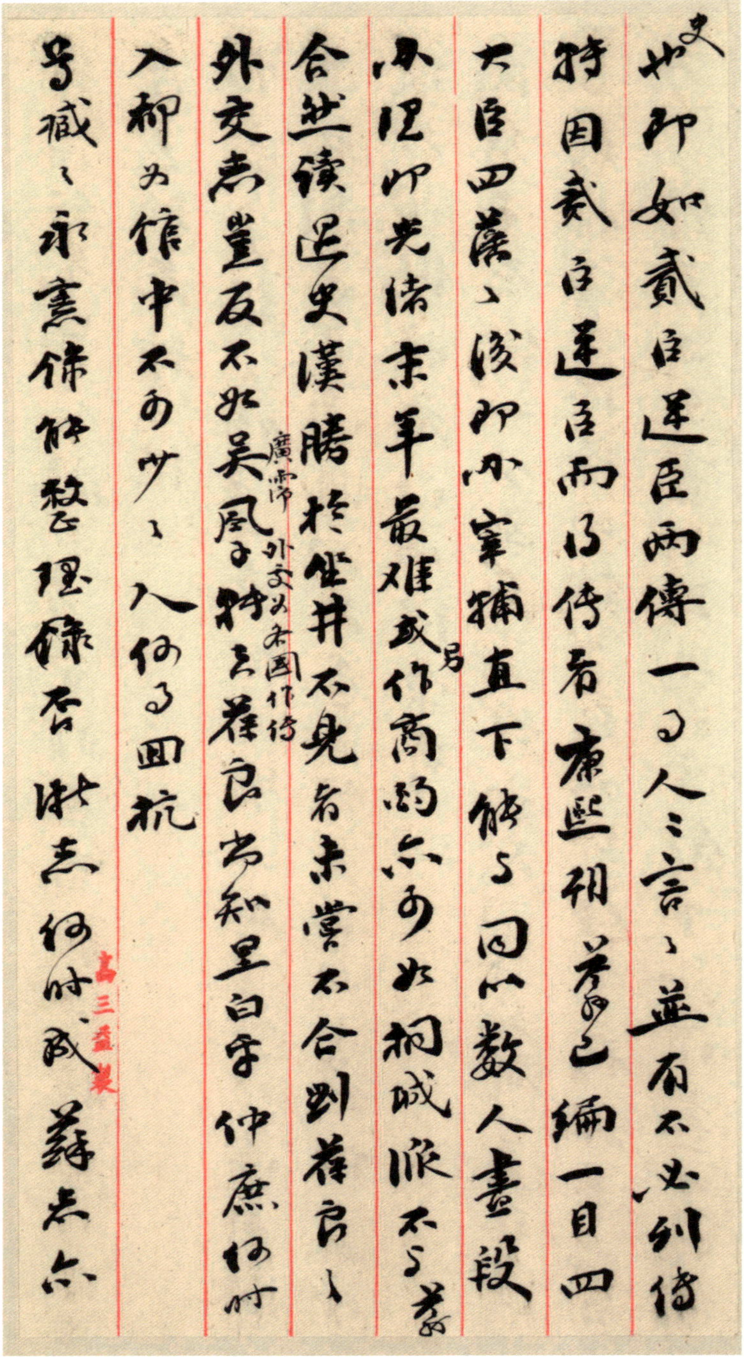

史也，即如貳臣、逆臣兩傳一書，人人言之，並有不必列傳
特因貳臣、逆臣而得傳者。康熙朝蔣氏已編一目。四
大臣四藩之後，即外寧補直下，能得同以數人盡段
外臣即光緒末年最難，或〔另〕作商約亦可，如桐城派不可著
合并讀足史漢，勝於坐井不見者，未嘗不合。劉葆良之
〔廣雅帥外交以本國作傳〕
外交者，豈反不如吳鳳？特志葆良，尚知是白手。仲庶何時
入都，為館中不可少之人，何日回杭？
寄藏之，承熹佈能整理錄否？然志何時成？蘇志亦

第五十八通（二）

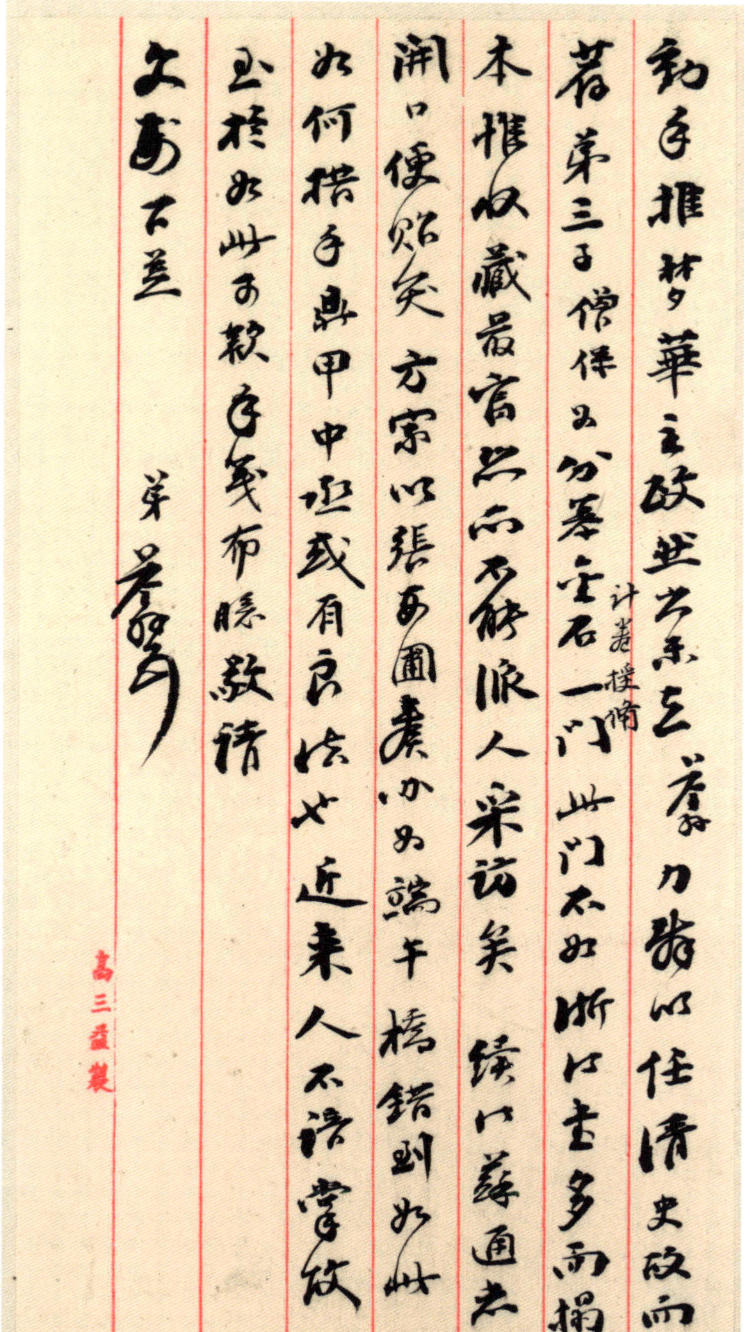

初奉推夢華主政並出示之荃力贊以任清史故而
著第三子僧保與分纂金石一門（計若捜倚）此門不如浙江之多而揭
本推收藏最富者而不能派人采訪矣繼以蘇通志
開口便貽笑矣方宗以張安圃處亦如端午橋錯對如此
如何措手興甲中必或有良法也近來人不諳掌故
至於如此可歎手箋布臆敬請
大安不具
弟荃頓
高三益藏

第五十八通（三）

第五十九通

炯斋仁兄大人阁下：

近来读礼，著书想无暇晷，惟起居顺适为颂。荃又交《清史》五卷，与馆长总不能合。然我用我法，蕲合古法而已。俟副本钞齐呈阅，删添分合，悉听主裁。拟明年赶将康熙一朝编就，约卅卷，似不为少。恳将办过各卷（《宗室》《畴人》）写一目与荃，并论。荃亦将所办各传目论写出，大传论在后，汇传论在先，一也。《明遗臣》只可次于汇传之上。《宋史》在末，《明史》在前。如用《明史》例，则太祖朝在诸臣之先，恐明臣有未生者；在顺治朝诸臣之先，又不便羼入。乞酌示，以便钞目。《广武将军碑》误始张介侯，惺吾[1]、捍郑[2]从之耳。拟跋呈教。新出碑伪者甚多，顾鼎梅[3]不能辨也。手此，敬候

孝履！

缪荃孙顿首

久欲通函，在百日之内，不便问杂事。新正月暇时作答，不汲汲也。

按，书札中的“读礼”“在百日之内”云云，是指缪荃孙撰写本书札时，吴士鉴的父亲或母亲去世尚不足百日。而吴士鉴的父亲吴庆

[1] 杨守敬的《广武将军张产碑跋》，见杨守敬：《邻苏老人题跋》，载谢承仁主编：《杨守敬集》第8册，湖北人民出版社、湖北教育出版社，1997年，第1077页。

[2] 王仁俊（1866—1913），又名人俊，字捍郑（又作杆郑），号籀许，江苏吴县（今苏州）人，近代学者。

[3] 顾鼎梅（1875—1949），字燮光，浙江会稽（今绍兴）人，近代金石学家。

秖于1924年去世；吴士鉴《含嘉室诗集》中撰写于1920年的《敬谒先太夫人墓泣赋》，有“埏隧云封倏一年”云云，则其母亲花夫人去世于1919年或之前。

从内容来看，本书札或为《艺风堂友朋书札》所收录的吴士鉴致缪荃孙书札第三十六通的复函，吴札言“近见吴平斋所藏《广武将军碑》”，并指出王仁俊（捍郑）考证之误[1]。缪荃孙此札则指出误释始于张澍（介侯）。另外，吴士鉴致缪荃孙书札第三十九通则是缪氏此札的复函，函中提及“除日奉手教”“侄下月为先慈举殡”云云[2]。再参考吴士鉴致缪荃孙书札第三十八通，知吴士鉴为其母营葬当年“三月间子彬世兄来杭”[3]。据《艺风老人日记》，己未三月七日（1919年4月7日），缪僧保（字子彬）曾到杭州[4]，则以上两通吴札都作于己未年。缪氏此札则作于戊午岁末。

“与馆长总不能合”，充分说明缪荃孙与清史馆馆长赵尔巽的观点、方法有诸多不一致之处，为此十分苦恼。“我用我法”，这应该是缪荃孙在当时情况下的无奈之举。“删添分合，悉听主裁”，说明缪荃孙并非固执己见，而是通情达理的。笔者认为，之所以出现上述情况，固然有缪荃孙与赵尔巽观点、方法不同之原因，但同时也跟清史馆管理不善有直接关系。编纂《清史稿》这样成于众手之大书，作为馆长即主编的赵尔巽，应该在广泛征求意见之基础上，制订统一、详细并且易于遵循之体例，并在编纂实践中不断完善。遗憾的是赵尔巽并未做到这一点，此乃导致《清史稿》总体质量欠佳之重要原因。

---

[1] 参见钱伯城、郭群一整理，顾廷龙校阅：《艺风堂友朋书札》，上海人民出版社，2018年，第581页。

[2] 参见钱伯城、郭群一整理，顾廷龙校阅：《艺风堂友朋书札》，上海人民出版社，2018年，第583—585页。

[3] 参见钱伯城、郭群一整理，顾廷龙校阅：《艺风堂友朋书札》，上海人民出版社，2018年，第583页。

[4] 参见张廷银、朱玉麒主编：《缪荃孙全集·日记》第4册，凤凰出版社，2014年，第129页。

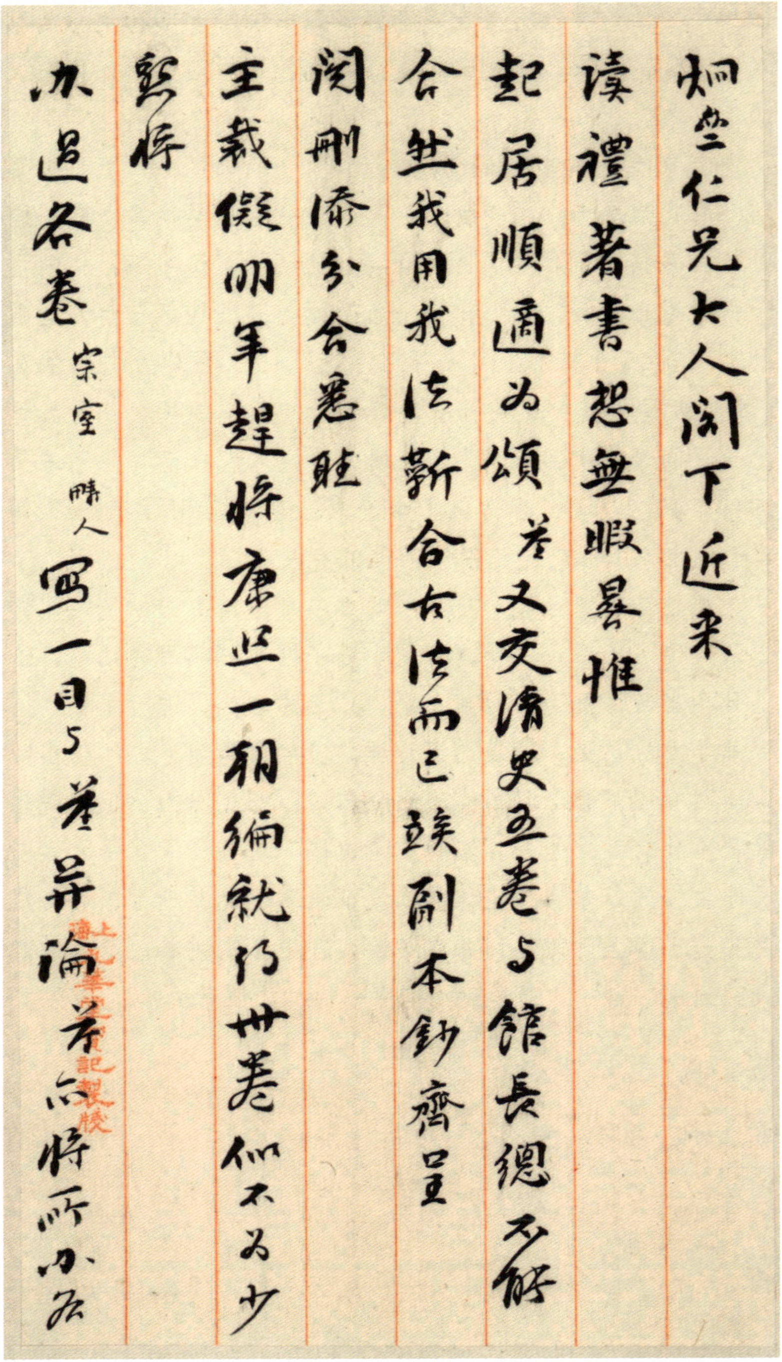
炯堂仁兄大人阁下：近来
读礼著书，想无暇晷，惟
起居顺适为颂。荃又交清史五卷与馆长，总不能
合。然我用我法，斯合古法而已矣。副本钞齐呈
阅，删添分合悉听
主裁。从明年起，将康熙一朝编就，约卅卷，似不为少
就将
次送各卷。宗室、畴人写一目与荃异论，并亦将所作不同

第五十九通（一）

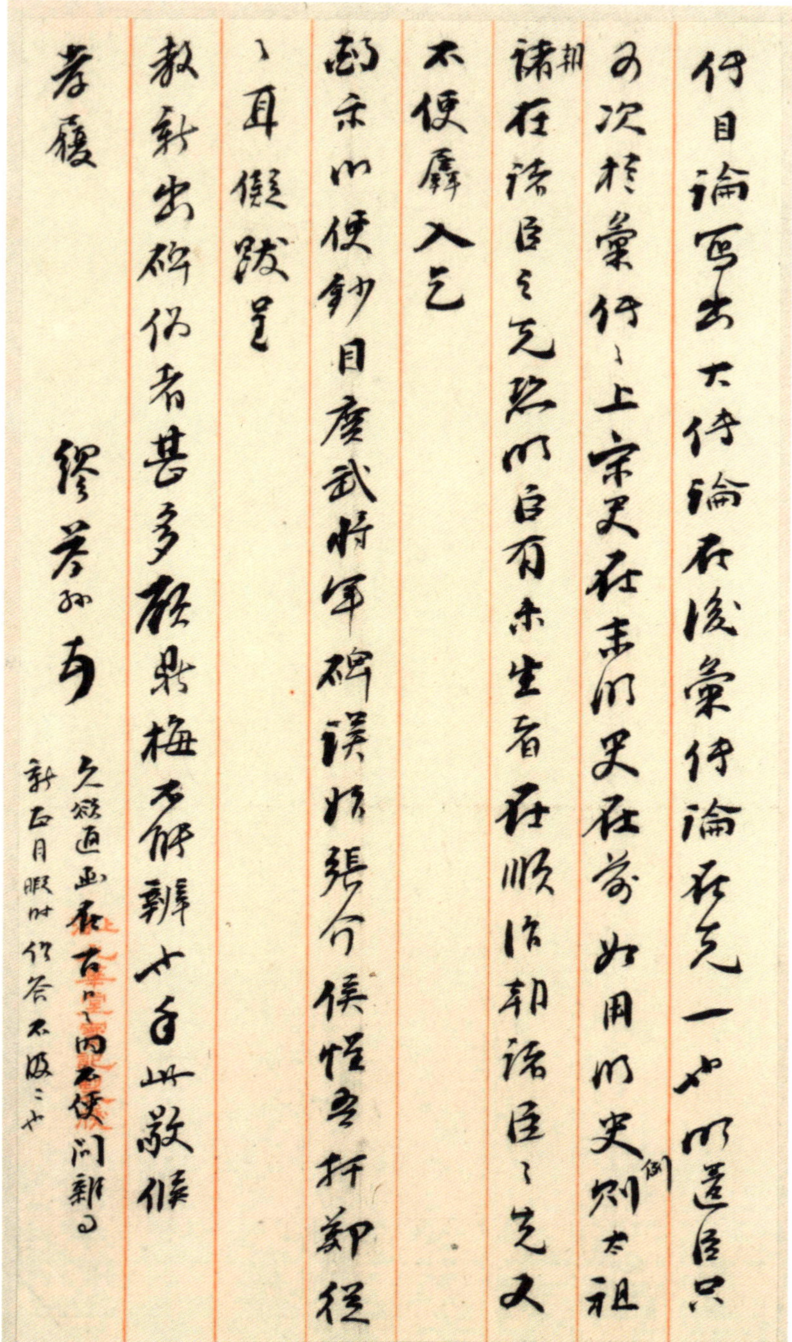

传目论写出大传论在后汇传论在先一也则道臣只可次于汇传之上宗室在末则宗室在前如用则史例则太祖诸朝在诸臣之先然则自有宋以来生者在顺治朝诸臣之先又不便羼入之

弘宗以便钞目广武将军碑误作张令侯怪无折郑径之耳儗跋呈

教新出碑似者甚多顾县梅花碑亦乎此敬候

孝履　缪荃孙再

久欲过函[illegible]

新正月暇时价答不[illegible]

第五十九通（二）

后 记

我与缪荃孙结缘，最初是2014年4月在国家图书馆网站上见到了“缪荃孙诞辰170周年纪念会暨学术研讨会会议通知”，因此想到自己当时正在致力于清代和民国著名学者的研究文献目录之编纂，其中就有《缪荃孙研究文献目录》的初稿，于是在此基础上撰写了《缪荃孙研究的历史与现状》一文，后来该文被会议录用，我就此议题于当年9月2日在国家图书馆主办的“缪荃孙诞辰170周年纪念会暨学术研讨会”上作了专题发言。我编纂的《缪荃孙研究文献目录》经过增补和修订之后，被收入国家图书馆所编的《缪荃孙诞辰170周年纪念会暨学术研讨会论文集》（国家图书馆出版社，2015年）。

在此之后，我对跟缪荃孙相关的学术信息颇为留意。不久，我关注到杭州图书馆藏有缪荃孙致吴士鉴书札59通（其中一小部分为附页），内容完整而又系统，并且此前从未公布。我很快意识到这是一份非常难得、珍贵的文献资料，于是决定对其加以整理并考释。

考虑到这批书札数量较多并且整理难度较大，再加上自己还有许多教学和科研工作需要完成，因此邀请浙江大学图书馆古籍特藏部程惠新老师一同参与。程惠新老师主要负责书札的文字识读和标点，而我则负责将全部书札按时间一一排序，并对其加以考释（包括按语、脚注等），最后对全书进行统稿并撰写前言等。

本书是继《卢文弨全集》以及卢文弨《群书拾补》整理校点单行修订本等书之后，我与程惠新老师再一次友好、愉快的合作。她在本书的整理过程中，一如既往地显示出其扎实的文史功底和严谨的治学态度。在此，我对程惠新老师坚持不懈的艰苦付出致以深深的谢意！

另外，本书的部分内容，曾经在《文献》2017年第1期发表，也借此机会对当时的相关编辑表示衷心的感谢！

三十四年前的这个季节，我作为老杭大中文系古典文献专业1985级学生，曾经在浙江古籍出版社进行过为期两个月的毕业实习，认识了该社的多位编辑。之后自己一直与古籍为伴，以古籍为乐！三十多年来，我从事过古籍课程教学、古籍研究生培养、古籍研究、古籍辑佚、古籍辨伪、古籍校点、古籍注释、古籍今译、古籍影印、古籍推广、古籍编辑、古籍保护、古籍编目、古籍管理等多项工作，其间少不了与同在杭州的浙江古籍出版社打交道，该社先后几任社长、总编辑和相关编辑成为我的师友。

迄今为止，我业已刊布的专著或编著、主编之书已逾三十种，其中的出版单位既有中华书局、国家图书馆出版社、学苑出版社、广陵书社，以及台北经学文化事业有限公司、台北“中研院”中国文哲研究所等以刊行古籍类图书见长的出版社，也有浙江大学出版社、杭州出版社等杭城本地的出版社。

而就浙江古籍出版社而言，虽然自己也有多篇论文被收入该社出版的《天一阁文丛》（连续出版物）以及《中国书写与印刷文化遗产和图书馆工作——2006年国际图联（IFLA）杭州会前会论文集》《方志之乡，文化浙江——改革开放以来浙江省地方志系统论文成果选编》等，同时还参与过该社出版的《文史工具书辞典》和《俞樾全集》的编纂。不过，此前我始终没有一部单独的著作在该社出版，总有些许遗憾。

如今，本书有幸被浙江古籍出版社接纳，将作为该社的“近现代书信丛刊”之一种刊行。想到今年恰逢浙江古籍出版社建社四十周年（近日在该社微信公众号上见到该社为此而发起的“我和浙古”为主题的征文活动），觉得这或许可以算是自己与该社多年交往的一种富有意义的回顾与纪念，因此十分欣喜！

最后，我对本书责任编辑祖胤蛟先生所付出的辛勤劳动，以及他所供职的浙江古籍出版社的大力支持，在此深表感谢！

陈东辉

2023年5月谨识于浙江大学汉语史研究中心